# 交際0日初恋婚

石田 累

この物語はフィクションであり、実在の人物・団体・事件等とは、いっさい関係ありません。

# 交際0日初恋婚

Tull kiss more

# 第一章　結婚相手は苦手な男と猫一匹

悪魔の顔ってどんなものだろう。

子供の頃、よくこんな夢を見た。

真っ暗な場所を、誰かと手をつないで走っている。

走っても走っても、その暗闇には終わりがない。ただ背後から、まがまがしい足音がずっと追い掛けてくる。

それは悪魔だ。

振り返ったことがないから、それがどんな顔をしているのかは分からない。

でも、悪魔だ。どうしてだか分からないが、悪魔に追い掛けられている。

と、突然目の前に夜空が現れる。宝石のような星。燦然《さんぜん》と輝く満月。さあっと吹いてくる風。怖いのに気持ちだけが研ぎ澄まされて、この世でできないことなど何ひとつないような、ひどく不思議な高揚感に満たされる。

足元には何もないけど、きっと上手に飛び越えられる。

「大丈夫」

私は、手をつないでいる誰かに声をかける。

「大丈夫、絶対に私が助けてあげるから」

そこで世界はいつも終わる。

後は――そこから後は――

「……子、凜子《りんこ》、返事をしなさい！」

はっと間宮《まみや》凜子は目を見張った。

あれ、ここどこ？　私、今、何やってた？

『凜子っ、あんた起きてるの？　寝てるの？　何やってんの？』

明け方の青い闇。矢継ぎ早に聞こえる声。耳から……いや、手にしているスマホから。

数度瞬《まばた》きした凜子は、がばっと跳ね起きてスマホを耳に当て直した。

「お母さん？」

『ようやく起きたの？　眠ったまま電話に出るなんてすごい特技ね』

スマホのスピーカーから、呆《あき》れたような母親の声がする。

多分それは本当のことだ。着信音の鳴るスマホを半分寝たまま取り上げて、その状態でタップして耳に当てた。学生の頃から「真面目すぎ」とよく言われるが、こういうところがそうなのだろう。

「こ、こんな早くにどうしたの？」

今も凛子は、母と話す時の癖で、慌ててベッドの上で正座している。

『明日のことよ。あんたの恋人と、ほら、一緒に食事に行く約束』

そうか――今日はもう金曜日。約束の食事会は明日だったか。

『悪いけど、あんたに恋人ができたなんて、どうしても信じられなくて。新幹線の切符を買う前に、再確認しておこうと思ってね』

「ほ、本当だから安心して。それに今度は、お母さんの気に入る人だと思う」

『どうなんでしょうね』

鼻で笑うような声は、たとえどんな男でも私は認めませんよと言っているようだ。

「都内で会社をやってるの。名前は佐々木《ささき》さん。年収は一千万で、すごく真面目な人」

『へぇ』

「多分、私より真面目な人。明日会った時に話すけど、私と価値観がぴったりなの」

『そりゃ随分変わった男ね。あんた、騙《だま》されてるんじゃないの？』

母の言葉はにべもない。多分、今度も反対されると凛子は思った。

この人はどこまでいっても、自分の決めた男と娘を結婚させたいのだ。

『そんなことより、送った見合い写真はちゃんと見たの？』

「……うん、見た」

『悪いことは言わないから、私の決めた人にしときなさい。あんたが一人で決めたことで、今まで上手くいったこと、ひとつでもあった？』

「……仕事は上手くいってるよ」

嘘《うそ》をつく時のいつもの癖で、言い始めに一秒の間が空いている。

『どうせ失敗して痛い目に遭うわよ。これまでだって、ずっとそうだったじゃないの』

うつむいた凛子は、右膝の辺りを手で撫《な》でた。

十歳の時に大怪我《けが》をした足には、ひどく醜い傷痕がまだ生々しく残っている。

そのせいで、中学校まで足に補助具を着けていたし、ずっと母に送り迎えをしてもらっていた。車の中で延々と繰り返された言葉は、今でも耳に残っている。

本当に情けない。なんて馬鹿な子なんだろう。だから私は反対したのよ。

とどめの一言は、全部、あんたのせいだから。

それらは今でも母の口癖で、聞いただけで自分の何かが萎縮する。

久しぶりに見た『悪魔』の夢と、怪我の因果関係は不明だが、怪我をした時の恐怖や不安が、そんな夢を見させるんだということはなんとなく分かっている。

「と、とにかく会えば分かるから、明日、東京《とうきょう》駅まで迎えに行くね」

ようやく通話を切って一息つくと、突然手の中のスマホが鳴った。

六時にセットしたアラームだ。凛子は、腰を抜かさんばかりに驚いている。

金曜なのに目覚めは最悪。――その上、もっと最悪な一日が今日も始まる。

◇

「おはよっ、凛子ちゃん。今日もいい尻してるね」

ぞぞっと鳥肌が立つのを感じながら、凛子は素早く身をかわした。

行き場を失った男の手が、すかっと虚《むな》しく空を切る。最低のセクハラ。未《いま》だ一度も触られていないのは、もはや奇跡と言っていい。

工事用フェンスの中。組み上げられた鉄骨の上からは重機と工具の音が響いている。

ここは、東京郊外にある分譲マンションの建設現場だ。凛子が、二ヶ月前から出向を命じられている場所である。

「いい加減にしてください。それはセクハラだし、犯罪行為だって言いましたよね」

「可愛《かわい》くねぇなぁ。こんなの朝の挨拶じゃん。仕事に必要なスキンシップ」

凛子は胸に抱いたクリップボードを抱え直し、引きつった笑顔で後ずさった。

「可愛くなくて結構です。それに仕事は、そんなスキンシップがなくても」

そこまで言った凛子はひっと息を引いた。今度は横に立つ別の中年男が、両手を前に突き出して、胸を揉《も》むようなジェスチャーをしたからだ。

ぎゃはははっと堰《せき》を切ったような笑いが、重機とフェンスに囲まれた現場に巻き起こった。

「冗談だよ、冗談。俺たちが一度でも凛子ちゃんに触ったことあったかぁ？」

「言うな言うな、凛子ちゃんは男に免疫がないんだ。クソ真面目なお嬢ちゃんだからな」

我慢、我慢、ここは我慢だと、凛子は自分に言い聞かせる。

相手は十も二十も年上の親父ばかり。自分とは生きてきた世界が違いすぎる人たちだ。

しかも、この現場さえ離れてしまえば、二度と関わることはない。

が、そんな凛子に、今度は足場の上から声が飛んできた。

「凛子ちゃーん、一回でいいからスカート穿《は》いてきてくれよぉ」

「ストリップして〜、凛子ちゃん」

金髪の若い作業員だ。かろうじて耐えていたものがプツリと切れ、凛子は安全ヘルメットを押し上げて顔を上げた。

「いっ、今のは聞き捨てなりません。暴言がすぎると本社に報告して問題にしますよ？」

「出た、伝家の宝刀、本社に報告」

「オイオイ、凛子ちゃんマジでお怒りだぞ」

——ほんっとに最低……！

凛子は憤りをのみ込みながら、作業員の輪の中を大股で突っ切った。

汗臭いヘルメットに、油染みのついた作業着。どれだけ綺麗《きれい》に洗っても夕方には泥まみれになるスニーカー。泥と鉄と煙草の臭い。どこを見ても男、男、男の世界。

つい二ヶ月前まで、丸《まる》の内《うち》のオフィスで経理の仕事をしていた凛子には、まさに異世界のような光景である。

「わり、昨日、競馬で十万すっちまってさ」

「ええ？　お前、今夜ソープ代奢《おご》るって言ってたじゃん」

耳を塞ぎたくなるような会話の傍らを、凛子は目をつむって通りすぎた。

(悪いことは言わないから、私の決めた人にしときなさい。あんたが一人で決めたことで、今まで上手くいったこと、ひとつでもあった？)

母の言葉が呪いのように蘇《よみがえ》るのはこんな時だ。

事務職だった凛子が、突如現場行きを命じられたのは、仕事のミスが原因である。

凛子はこの工事の元請けである『伍嶋建設《ごしまけんせつ》』に勤めている。

丸の内に本社を持ち、全国に十二の支社を持つ一部上場企業だ。

新卒で入社した時から経理部に所属し、工事台帳のチェックをしていたのだが、その過程で、過去に自分が作成した発注書のミスを発見したのだ。

正確には、それは上司の作った発注書で、凛子はペアで仕事をしていた後輩と一緒に、便宜上起案者になったにすぎない。

黙っておくこともできたのだが、凛子はそうしなかった。すると――予想しなくもなかったが、ミスは全部凛子と後輩のせいだということになったのである。

後輩は激怒して退職したが、凛子にそこまでの決断はできなかった。結局経理部を追い払われた凛子は、施工管理部に転属を命じられた。

そこは、会社が発注した工事現場の進行管理をする部署で、当然、その任に適した資格や経験が求められる。簿記の資格しか持たない凛子には、いわば退職勧告のような異動命令だ。

その時点で退職するべきだったのかもしれないが、またしても凛子は判断を誤った。

この職場で資格を取って頑張ってみよう――と思っていた矢先、いきなり現場行きを命じられたのである。

(――可哀想《かわいそう》に、最初の現場が『高虎組《たかとらぐみ》』かよ)

(――あそこは、社長が元ヤクザの息子で、作業員の気性も荒いからな。ベテランの施工管理員でもきついんだから、間宮さんなら持ってせいぜい一週間だろ)

そんな現場に常勤になって早二ヶ月。大方の予想を裏切り、凛子はまだ辞めていない。

ただ、それもまた、自分の判断ミスかもしれないという不安は常につきまとう。

──ここまでくると、人生ゲームで、ことごとく選択を間違っちゃった気分だな。

凛子はぼんやりと考えながら鉄骨の足場を登り、それでも自分の仕事である安全点検だけは、ひとつひとつ丁寧にやっていった。

「何やってんだ、このボケ！」

「危ねぇだろうが！　今度同じことしたらボコボコにすっぞ」

そんな怒鳴り声が──すっかり慣れてしまったが──上からも下からも聞こえてくる。

職場の先輩の話だと、昔はヤクザまがいの会社が多かった建設業界も、今ではすっかりホワイト化が進み、現場作業員もそれなりに学歴がある人員を揃《そろ》えるようになったらしい。

が、高虎組だけはその時代の流れに逆行するかのように、中学や高校を卒業、ないし退学したばかりの、ちょっとヤンチャな人たちを積極的に雇用しているのだという。

（──高虎組は先代がガチのヤクザだったから、今でもその名残が残ってるんだろうな。ただ、その分腕は立つし、なにしろ三鷹《みたか》さん御用達《ごようたし》の業者だから）

先輩の言う三鷹さんとは、このマンション工事の発注者でもある『三鷹不動産《みたかふどうさん》』のことだ。

国内外に支社を持つ大企業で、マンション建設では日本一の実績を誇る。不況にあえぐ建設業界にとって神様のような存在だ。また、同社は伍嶋建設に多額の出資をしており、実質的な親会社でもある。

その三鷹不動産が直々に高虎組を工事事業者に指名したのだから、元請けとはいえ、伍嶋建設の立場は弱い。そこに、施工管理員としてはほぼ素人の凛子が派遣されたのだから、結果は言うに及ばずである。

親世代からは「お嬢ちゃん」と呼ばれてセクハラ三昧。若者世代からは馬鹿にされ、完全に舐《な》められている。正直言えば、毎日仕事に行くのが憂鬱でたまらない。

ただ、幸いなことに、高虎組が請け負うパートはもう終盤で、今やっている外壁の仕上げ工事が終われば、内装専門業者と入れ替わる予定になっている。

――あと少しの辛抱よ。ここまできたら、絶対自分から辞めたりしないんだから。

改めて自分に言い聞かせた凛子は、再び地上に降りると、ビニールシートで区分けされた資材置き場に入った。

今朝搬入された資材の数量を、発注書と突き合わせてチェックするためだ。が、足を止めて発注書をめくった途端、ぶぉんと地響きにも似た奇妙な音がした。

あっと思った時には、超大型掃除機に吸引されたみたいに背中が引っ張られ、ガチンッと何かにぶつかった。そのまま、身動きが取れなくなる。

「おうおう、罠《わな》に引っかかった子猫が一匹」

「不用心だなぁ、凛子ちゃん。ちょうど、マグネットの動作テスト中だったんだよ」

笑いながら入ってきた作業員二人を見て、ようやく凛子も、何が起きたか理解した。

今、凛子の背中に張りついている――もとい、凛子が張りついているのは、メーカーから試作品として貸与されたマグネット式の牽引機《けんいん》だ。

充電器の上に置かれている縦幅二十センチの磁石は、マンホールくらいの大きさで、中央にチエーンがついている。軽量で持ち運びがしやすく、フル充電の状態だと車一台くらいは余裕で吊《つ》り上げられる代物だ。

今、その牽引機が突然通電して磁力を持ち、凛子が身に着けている安全ベルトの金具が吸い寄せられてしまったのである。

「な、何やってるんですか。すぐにスイッチを切ってくださいよ」

急いでベルトを外そうとすると、今度は手首の時計が磁石に吸い寄せられた。

「どーしよっかなー。幸い誰も見てないし？」

「俺、外で見張っとこうか」

もちろん冗談だろうが、セクハラといっても口だけの親父連中と違って、若い作業員には、本当に気を許せないところがある。

特にこの二人はよそから手伝いに来た派遣で、普段から態度の悪さが目に余る連中だ。

「ちょっと、いくらなんでも、これは冗談じゃ済まされないですよ」

しかし、逃げようと身をよじっても、腕も背中もびくともしない。

次第に本気で恐ろしくなり、ついに凛子は大きな声を上げた。

「今すぐスイッチを切りなさい。でなきゃ本当に本社に報告して、問題にするから！」

「またそれかよ。二言目には本社本社って、何様だっつーの」

「おい、マジでやっちまうか？」

その時、いきなり牽引機が磁力を失い、身体が自由を取り戻した。

凛子は急いで充電器の裏に逃げ、男たちは訝《いぶか》しげな顔で周囲に視線を巡らせる。

「誰だよ、電源切ったのは！」

剣呑《けんのん》な空気を断ち切るように、ひどく間の抜けた声がした。

人の声ではない。猫の、にゃおーんという、なんとも呑気な鳴き声だ。

それだけで凛子には誰が来たのか分かったし、それは男二人も同様のようだった。

「あ、すんません。なんかまずかったっすか」

現場作業員はおおむね体格がいいのだが、その中でも一際背の高い大柄な男が、開かれたビニールシートの向こうに立っている。

仕事に来る時は、いつも猫を連れている高見健太郎《たかみけんたろう》が、その日も灰色縦縞《たてじま》の猫を片腕に抱え、少し戸惑ったような顔で頭を掻《か》いていた。

思わずほっとした凛子だが、すぐにむっと眉が中央に寄った。

彼の両隣に、いかにも水商売風の女二人がぴったりと寄り添っていたからだ。

猫連れでも許しがたいのに、今朝はまさかの女連れ？　しかも二人？

「健太郎、てめぇ、何勝手に電源切ってんだ」

「こっちは真面目に動作確認してたっていうのによぉ」

「えーっ、ならそうだって言ってくださいよ。俺、てっきり作動ミスかと思って」

駆け寄った作業員の拳をかわしながら、健太郎が情けない声を上げる。

しかし男たちの関心は、すぐに健太郎が連れている二人の美女に向けられた。

「へぇ、お姉さんたち、どこの人？」

「おいおい、女二人と朝帰りかよ。健太郎、どっちか一人は譲ってくれるんだろ？」

その時には、騒ぎを耳にした他の作業員も集まり始めていて、彼らの視線は、当然のことながら露出の多い服を着た女二人に釘付《くぎづ》けだ。

「ちょっと……これ、逃げなきゃマジでやばいやつじゃない？」

それまで健太郎の両隣に張りついていた二人が、おぞけを震うように後ずさる。

それを男たちがふざけて追い掛けようとした時だった。

「おい、いい加減遊んでないで、仕事しねぇか！」

この現場の実質的なドン、高虎社長の胴間声が響き渡った。

遅れてきたラスボスの登場に、全員が躾《しつ》けられた犬みたいに直立不動になる。

二メートル近い身長に、毛先を尖《とが》らせたスパイクヘア。のっしのっしと歩く姿は、まるで恐竜のティラノサウルスみたいだ。

ギラギラした目で現場を一瞥《いちべつ》した高虎は、充電器の陰で縮こまる凛子に気づき、はっと小さなため息をついた。

「なんの騒ぎかと思ったら、またあんたか、お嬢ちゃん」

いや、この騒ぎは私のせいじゃなく、健太郎が連れてきた女の――と言いかけたが、肝心の女二人はとっくにこの場から逃げている。

取り繕うように居住まいを正した凜子は、きっと顔を上げて高虎の前に出た。

「今、私に対して看過しがたい重大なセクハラ行為がありました。しかも高見健太郎は一時間の遅刻です。前に注意した、猫を現場に帯同させることもやめさせていませんよね」

「健太郎はうちで雇ってるバイトだよ。あんたんとことは無関係だ」

「弊社と御社が交わした契約書によると――」

「とにかくよ。お嬢ちゃんが現場をウロウロしてっと、みんながついついからかっちまう。仕事の効率が悪くなんだよ」

それはある意味本当のことで、凜子はぐっと言葉に詰まる。

「頼むから、事務所で書類仕事でもしててくれ。おい、今日の進行を確認すっぞ」

この掃きだめみたいな仕事場の、諸悪の根源が高虎だった。

この男が凜子を子供扱いしているから、他の社員も凜子を舐めきっているのだ。

「高虎さん、女は引っ込んでろみたいな態度は、今の時代女性差別に当たります」

「じゃ、伍嶋の社長にそう言って泣きつきな。おい、誰かついてこい、上行くぞ」

「な、泣きつきませんけど報告はします」

いつもならこの辺りで引き下がる凛子も、今日は気持ちが収まらなかった。

あんな恐ろしい目に遭わされたのに、自分が叱られて終わりだなんて理不尽すぎる。

「大切な機材を使ってセクハラしたんですよ。絶対に問題にしますからね！」

その時、足元にぞわっとした感触がして、凛子は情けない悲鳴を上げた。

「こらっ、ソラ、こっちこっち」

健太郎が連れてきた猫——ソラと呼ばれている猫が、足の間をすり抜けたのだ。

猫が苦手な凛子は、それだけで腰が抜け、全身に鳥肌が立っている。

「ちょっと——」

しかし、感情が収まらないままに放とうとした言葉は、喉の奥で気まずく消えた。

咳《せき》払いをする凛子に、作業員らの、からかうような声が浴びせられる。

「あれー、健太郎には怒らないの？　凛子ちゃん」

「健太郎はうちで一番のイケメンだからな。言うだろ。ただしイケメンに限るって」

冗談じゃない。どれだけ顔がよくても、こんな下品な現場で働く男なんて願い下げだ。

「ごめん、凛子さん、大丈夫だった？」

健太郎がへらっとした笑顔で手を振っている。一瞬だけその顔を見てから、凛子はぷいっと目を逸《そ》らして歩き出した。

「もーう、最悪」

割箸を割った凛子が思わず零《こぼ》すと、カウンター席の隣に座る健太郎がははっと笑った。

「試作中の牽引機だって聞いたけど、あれじゃ磁力が強すぎて使えないね」

「そういうことじゃないでしょ！」

高虎組の現場からほど近い『蕎麦処《そばどころ》いちまつ』。

昼休憩、凛子はいつもこの店で昼食を取る。少し値段は高めだが、そのせいか高虎組の現場作業員は一人もいない。そこが気に入っているからだ。

「まぁ、俺からも高虎さんに話しておくからさ。そんなにカリカリしない方がいいよ」

健太郎は呑気な口調で言って、カウンターの中にいる店主に蕎麦湯を追加注文した。

「下手に逆恨みされたら危ないだろ。あそこには色んな連中がいるし、全員がいい奴《やつ》ってわけじゃないから」

「逆に聞きたいけど、あそこに一人でもいい奴っている？」

「……俺？」

真顔で答える健太郎の横顔を、凛子は釈然としないまま睨《にら》みつけた。

何故自分が、アルバイトの健太郎に説教めいたことを言われなければならないのか。

しかもこの男は、二十八歳の凛子より二歳も年下なのである。

「凛子さんの気持ちは分かるけど、工事現場なんて外から死角になってるし、女の人には危ない場所じゃん」

「まぁ、それはそうだけど、だから何よ」

「立場の弱い人間が、強い奴に報復したいなら、相手に気づかれないようにやった方がいいってこと。本社には高虎さんから報告させたらいいと思うよ」

案外陰険なことを爽やかに提案してくれた健太郎は、上機嫌で蕎麦をすり上げた。

「うまっ、ここの蕎麦、本当に絶品だよね」

――どうでもいいけど、地味に私より高いもの頼んでない？

高見健太郎は、凛子がこの現場に派遣されて、ほどなくして雇い入れられた日雇いのバイトである。

出勤するのは週に二度か三度。猫と一緒にふらりと来て、いつの間にかいなくなっている。昼前に来たと思ったら、昼休憩後に消えていることも珍しくはない。

そんな自由が許されているのは健太郎くらいで、それは彼が、高虎の遠縁に当たるからだと言われている。あり得ない特別待遇だ。

が、凛子がそのことで高虎に文句を言うと、にべもなく撥《は》ねつけられた。

（あいつは、いくつも現場を掛け持ちしてんだ。ああ見えて頭の切れる奴だから、他所《よそ》でも重

宝されてんだよ）

確かに現場では、健太郎は頼りにされている。力仕事はもちろんだが、計算が得意で、ちょっとした設計ミスも正確に見抜いて、その場で修正してしまう。

それ以前に、何をしても許される雰囲気が健太郎にはある。いつも上機嫌で人懐っこく、誰に対しても分け隔てなく接するから、現場の誰からも好かれているのだ。

そんな健太郎は――凛子には、むしろセクハラをしてくる連中よりも苦手な存在だった。

「健太郎、ソラに餌やっとくからな。あとこれ、サービスしとくから」

今も店主は、健太郎にだけ煮物の小皿を差し出してくる。しかも猫まで二階で預かってくれているらしい。

太っちょの店主の横に立つ年増《としま》の女将も、健太郎をあだっぽい目で見つめている。

「本当、健ちゃんって食べっぷりがいいから、見ていて気持ちよくなっちゃう」

常連という意味では凛子の方が上だと思うのだが、そんな風に人との距離をあっという間に縮めてしまうのが健太郎の特技なのだ。

普段から話しかけないでオーラを出している凛子に対しても、「隣、いいっすか」と気軽に声をかけてきた。

特に気が合っているわけではないが、一方的に距離を詰められたせいか、いつの間にか友達みたいな関係になってしまっている。

「あのぅ」

その時、女子大生風の二人連れがもじもじと話しかけてきた。もちろんだが健太郎に。

「時々猫連れてくる人ですよね。すっごく可愛いなと思って。なんて名前なんですか」

おっとまた出た。猫口実の逆ナンパ。健太郎よ、その女たちが聞きたいのは猫ではなくお前の名前だぞ。

とにかくこの男は、やたらめったらモテるのだ。

身長は百八十七センチ。蜂蜜色の肌は、他の作業員が暴力的に日焼けしているのに対し、「先週、ハワイ行ってきました」くらいの上品さを保っている。

背が高いため細身に見えるが、肩幅は広く胸板も厚い。薄いシャツの下からは男らしい筋肉の隆起が透けて見え、作業ズボンの下の腿《もも》もパンパンに張っている。

が、男臭さ満載の胴体に乗っかっているのは、意外なくらい優しそうなベビーフェイスだ。

黒目がちの双眸《そうぼう》は、目尻がやや垂れていて、目の下には涙袋が膨らんでいる。

柔らかい髪は、適当に梳《す》かしたように無造作で、それがまた女性の庇護《ひご》欲をそそるらしい。

それはちょっと分からなくもない。凜子も見る度に、櫛《くし》を当ててやりたくなるからだ。

「お姉さん方、健太郎は無理ですよ。こいつ、こう見えて好みがマニアックなんです」

と、口を挟んだのは、もちろん凜子ではなく、座敷に座っている常連客だった。

若い会社員の二人連れで、健太郎とも顔なじみだ。が、今のセリフには、モテすぎる男に対する若干のやっかみが感じられた。

「そうそう、確かロリ顔の巨乳がタイプなんだっけ」

「小学校の時の初恋の相手がそれですよ？　こいつ、そのエロい子のことが忘れられなくて、今でも行方を捜してるんです。な」

「違いますよ」

と、そこで珍しく真面目な顔で、健太郎が反論した。

「そこに足も入れないと。ロリ顔、巨乳、美脚の三点セットです」

一瞬の間の後、爆笑が巻き起こる。さっきまで健太郎をやっかんでいた男二人まで笑っているのだから、感心するしかない処世術だ。

はしゃいだ声を上げた女たちが、ちらりとその視線を凜子に向けてすぐに戻した。

ええ、ええ、どうせ私は全くの真逆ですよ。

と、内心ぼやきながら、凜子は蕎麦湯を一気飲みする。

凜子は身長百六十二センチ。女性にしてはやや長身の部類に入る。

顔立ちは日本人形みたいとよく言われる。よく言えばお上品、悪く言えば多分地味。

スタイルは並。どちらかといえば痩せ気味で、胸も——自慢できるサイズではない。

で、健太郎が真面目に付け加えた足は、実のところ一度もさらしたことがない。

右足の膝からふくらはぎにかけて、子供の頃にできた、比較的大きな傷痕があるからだ。

いずれにせよ、健太郎の好みとは真逆である。もちろん凛子の理想も健太郎とは真逆だ。真面目、高学歴、安定した収入。言っては悪いが健太郎には掠《かす》りもしない。

揃って店を出た後、凛子はやや警戒しながら隣を歩く健太郎を見上げた。彼の肩では、音もなく飛び乗ったソラがあくびをしている。現場は、近くの公園を通ってショートカットすれば、五分もかからない距離にある。いつものように、人気のない公園に足を踏み入れた時、凛子は思いきって口を開いた。

「ねぇ、二人同時って、あんた的には平気なの」

「ん？　さっき店にいた子の話？」

こちらを見た健太郎から目を逸らし、凛子は軽く咳払いをした。

「じゃなくて、今朝の二人のこと。あの二人、あんたの部屋に泊まったんでしょ？」

「んー、正確に言うと泊まったのは俺の方。昨日、俺、住んでるとこ追い出されてさ」

「えっ？　なんで？」

「ペット厳禁だったんだよね、そのアパート。大家さんが猫アレルギーみたいで」

凛子は唖然《あぜん》と口を開けた。それは追い出されるのも当たり前だ。

本当にいい加減なんだから――と思いつつ、凛子は本題に戻るべく、再度咳払いをした。

「で、行きずりの女の子の部屋に泊まったってこと?」

「まぁ、行きずりっていうか、行きつけのバーの店員さんだけど」

そこで不思議そうな目になった健太郎は、すぐに口元にいたずらっぽい笑みを浮かべた。

「何、凛子さん、俺のエッチな話に興味あるの?」

「っ、違うわよ、二人と一緒に泊まるなんて、頭おかしいんじゃないのって思っただけ」

笑うとこの男は、思いのほか魅力的になる。見ているこっちまで楽しい気持ちになってしまうような、まさに癒やし系の笑顔なのだ。

が、そう思うのもしゃくなので、いつも凛子はさっと目を泳がせている。

「誤解してるみたいだけど、泊まったのはあの子たちの店の寮だよ。猫連れだとホテルに泊まれないから、オーナーさんが、一晩なら部屋を使っていいって言ってくれたんだ」

そんな凛子の気持ちなど知るよしもない健太郎は、猫の喉を撫でながら呑気に続ける。

「で、出勤しようとしたら、あの二人がついてきた。互いに、どっちかが俺と寝たんじゃないかって疑ってたみたいでさ」

「……寝たの?」

「うん、気持ちよかった」

「…………」

「ベッドは狭かったけど、こいつと丸まって寝たからね」

彼の指で喉をくすぐられた猫が、甘えた声を上げる。

からかわれた――と分かった凛子は、はっと頬を熱くした。

「だから、昨夜は凛子さんが想像してるみたいなことは何も」

「想像してません、何も」

ぴしゃりと遮ってから、凛子はすぐに、この話題を振ったことを後悔した。

別に健太郎の乱れた私生活に興味はない。それでもつい水を向けてしまったのは、その面では経験豊富であろう健太郎に、聞いてみたいことがあったからだ。

現場ではひた隠しにしているが、凛子には、つき合って一ヶ月になる彼氏がいる。

名前は佐々木、都内に事務所を構える三十五歳の建築家だ。

ひと月前、伍嶋建設に顔を出した時に、仕事で来ていた佐々木に社内の案内を乞われ、お礼に食事を奢りたいと誘われたのがきっかけだった。

学歴よし、収入よし、性格は真面目。顔だけは好みと違うが――これならば母も納得してくれるに違いない、これ以上ない相手である。

その佐々木のことで、少しばかり凛子は悩んでいた。だからさりげなく恋愛話を振ったつもりが、いつものように健太郎にリードを取られ、話の腰を折られまくっている。

「キ……」

「き?」

「キ、キス……、美味しかった?　ほら天ぷらセットに入ってたやつ」

一瞬きょとんとした顔になった健太郎は、すぐに邪気のない笑顔になった。

「美味かったよ。凛子さんも、たまには単品じゃなくてセットを頼んだらいいのに」

「……そうするわ」

給料が出たらね。なんでバイトにそんな上から目線で言われるのか分かんないけど。

聞けるわけがない。キスって、つき合ってどのくらいでするのが普通?　──なんて。

「もしかして、誰かとキスする予定でもあるの」

「はっ、は、はいっ?」

それまで全く話が嚙《か》み合わなかった相手に核心をつかれ、凛子は無様なほど動揺した。

「え?　はっ?　何それ、私がいつ、そんな話をあんたにした?」

「なんとなく、そういうこと聞きたいのかなと思って」

「違うわよ。馬鹿じゃない?　それに私と佐々木さんはね、まだそういう関係じゃないの。結婚するまでは何もしないって、お互い約束してるんだから」

一気にまくしたてた凛子を、健太郎は少し驚いた目でまじまじと見た。

「彼氏いたんだ、凛子さん」

しまった、と凛子はほぞを嚙む。言わなくてよかったものをうっかり口にしてしまった。

「いるわよ、全然いる。普通でしょ、驚くとこ？」

「いや、まぁ、それはそうなんだけど」

数秒、言葉を探すように言いよどむと、健太郎は、ちょっと優しい感じの目になった。

「そっか。まぁ、凛子さんにお似合いの相手みたいでよかったよ」

「どういう意味よ、それ」

「紳士じゃん？　結婚するまでキスもしないって、今時なかなかいないでしょ」

本当はその紳士な佐々木に、何度もキスやらハグやらを求められているのだが、凛子が断り続けているのが現状だ。

凛子には、上京前夜に母にかけられた呪いがある。

（――結婚の約束をするまで、絶対に男に身体を許しちゃだめ。あんたみたいな田舎者は、悪い男に騙されて、身ぐるみ剥がされるに決まってんだから）

田舎者の被害妄想だが、母の言霊は強力だった。

凛子なりに抗《あらが》おうと努力したものの、いざ男性とつき合うとなると母の言葉が気になってその先に進めない。それで結局、いつも振られてしまうのだ。

そんな凛子に、佐々木は実に誠実な対応をしてくれた。

（お母さんの仰《おっしゃ》ることは正しいよ。僕も、男女はそうあるべきだと思ってるんだ）

そう言って、なんと婚約の証《あかし》に婚姻届を持ってきてくれたのである。

（すぐに結婚はできないけど、サインだけはしておこう。僕の真心の証だよ）

それが先週のデートのことで、ここが覚悟の決め時だと判断した凛子は、その場で婚姻届にサインした。

というのも、二十代もあとわずかになったせいか、母の見合い攻勢は日増しに激しくなるばかりで、郷里で式場の予約すらしかねない勢いだったからだ。

とにかく一度母に会って欲しいと頼むと、佐々木はあっさり快諾してくれた。そして翌週の土曜日――つまり明日、母と三人で食事をすることになったのである。

が、安堵《あんど》したのも束《つか》の間、今度は別の悩みが頭をもたげてきた。

佐々木と、性的な行為をいつするか問題だ。

彼が婚姻届まで用意してくれた以上、凛子も少しばかり――せめてキスくらいまでは譲歩する必要があることは分かっている。

が、これまで、誰ともまともにつき合ったことのない凛子には、当然のことながら男性経験がない。はっきり言えばキスもしたことがない。

で、もっとはっきり言えば、佐々木とキスしたいともできるとも思えないのだ。

（佐々木さん、いい人なんだけど、顔がな……。唇もぼってりして黒ずんでるし……）

思わず横目で見上げた健太郎は、涼しげな目を別の方角に向けている。

口角の上がった唇は、つやつやとした健康的な薄桃色だ。ちらりと覗《のぞ》く歯は白く、形のいい犬歯が、笑った時の彼を少年のように幼く見せる。

こういう唇の人となら、キスできるかもしれな――いやいや、何考えてるの、私。こんな軽薄な男とキスなんて、天地がひっくり返ってもあり得ないでしょ。

ぶんぶんと首を横に振った時、視界に思わぬものが飛び込んできた。

公園の植樹の陰で、一組の男女が顔をくっつけ合っている。

それがキスだと分かった凛子は、びっくりして目を逸らそうとしたが、首は石みたいに固まって動かなかった。

男性は茶髪でいかにも遊び人風。女性は大人しめの学生風。いや、公共の場だし、ここに人が二人もいるし――と、何度も現実を否定するが、それを打ち消す勢いで猛烈にキスを交わし合っている。

「おー」

隣で健太郎が感嘆するような声を上げる。

その声でようやく我に返った凛子は、ぱっと片手で視界を覆って歩き出した。同時に、言葉にならない嫌悪感が、むくむくと胸に広がっていく。

「すごかったね、今の」

「っ、何言ってんの？　常識なさすぎでしょ。普通人前であんなことする？」

人が歩いている前で堂々と――むしろ見ているこっちが悪者みたいな感覚になってくる。そういうのが一番腹立たしい。

ルールを破って生きているのが、むしろかっこよくて正解、みたいな。

「ほんっと最低、信じらんない、いい年した大人が、公共の場所で」

「……凛子さんさぁ」

猫を肩から下ろしながら、少し笑うような口調で健太郎が言った。

「前から思ってたけど、人生に圧がかかりすぎてない？」

「……え？」

解き放たれたソラが、工事現場の囲いに向かって駆けていく。

「まるで、やっちゃいけないことリストが頭の中に何十枚もあって、それで身動きできなくなってるみたい」

顔を強張《こわば》らせる凛子を見下ろし、健太郎は邪気のない笑顔になった。

「自分が我慢してることを、他人が平気でやってるから腹立つんだよ。今だってさ、本当はしてみたいと思ったんじゃない？」

「何を……？」

「路チュー」

驚きのあまり、凛子は石像みたいに固まった。

「一度試しにやってみたらいいのに。チューだけに、ちょー気持ちいいかもしれないよ」

は？　――と、凛子はそこでようやく、いつもの自分を取り戻した。

何、そのくだらないダジャレと、思いっきり上から目線な発言は。

「あのね、私、結婚を控えてるの。もうすぐ佐々木さんと結婚するの」

「へぇ、そうなんだ」

「今、私は究極のリア充よ。だから今の考察は全然」

お門違い――と言いかけた時だった。

「おっ、不倫中の凛子ちゃんだ」

背後からそんな声がして、凛子は眉を寄せて振り返る。

そこにいたのは、さっき牽引機を使ったいたずらを仕掛けてきた連中だ。さっと健太郎の陰に隠れた凛子を見やり、二人はにやにやと口元を歪《ゆが》ませた。

「彼氏、来てるよ。佐々木って人。奥さんと二人連れで」

「規則に厳しい凛子ちゃんが、不倫なんてしちゃだめじゃん。俺、失望しちゃったなぁ」

思わず健太郎を見上げた凛子だが、もちろん事情が分かるはずもなく、健太郎はびっくりしたように首を横に振る。

「奥さん、カンカンだから覚悟した方がいいんじゃない」

「しかし、凛子ちゃんが不倫とはねぇ。人は見かけによらないもんだ」

凛子は、ただただ混乱していた。

ちょっと待って、私が不倫？　佐々木さんに奥さんってどういうこと――？

「じゃ、俺たちの凛子ちゃんの失恋を祝って、乾杯！」

という、不名誉極まりない何度目かのかけ声と共に、グラスがぶつかり合う音がする。

もはや笑うしかない凛子は、何杯目かの生ビールを一気飲みした。

「凛子ちゃん、ちょっと飲みすぎじゃないの？」

カウンターの向こうから、『蕎麦処いちまつ』の女将が心配そうに囁《ささや》いてくれたが、今飲まずして、いつ飲めというのか。人生最大の恥が、高虎組の全従業員どころか、行きつけの店にまで知られることになったのだ。

昼休憩の終わり。現場に戻った凛子を待ち構えていたのは、仏頂面の高虎と、うつむいている佐々木。そして、その隣でまなじりを吊り上げている佐々木の妻だった。

(これを、君に返しに来たんだ)

おどおどと佐々木が差し出したのは、二人でサインした――と思っていた婚姻届だった。

見れば、その届出書には、凛子の名前と印しか見当たらない。

(こ、こんなものを押しつけてきて、離婚しろと言われても、困るよ。僕が結婚していることは、最初にちゃんと話したよね？)

その佐々木の指には初めて見る結婚指輪があり、隣には、若い頃は美人だったであろう、四十代くらいの派手な女性が怒りの形相で座っている。

（この子、うちの人に婚姻届を突きつけて、サインしないと死んでやるって迫ったそうなんです。一体おたくでは、従業員にどういう教育をしているんですか？）

言い訳したかったが、魔法のように佐々木の名前が消えた婚姻届が、二人の言い分の何より雄弁な証拠となった。

そういえば凛子は、佐々木のサインが入った婚姻届を一度も確認していない。僕も書くよと言って、何かさっと書いている風だったから、間違いなくサインしたものだと信じ込んでしまっていたのだ。

もちろんこの騒ぎは、瞬く間に現場の全従業員に広まった。

そして今、何故だか凛子の行きつけのいちまつで、凛子を励ます会——と銘打った、飲み会が開かれている。

それが自分をからかう目的で開催されたものであっても、凛子に断る選択肢はなかった。

というのも、佐々木の妻はひとつだけ誤解しており——おそらく佐々木が意図的に嘘を言ってくれたのだろうが——凛子のことを、高虎組の社員だと思い込んでいたのだ。

ありがたいことに、高虎はそれを一切否定せず、黙って佐々木夫妻に謝罪してくれた。

つまり凛子の本当の勤め先である伍嶋建設には、秘密にしておいてくれるということだ。

「まぁ、若いんだ。そういう失敗のひとつやふたつ、お嬢ちゃんにはいい経験だろうさ」

と、カウンター席の隣で、店主相手にまくしたてている高虎。

普段は鬼のような高虎だが、酒にはめっぽう弱く、悪酔いして記憶をなくすことで知られている。

飲みの席では絶対社長の隣になるな——とは、高虎組の合い言葉のようなものだが、正直、今の凛子にはどうでもいい。

しかも、今夜初めて知ったことだが、そもそもいちまつは、高虎組の御用達だったらしい。柄が悪くなるから昼間は絶対来ないでくれ——との店主の要望で、ランチタイムは利用していなかったのだ。

「さぁ、飲め飲め。お嬢ちゃんに不倫なんてできねぇことは、ここにいる全員がよく知ってるから大丈夫だ。信号が青になってもいちいち左右確認してるようなあんたがよ、男と不倫なんてできるもんか」

高虎がグラスを引き寄せ、そこにドボドボと日本酒の熱燗《あつかん》を注ぐ。

「騙されたんだなぁ。クソ真面目な奴にありがちなこった。でも、結婚詐欺師でなかっただけ、よかったじゃねぇか」

きっと、根は人情味のあるいい人なんだろうけど、このデリカシーのなさはなんだろう。

熱い日本酒を一気飲みしながら、もう、この店には二度と行けないと思う凛子である。

その時、入り口の方から猫の鳴き声がした。

見れば、昼すぎには現場から姿を消していた健太郎が、ソラを肩に乗せて立っている。

「わぁ、もうかなり盛り上がってますね」

「あら健ちゃん、飲みに来るなんて珍しい。今夜はどうしたの」

「ちょっと時間ができたので。ソラ、二階で預かってもらっていいですか」

ある意味、一番顔を合わせたくない相手の登場に、凛子はますます追い詰められた気持ちになった。

なんだって健太郎に、佐々木のことを自慢げに話してしまったんだろう。

ああ、もう穴があったらそこに埋もれて死んじゃいたい！

「すみません、冷酒、グラスで」

凛子は直接店主にオーダーした。もう何を飲んでも酔えそうな気がしない。

二杯くらいそれを一気に飲んだ時、背後で健太郎の声がした。

「へぇ、これが婚姻届ですか。俺、現物なんて初めて見ました」

見れば背後の座敷席のテーブルで、凛子の書いた婚姻届が広げられている。

ゴミ箱に捨てたと思ったのに、誰かが面白半分に拾ったのだろう。それはそれでゆゆしき事態なのだが、不思議と腹が立ってこない。

ありがたいことに、アルコールが凛子から思考力を奪ってくれているようだ。

そんなことよりどうしよう。

明日、凛子は休みで、母と佐々木を会わせる予定になっていた。

今にして思えば、本当に会ってくれるつもりだったのかも怪しいし、母にはすでに断りの電話を入れている。

問題は、延期になったと誤魔化してしまったこと——別れたと言えなかったことだ。

——本当のことはいつ話そう。もし、結婚の予定がなくなったって分かったら、間違いなく見合いさせられるし……。

元々、凛子が東京で一人暮らしをすることに猛反対していた母である。

就職先が、田舎者には印籠のごとく眩《まぶ》しい有名企業だったから許してもらえたが、そうでなければ、親戚の会社に無理やり就職させられていただろう。

娘を郷里に呼び戻したい母は、ここぞとばかりに見合いを勧めてくるに違いない。そしてまた、あの嫌なセリフを言われるのだ。

本当に情けない。なんて馬鹿な子なんだろう。だから私は反対したのよ。

全部、あんたのせいだから。

「すっげ、本当に凛子ちゃんの名前が書いてある」

「てことは、これに誰かがサインして役所に出せば、凛子ちゃんと結婚成立じゃね？」

「いやもう本当、誰でもいいんで、誰か私と結婚しません？」

凛子であって凛子でない自分の声が、信じられない冗談を言った。

「今結婚しないと、地元で見合いさせられるんです。マジで配偶者募集中。早い者勝ちなんで、ほらっ、希望者は手を挙げてください。ほら、ほらっ」

凛子一人が立ち上がって手を挙げるが、周囲は棒を飲んだように静まり返っている。

「どうしたんですか？　まだ二十代だし、処女です、私。めっちゃお買い得ですよ？」

あれ？　何言った、私……？

と、思った時には手遅れだった。

絶対に食いついてくると思ったセクハラ組も黙り込み、恐ろしく微妙で気まずい空気がその場に立ちこめる。

「……いやぁ、それは、まぁ、いくらなんでも」

「う、うん。まぁ、さすがにな」

――どうしよう。めっちゃ、滑った。

しかも、絶対に知られたくない秘密まで暴露してしまった。

もう笑うしかない凛子は、「あははっ、そうですよね。あははっ、あははっ」と笑って冷酒をひたすらあおる。

分かった。今夜自分の部屋でなんとかして死のう。もうそれしか汚名を濯《すす》ぐ道はない。

「じゃあ、俺がサインしてもいいっすか」

その時、あっけらかんとした健太郎の声がした。

「ええっ、マジかよ、健太郎」

「相手、あの凛子ちゃんだぞ。しかも不倫男と別れたばっかの」

背後の騒ぎを、凛子は虚《うつ》ろに聞いていた。また健太郎が余計なことを——と思ったが、もう思考が上手くまとまらない。

年下のバイトのくせに、健太郎はいつもこんな風に、何気なく凛子を庇《かば》ってくれるのだ。

今朝だってそうだ。間違って機械を止めたとか言っていたが、わざと止めてくれたに決まっている。高虎に文句を言っている最中にソラが足元を通り抜けたことだって、もしかしたら健太郎が仕掛けてくれたのかもしれない。

あの時は凛子も激高していたし、収まりがつかなくなっていたからだ。

落ち着いて、凛子さん。

そんな気遣いを健太郎の笑顔から感じたから、あの時、健太郎を怒れなかったのだ。

そういう健太郎の優しさ——というより、同情的なお節介が、凛子はものすごく苦手だし、腹立たしかった。

「健太郎、そういう同情はよくないぞ。お嬢ちゃんにだってプライドがあるんだからな」

と、そこでとどめのように余計なことを言う高虎。一人でグビグビ日本酒を空ける高虎は、もうすっかりできあがっている。

「同情っつーか、切実な訳ありで。実は俺、昨日から住むところがなくなったんですよ」

健太郎は照れたように、頭を掻いた。

「凛子さんとこ、ペットオッケーで、しかも二部屋あるって聞いたことあったんで。ちょっとの間、居候させてもらえないかな、なんて」

それでようやく、サインしたいと言ったのが冗談だと分かったのか、「どうせ女に追い出されたんだろ」とか「絶対お前の浮気が原因だろ」などという野次が飛び交う。

「だったら健ちゃん、うちに住めばいいじゃない。ねぇ、あんた？」

と女将が言い、「馬鹿野郎、俺にもプライドがあるぞ」と店主が返して、店内が笑いに包まれた。話題の中心は、健太郎が朝連れてきた女二人のことに移り、もはやカウンターで半分潰れた凛子に構う者はいない。

結局のところ、凛子はまた健太郎に救われたのだ。

――なんだろ。ものすごく惨《みじ》めな気分……。

冷酒をあおった凛子が、ぼんやりとカウンターにつっぷした――その時だった。

「よしッ、じゃあ、腕相撲すっか！」

いきなり隣の高虎が、椅子をひっくり返す勢いで立ち上がった。

「ここは男らしく力勝負といこうや。勝った奴がお嬢ちゃんとの婚姻届にサインできるってことでよ」

一瞬、何が起きた？　とばかりに店内が静まり返る。

「よーしッ、じゃあまずは言い出しっぺの健太郎だ。こいつを倒した奴には臨時ボーナスをくれてやる。勝負したい野郎は男らしく出てきやがれ」

「じゃ、俺行きます！」

「よっしゃあ、久々に勝負といくかぁ！」

臨時ボーナスと聞いて、俄然《がぜん》盛り上がる作業員たち。もう、なんのための勝負か分からなくなっているが、引きずり出された健太郎が戸惑っているのが、少しだけ小気味よかった。

「お前は初めてだったな、健太郎。うちの勝負はな、こいつを一気飲みしてからやるんだよ」

と、日本酒のグラスを突き出されている。

「……俺、あまり酒は」

——ふんだ、かっこつけて余計なことをするからよ。私のことなんか放っといてくれたらよかったのに。

あんたに庇われるとね、惨めさ百が千くらいに倍増するのよ。なんでか分かんないけど。

「よーしッ、独身野郎は全員参加だ。この中で一番腕っぷしと酒の強い男が、お嬢ちゃんの結婚相手だからな！」

凛子の名前だけが書かれた婚姻届は、いつの間にか高虎の手に渡っている。

「ほんっと、好きよね。一気飲み腕相撲」

「この馬鹿騒ぎは毎度のことだが、健太郎が参加するのは初めてだな」

女将と店主の呆れたような声。そりゃ昼間は出禁になるわけだと、凛子は虚ろに考える。

「高虎さん、俺が勝ったら、マジでそれ返してもらいますからね」

健太郎の、少し怒ったような声。

「わっしょい、わっしょい、わっしょい、わっしょい」

野次とかけ声と、手を打つ音。――

記憶しているのは、そこまでだった。


暗闇の中を、誰かと一緒に走っている。

(凛子さん)

誰……？

(凛子さん、目を開けて)

初めて夢の中で、その相手が声を上げた。

でも、どこかで聞いたような気がするのは何故だろう。

どこかっていうか、ほんのちょっと前に。

「凛子さん……凛子さん」

ひどく近いところで人の声がして、凛子は重たい瞼《まぶた》を開けた。

「部屋、番号、思い出せる？」

ゆらゆらと揺れる身体。暗く陰ったままの視界。──あれ、これ夢？

開けた瞼が重たすぎて、またとろんと落ちてくる。

「まいったなぁ」

ん？　この声ってもしかして健太郎？

なんだろう、めっちゃ温かい。それに、かすかにグレープフルーツの匂いがする。

いつもほのかに漂ってくる、健太郎の髪の匂いだ。

でもそれ以上に、……とんでもなく酒臭い。

「ううっ」

「えっ、ちょっ、ここで吐くのは勘弁して。俺もやばいから、絶対にもらいゲロになる」

一瞬込み上げた吐き気を堪《こら》え、凛子はこくこくと頷《うなず》いた。

頷く度に、頬が人肌で擦《こす》れ、顎が硬い筋肉に包まれる。胸とお腹《なか》がぴったりと温かな何かに張りついて、折った両膝をがっしりと支えられているのを感じる。

ゆらっゆらっと身体が揺れる。もしかして──今、私、健太郎に背負われてる？

「ちょっとぉ」

自分のものであって、自分のものではないような、おかしな声が喉から漏《も》れた。

「なによぉ、なんで、こんなことになってんのよぉ」

「はは、むしろ俺が聞きたいよ、それ」

脱力したような健太郎の声に、何故だかイライラした気持ちが募ってくる。

「あんたがぁ」

「はいはい」

「あんたがねぇ、そもそも余計なことをするから、こういうことになったんでしょ」

「そうだね。今、凛子さんのマンションの前なんだけど」

揺れが止まり、足を止めた健太郎が顔を上向けるのが分かった。

「近くだとは聞いてたけど、本当に近くて助かったよ。部屋番号、分かる？」

頬に当たる首筋は熱く、立ち止まると、重心が定まっていないのがなんとなく分かる。

平静そうに見えて、健太郎も、相当に酔っているのだ。

「五〇二……じゃなくてね。そういうことじゃなくてね……」

何故だか惨めさが高まり、つーっと目頭から鼻にかけて熱いものが滴った。

「ほっといてよ、もう」

「まぁ、そういうわけにもいかないでしょ」

「なんで真面目に生きてる私が、あんたみたいな適当な人間に、同情されなきゃいけないのよ」

ぽたっぽたっと、頬から顎を伝った涙が滴り落ちる。みるみる理由の分からない悲しみが込み上げてきて、凛子はえっえっと、声を上げて泣いていた。

涙が溢《あふ》れる理由も分からないのに、嗚咽《おえつ》は激しくなる一方で、次第に自分が、今、どこで何をしているのかも分からなくなる。

「……、お、お母さんに怒られる」

泣きじゃくりながら、まるで助けを求めるように、凛子は健太郎の首にしがみついた。

「どうしよう健太郎、お母さんの言うとおりになっちゃった。お母さんの言ったとおり、私、また間違えちゃった」

本当に情けない。なんて馬鹿な子なんだろう。だから私は反対したのよ。

全部、あんたのせいだから。

「どうしよう、お母さんに怒られる、怒られちゃう……」

動かない健太郎は、黙って凛子を泣くままにしてくれている。

「大丈夫だよ」

ひとしきり泣いた後、ひどく優しい声がした。

お父さんみたいな声だと、父の声などろくに覚えていないのに、ふと凛子は思っている。

「だって凛子さん、何も悪いことしてないだろ？」

しゃくり上げながら、何故だか少し安心して、凛子はこくんと頷いた。

「でも……お母さん、怒るもん」

「その時は、俺が説明するよ。だから凛子さんは安心してて大丈夫だから」

「ん……」

あったかい――

凛子は重くなった瞼を閉じる。健太郎の身体は温かい。温かくて優しい匂いがする。

健太郎は嫌いだけど、この匂いは嫌いじゃない。

健太郎は嫌いだけど、健太郎の顔はかなり好きだ。見てて癒やされるし、可愛いし、笑った時に見える犬歯もいい。

声も好きだ。穏やかだし、軽いようで深い響きが心地いい。それに、どこか懐かしい。

「健太郎……」

「ん？」

「健太郎、好き……」

泣き疲れた思考が、闇の中に落ちていく。なんだかすごく気持ちがよかった。


ブーッ、ブーッとアラームの音がする。

細くうめいた凜子は、薄闇の中で伸びをしてから、薄目を開けた。

「あったま、痛……」

ズキズキとこめかみが痛み、胃がもやもやして気持ちが悪い。

なんだろう、この気分の悪さ。初めて経験するけど、もしかしてこれが二日酔い――？

朝の十時。普段は朝の六時にスマホのアラームをセットしている凜子だが、土日だけはたっぷり寝るつもりで、この時間にセットしている。

寝ぼけ眼でスマホを覗き込むと、佐々木からのメッセージ通知が並んでいた。冷水を浴びせられたようになって、急いで画面を切り替える。

それでも目に飛び込んできたいくつかのメッセージには、〈理由があるんだ〉〈説明させてくれ〉という文字があった。

一瞬の内に、昨日の出来事が頭に蘇り、今朝がいつもの朝ではなく、人生における異常事態の真っ最中であることを思い知らされる。

結婚すると思った佐々木が実は既婚者で、奥さんと一緒に仕事場に乗り込んできた。

その夜に、恥の上塗りみたいな飲み会に参加させられて、最悪な一日の極めつけは――

(――凜子さん、服脱がすよ？　いい？　許可取ったからね)

――……あれ？　その辺りのことは、どこまでが夢……？

首を傾《かし》げながら、視線を巡らせると、ひどく非現実的なものが視界に飛び込んできた。

巨大な肌色の塊——いや、裸の男の背中が、ベッドの半分を占領している。

「ちょ、……え？　は？」

寝乱れた柔らかそうな髪。逞《たくま》しい肩と腕。男らしい肩甲骨。

自分の片腕を枕にして、すーっすーっと規則正しい寝息がその背中から伝わってくる。

「……け、」

健太郎？

凛子は口をかぱっと開けたまま、固まった。

嘘でしょ？　もしかして漫画でよくある、酔った勢いでやっちゃった的な？

たちまち血の気も頭痛も吹き飛んで、自分の身体に目を向ける。トップス——はキャラクターもののTシャツ。何かのキャンペーンでもらったもので、普段あまり着ないやつだ。

ブラは着けてる。下は昨日と同じパンツで、ストッキングも脱いでいない。

てか、昨日一体何があった？

「んん……、今、何時？」

その時、健太郎の眠たげな声がした。ぎょっとした凛子は、そのままベッドで石みたいに固まった。

この世に生まれて二十八年。こんな朝が自分に訪れるとは夢にも思っていなかった。しかも、記憶が全くないという異常な状況で。

健太郎が、掛け布団の中から腕をにょっきり出して、周囲をぱたぱたと叩《たた》き始める。スマホを探していると分かったので、凛子は慌てて視線を巡らせた。

あった。ベッド横のパソコンデスクに置いてある。急いでスマホを取り上げると、画面は通知でいっぱいだった。

〈結婚おめでとう！〉

〈凛子ちゃんと幸せにな〉

ごくりと唾を飲み下し、凛子はごしごしと目を擦った。

結婚、おめでとう……？

その時、ピコンッと音がして新しいメッセージ通知が浮かび上がった。

〈健太郎様、今日はいつお帰りですか〉

「凛子さん、今何時？」

はっと我に返った凛子は、手にしたスマホを慌てて健太郎に差し出した。

のそぉっと起き上がった健太郎が、それを受け取りながら、眠たそうにあくびをする。

上下する喉仏、胸筋の上で鎖骨が浮き上がり、首の下になまめかしい窪《くぼ》みができる。

淡い蜂蜜色の滑らかな肌、脇下の陰り、肌をやや濃くした色味の乳首まで見えている。

どうしようもないくらい濃厚な、決して不快ではない彼の男らしい体臭に、逃げようもないまま包まれて、凛子は呆然《ぼうぜん》として動けない。

しかし健太郎は、画面に目をやってすぐに表情を改めた。

「マジか、やっべ！」

ばさっと掛け布団が撥ねのけられる。呆《ほう》けたようにベッドに座っていた凜子は、突然視界に飛び込んできたものに凍りついた。

健太郎は、黒のウエストバンドが付いたグレーのボクサーパンツ一枚きりだった。

それが彼の逞しい尻をぴっちりと覆い、股間にあるものをくっきりと際立たせている。

凜子は目をかっと開いたまま、身じろぎもできなかった。

それはいっそ、暴力的なまでに淫らで、爽やかな健太郎には全くそぐわない代物だった。

光沢を帯びた布地が重たげに膨らんで盛り上がり、円柱形の男性器をはっきりと浮かび上がらせている。持ち上がったボクサーパンツのウエスト部分からは、臍《へそ》の下側に向かって生えた黒い体毛まで覗いている。

その中心に見える、不思議な形をした象牙色の物体はなんだろう。パンツから心持ち頭を出し、臍の下で鈴のような形を見せている。まさかと思うけど、まさかと思うけど――

いきなりほっぺを叩かれた人のように、凜子は健太郎とは逆の方向に顔を向けた。

喉がカラカラに渇いた感じになって、唾が上手く飲み込めない。

一方、ベッドを飛び降りた健太郎は、慌てた様子で部屋を出ていこうとする。

そこで我に返った凜子は、持ち上げた枕で顔を隠しながら声を上げた。

「ちょっと待ってよ。こっ、この状況の意味が、全然分かんないんだけど」

健太郎が驚いたように振り返るのが分かった。

「もしかして、昨夜のこと何も覚えてないの？」

「つ、覚えてるわけないじゃない。ていうか、なんであんたが私ん家《ち》にいるのよ！」

「いや、なんでって……」

戸惑ったように唇を尖らせた健太郎が、そこで初めて自分の姿に気づいたのか、急いで扉の陰に身を隠した。

「凛子さん、もしかして誤解してるのかもしれないけど、これは朝の、生理的なやつで」

「し、知ってるわよ、そのくらい」

朝勃ちというやつだ。現実に見ることになるとは夢にも思っていなかったが。

「それ以前に、なんで裸で、私のベッドにいるのよ。まずはそこから弁明しなさいよ」

しかし、パニックになった凛子の脳裏に、ようやく昨夜の情景が断片的に蘇ってきた。

いちまつでの馬鹿騒ぎ。酔っ払った高虎が振り回していた婚姻届。

(次の挑戦者は誰だ？　健太郎に勝った奴が、この婚姻届にサインできるんだからな！)

さーっと凛子の全身から血の気が引いた。

凛子自身がサインして印鑑まで押した婚姻届。それは、結局どうなったのだろう。

健太郎のスマホに届いていた意味不明なメッセージの数々。つまり、あれは……。

「ま……まさかと思うけど、私、あんたと結婚しちゃったの？」

「いや、さすがにそれはないから」

凛子が記憶を取り戻してくれたことに安心したのか、健太郎がほっとした声を上げた。

「みんなが書け書けってうるさいから仕方なくサインしたけど、それ、最後に高虎さんが、凛子さんに渡してただろ？」

「そんなの何も覚えてないんだけど！」

「バッグ、バッグ見て。リビングにあるから。多分その中に入ってるから」

凛子は急いでベッドを降りると、隣のリビングに駆け込んだ。

ソファの上には、健太郎のナップサックと、自分のショルダーバッグが置いてある。

バッグを開いた凛子は息を止めた。中はぐちゃぐちゃで、一度ひっくり返したものを、適当に詰め込んだような乱雑さだ。

――どういうこと……？

しかも、再度それをひっくり返して探しても、婚姻届らしきものはどこにもない。

「あった？」

背後で健太郎の声がした。咄嗟《とっさ》に振り返った凛子だが、すぐにぎょっとして顔を背けた。

薄い掛け布団を肩に引っかけた健太郎は、それでかろうじて身体を隠しているというありさまだ。しかも背が高くて肩幅が広いから、胸や脛《すね》が剥《む》き出しになっている。

「ねぇ、なんで服を着ないのよ」

「いや、だって俺の服は――」

その時、スマホが着信音を鳴らした。健太郎が手に持っているスマホだ。

「はい、――あ、高虎さん？」

凛子に背を向けた健太郎が、救われたような声を上げる。

「ちょうどよかった。婚姻届ですけど、あれ、ちゃんと凛子さんに返しましたよね？」

しかしそこで、健太郎の声が途切れた。

「はい……？　役所に出したってどういうことなんですか？」

――え……？

「いや、ちょっと……、いや、いくら酔ってたからってあり得なくないですか？　マジですぐに取り消してもらえるんですよね」

通話が切れる気配がして、部屋に重苦しい沈黙が満ちる。

愕然《がくぜん》としていた凛子の中に、遅れて衝撃がやってきた。

今の会話は、まさかと思うが、酔った高虎が婚姻届を役所に出した――ということを意味しているのではないだろうか。いや、まさかと思うけど。

「大丈夫だよ」

最初に、ぎこちない声でそう言ったのは健太郎だった。

「な、何度か友達の保証人になったことがあるけど、届けを出す時には、戸籍がいるんだ。俺と凛子さんの戸籍、高虎さんが持ってるわけないだろ？」

「……う、うん」

「夜間受付なんで、ひとまず提出はできたと思うけど、月曜に高虎さんが取り消しに行くって言ってるし、すぐに無効ってことになると思う。心配しなくていいよ」

もやもやするが、確かにそれは健太郎の言うとおりだろう。

酔っ払いが出した婚姻届が受理されるなんて、行政が終わっているとしか思えない。さすがにそれはないはずだ。

「……で、ちょっと、そっちに行ってもいい？」

えっと凛子は身体を硬くして身構えた。健太郎は違う違うという風に片手を振る。

「ベランダに行きたいだけ。俺の服干してるんだ。本当に覚えてないかな、昨日のこと」

昨日のこと？　なんだろう、酔い潰れた後のことは断片的にしか思い出せない。

温かい誰かの背中。悲しい気持ちと濡《ぬ》れた頰。心地よく揺れる視界。

それから——上昇するエレベーター。

気持ち悪さがマックスになって、何かを思いっきり吐き出した。

(ごめん、俺ももう限界)

トイレで吐いている健太郎。そのトイレでまた吐いている自分。エンドレスもらいゲロの負

の連鎖。なになに、なんなの？　このゲロまみれの最低な記憶は。──

「凛子……？」

その時、あまりにも唐突に、意識の中にあり得ない声が割り込んできた。

それがあまりにあり得なかったから、凛子は一瞬、自分が夢を見ていると思ったほどだ。

玄関に向かう廊下の手前に、地味な色彩に身を包んだ女性が呆然と突っ立っている。

焦げ茶の上着と灰色のスカート。髪をきっちりと後ろに束ね、鼈甲《べっこう》の眼鏡をかけている。

郷里にいるはずの凛子の母──間宮政恵《まさえ》だ。

母は、何を見ているか分からないといった目で、凛子と健太郎を交互に見ていた。

が、やがてその目が、みるみる細く、鋭くなっていく。

やばい、まずい。凛子はこくりと唾を飲む。

なにしろ健太郎は、母が最も嫌っている典型的なタイプ──これでもかとばかりに全ての要素が詰まった男なのだ。

「おっ、お母さん、この人、佐々木さん！」

健太郎の傍《そば》に駆け寄った凛子は、咄嗟にそう言っていた。

「今日、お母さんに紹介するはずだった人。座って、今、お茶でも淹《い》れるから」

# 第二章　婚姻関係を手っ取り早く解消する方法

凛子は、瀬戸内海に面した広島《ひろしま》県の片田舎で生まれた。

昔、軍港があったという古い港町で、面積は小さいが、再々映画のロケ地に選ばれるほど、今の時代にはない風情がある。

間宮家は、その町で比較的大きな運送業を営む旧家で、凛子の母である間宮政恵は、本家のお嬢様という立場だった。

末っ子として甘やかされ、何不自由ない暮らしを送ってきた政恵は、十八歳の時、親戚中の反対を押し切って、建設作業員だった父、吉田祐介《よしだゆうすけ》と結婚した。

凛子が写真で見る若い頃の祐介は、背が高く、目鼻立ちも整っていて、いかにも女性を引きつけそうな風貌をしていた。親戚らが言うには、朗らかで人懐っこく、誰からも好かれる明るい性格をしていたらしい。

欠点は、中卒で収入が安定せず、おまけに節約概念がゼロだったこと。お人好《ひとよ》しで、金もないのに後輩の借金を肩代わりするなど、かなり浅慮なところがあったらしい。

そんな父と母の結婚生活はおよそ十二年ほどだが、その間母が幸せだったかどうかは凜子には分からない。口では「最低男」だの「あんな男と結婚したばかりに」だのと、悪口ばかり言っているが、憎みながらも執着しているような気がしてならない。

父は、休みの日は、よく凜子をトラックの助手席に乗せてドライブに連れていってくれた。間宮の実家に行けば、親戚中から生活態度を咎《とが》められていた父だったが、「俺のことは、凜子が分かってくれればいいんだ」と、いつも幸せそうににこにこしていた。

凜子にはいい思い出しかない父だったが、一方で、自身の過剰な遊興費や、借金の保証人になったことなどから、常に金の返済に追われていた。

間宮の親戚に借金を重ね、家を追い出されては、ほとぼりが冷めた頃に戻ってくる——そんな、だらしのない性格の持ち主でもあった。

その父を、何度も許して受け入れていた母は、やはり父を愛していたのだろう。

父がいなくなったら怒りっぽくなり、帰ってきたら上機嫌になる。母も、相当分かりやすい性格をしていたのだ。

そんな一家の終焉《しゅうえん》は、思わぬ形で訪れた。

凜子が小学校四年生になった年、父は長期で、大阪《おおさか》の建設現場に出稼ぎに行くことになった。凛子にしてみれば、そんなに長く父と離れているのは初めてで、不機嫌な母との二人暮らしが、憂鬱で仕方がなかった。

それで夏休みになると、母の反対を押し切って大阪行きの夜行バスに乗り、父が暮らすアパートに転がり込んだのだ。

——が、そこで凛子の記憶はぷっつりと途切れる。

目覚めたら病室で、がっちり固定された右足がリフトで吊り上げられていた。

怪我しているのは右足だけではない。左腕と顔面も骨折しており、顔の半分が赤黒く腫れ上がっている。

「よかったね、凛子ちゃん。二週間近く意識が戻らなかったんだよ」

見知らぬ看護師が泣いて喜んでくれたが、凛子には何が起きたのか分からなかった。

カレンダーの日付は九月の半ば。大阪に行った七月下旬から二ヶ月近くがすぎている。

しかも、入院しているのは大阪の病院で、父のもとにいる間に何かしらの事故に遭ったのは間違いない。なのに父は、一度も病院に姿を見せない。

「今は、身体のことだけを考えなさい。何が起きたのかは退院してから説明するから」

付き添いの母はどこかよそよそしく、態度にも苛立《いらだ》ちと怒りが透けて見えた。そんな母に反発した凛子は「お父さんに会わせて」と何度も訴え、それが叶《かな》わないとなると、病室を抜け出して電話しようと試みた。

母はこれまで見たこともないほど激怒し、凜子をベッドに押しつけるようにして言った。

「お父さんとは離婚したの！　もう大阪にはいないし、二度と戻ってこないから！」

そんなの嘘だと反発する凜子に、母はさらに言い放った。

「言っとくけど、あんたにその怪我をさせたのはお父さんだからね？　そのことでお祖父ちゃんとお祖母ちゃんが怒って、もう離婚するしかなくなったのよ」

そのまま泣き崩れた母は、やるせない憤りを目に宿して凜子を見下ろした。

「あんたのせいよ」

私のせい。

「あんたが私の言うことを聞かずに大阪に行ったから、こんなことになったんじゃないの！　あんたのせいで、こんなことになったのよ！」

それからのことは、あまりよく覚えていない。消えた二ヶ月の記憶は戻らないまま、凜子は冬まで大阪の病院に入院していた。

その間に、凜子とドライブ中に父が事故を起こしたことや、そのことで祖父母をはじめ親戚中が激怒し、絶縁か離婚かを母に突きつけたことなどを聞かされた。

でも、それはどこか作り話めいていて、いまひとつ現実味が湧いてこなかった。

事故を起こしたと言うが、その場所や状況を聞いても、誰もはっきりとは答えてくれない。普段は優しい看護師でさえ、その話題になると顔を強張らせて目を伏せてしまう。

母と離婚した父が、自身の郷里である岡山《おかやま》に帰ったことだけは教えてもらったが、どう考えても、一度も病室に来ないのは不自然だった。

そのことも含め、きっと何か——もっと深刻な何かが父の身に起きたのだ。

それは、これまで父を許してきた母でさえ、絶対に許せないことだったのだ。

それでも、いつかは父が見舞いに来てくれると信じていたが、その願いが叶えられることはなかった。

孤独と後悔と不安の中、右足の状態は日に日に悪化していった。二度と歩けないかもしれないという恐怖は凛子を苛《さいな》み、同じ悪夢を繰り返し見るようになった。

暗闇の中、誰かと手をつないで逃げる夢。

悪魔に追い掛けられる夢。

高いところから飛び降りて、右足をなくしてしまう夢。

そういった夢が、足の怪我とどう関連しているのかは分からなかったが、もう怪我のことも父のことも考えたくなかった。

どうしてお母さんの言うことを聞かなかったんだろう。

どうして大阪に行ったんだろう。

そんな後悔ばかりが胸を突き上げ、両親の離婚も、父と二度と会えなくなったことも、動かない足も、全部自分のわがままのせいだとしか思えなくなった。

それから二年――ようやく凛子が補助具なしで歩けるようになったのは、中学生になってからである。

二年間、母に頼りきりの生活を送るしかなかった凛子は、気づけば、母の言うことに何ひとつ逆らえない娘になっていた。

父とは全くの絶縁状態になり、その父が中学二年で亡くなった時も、凛子がそれを知ったのは、一年もすぎてからだ。

人形のように素直になった凛子を、母は徹底的に自分の思いどおりにした。

受験、友人、習い事、服、髪型に至るまで全て母が決め、凛子は諾々とそれに従うしかなかった。もちろん恋愛は絶対禁止で、少しでも異性と親しくなろうものなら、即座に母の嫌がらせ電話が相手の家にかけられる。

安定した収入、高学歴、真面目な男――とにかく父とは真逆な男。それが母が決めた、凛子の交際相手の条件で、そこから一ミリでも外れた男は絶対に認めてくれないのだ。

「凛子、就職はうちの親戚の会社にしなさい。そこでいい相手を見つけてあげるから」

母にそう言われたのは大学三年の終わりで、その時になって、ようやく凛子は郷里を逃げ出すことを決意した。

このままでは生涯母の言いなりで、一生この生活から抜け出せない。

ずっと、母への罪悪感に縛られて生きてきたが、そろそろ自分の人生を生きてもいい頃だ。

――なんて、何かの映画でも見て、そんな風に気持ちを奮い立たせたのかもしれない。

とはいえ東京に出てきて六年。未だ凛子は、母の呪縛から逃げられないままでいる。

◇

「あなたが、佐々木さん」

しばらく健太郎を見ていた母は、やがて確認するような口調で言った。

「都内で事務所を構える、建築家の」

しん……、と静まり返ったマンションの一室。

１ＬＤＫで、キッチンのスペースが十分にあって、リビングダイニングも広々としている。

その広さが気に入って、都心へのアクセスの悪さには目をつむって契約したのだが、今ほどこの部屋が狭く思えることもなかった。

健太郎は、びっくりしたように突っ立っている。

当たり前だ。まさかいきなり、なんの打ち合わせもなしに、自分が不倫男の身代わりにされるとは思ってもみなかっただろう。しかも、下着一枚に布団を被った状態で。

それでも凛子は、祈るような気持ちで――もしエスパーの能力があるなら、健太郎に届けとばかりの勢いで、心の中で叫んでいた。

お願い、ここは話を合わせて！

健太郎がちらっと横目で凛子を見る。彼の困惑が分かっても、凛子はその視線に気づかないふりをした。健太郎には悪いが、非難されるのは百も承知だ。

「はい、佐々木です」

だから健太郎が落ち着いて答えた時、しばらくリアクションが取れないほどだった。

「泊まったの？　うちの子の部屋に」

と、切り込むように母。詰問口調で、目には嫌悪感がありありと浮かんでいる。

「すみません、実は昨日」

「泊まったか泊まってないかを聞いてるの。あなた、もしかして日本語が不自由な人？」

「……泊まりました」

凛子は、みぞおちの辺りが重苦しくなるのを感じて視線を下げた。

凛子にはいつもの母だが、健太郎にとってその態度は驚きでしかないだろう。申し訳なさと恥ずかしさで言葉もない。

「へぇー、泊まったの」と、母はかさにかかったように両腕を組む。

「今日は、あなたの都合でキャンセルになったと聞いてますけどね」

「昨日、僕に急な飲み会が入ったんです」

しかし、健太郎の口調は思いのほか穏やかで明るいものだった。

「それで凜子さんが、気を遣ってくれたんだと思います。僕はかなりお酒に弱くて……昨日もお酒が原因で、こちらに泊めてもらったくらいですから」

「というと？」

「恥ずかしい話なんですが、嘔吐《おうと》して服を汚してしまって。服は、昨夜凜子さんが洗ってくれて、今乾かしている最中です」

「……大丈夫なの？」

何を問われても動じない健太郎の様子に、母の態度が軟化していくのが分かった。

「はい、彼女に休ませてもらったので、今はもう」

凜子はおずおずと顔を上げたが、罪悪感で、健太郎の目が見られなかった。

今、凜子は、自分がしでかした失敗を、年下の健太郎に嘘をつかせて誤魔化しているのだ。こんな卑怯《ひきょう》でみっともないことがあるだろうか。

母がごほんっと気まずげな咳払いをした。

「まぁ、お酒に弱いなら、飲まないのが一番よ。凜子、佐々木さんの着替えはないの？」

「……、っ、あの、泊まってもらったのは、昨日が初めてだから」

ぎこちなく笑って、凜子は健太郎の腕を手で押した。

「佐々木さん、服は私が取り込んでおくから寝室に行ってて。その格好じゃ、お母さんも目のやり場に困るだろうし」

「うん、そうするよ」

微笑《ほほえ》んでぺこりと頭を下げると、健太郎は寝室に戻っていった。その背中を見送りながら、凛子は長い息を吐く。最悪の事態はいったんこれで回避できたようだ。

健太郎には申し訳なかったが、母が帰った後で謝り倒すしかない。

「心配になって様子を見に来たのよ。急にキャンセルなんてあんたらしくないから」

やがて台所に立つ凛子に、ソファに腰を下ろした母が咎めるような口調で言った。

その母がテレビをつけたので、雑音でいくらか緊張が緩んだ気がしてほっとする。

「でも、彼、本当に建築家？　随分若そうだけど、いくつなの？」

「に、二十六。言ってなかったけど、私より二つ下」

「年下？　随分だらしのない印象だけど、本当にちゃんと仕事をしている人？」

凛子はこくりと唾を飲んだ。

母が、健太郎を嫌うことは分かっていた。背が高く、顔立ちが綺麗で、からっと明るい性格──これまで無自覚だったが、健太郎は凛子が記憶している昔の父によく似ている。

その上、職業まで一緒だと知ったら、激怒されるのは間違いない。

「……、もちろん、すごく優秀な人よ。年収もあるし、いい大学だって出てるし」

「確か年収が一千万だっけ。どこの大学を出てるの？」

凛子は、以前佐々木に聞いた大学名を小声で言った。けれど、凛子がいくら声を小さくしても、母の声は無遠慮なまでに大きく、隣室の健太郎にも聞こえているはずだった。

「なんだか嘘臭い話ね」

お茶を飲み干した母は、怪訝《けげん》そうに眉をひそめた。

「あんた、騙されてるんじゃないの？　建築家っていうより、水商売の男みたいよ」

「……後で、証拠をメールするから」

「本当に？　実はあんたに寄生してるヒモとかじゃないでしょうね」

穴があったら入りたいような気持ちだったが、その時テレビから流れてきたニュースに気が行ったのか、母の視線が凛子から離れた。

『今週発売の週刊誌で、三鷹不動産の代表取締役、宮沢和史《みやざわかずし》氏と指定暴力団稲山会《いなやま》の幹部が長年親密な関係にあると報じられました。宮沢社長は全面的にこの疑惑を否定しており――』

ニュース番組のアナウンサーが、トピック記事を読み上げている。

「三鷹不動産って、あんたが勤めてる会社の親会社じゃないの？」

母の問いに、凛子も少し動揺しながら頷いた。正確には業務提携先だが、巨額の出資をしてもらっているため、実質的な親会社のようなものである。

とはいえ、その三鷹不動産にこんな報道がされているのを初めて知った。記事が出ただけで株価にも影響するだろうし、凛子の会社も無関係ではいられない。

「指定暴力団ってヤクザのことよね。建設業界って昔からそういう連中と関わりが深いけど、今の時代、さすがにあり得ないでしょ」

母は忌々しげにテレビを切った。

「悪いことは言わないから、こんな胡散《うさん》臭い会社の下で働くのはやめときなさい。前から言ってるけど、三十歳になる前には地元に戻って見合いするのよ」

隣に聞こえるようなはっきりした声で言うと、母はバッグを持って立ち上がった。

「そろそろ帰るわ。他にも済ましておきたい用事があるし」

「ごめんなさい。近い内に、ちゃんとしたところでご飯を食べれるようにするから」

それには答えず、母はすたすたと寝室の方に歩いていった。

「佐々木さん、三十になろうという娘の部屋に泊まったんですから、もちろんいい加減な気持ちじゃないとは思います。でもね、やっぱり今日、私は少なからず不愉快でしたよ」

扉の前で止める間もなく喋《しゃべ》り出す母に、凛子は息をのむようにしてうなだれた。

「それと、うちの娘は、いずれ郷里で親戚の会社を手伝うことになってるんです。私はお暇《いとま》しますが、先ほどの格好のままなら出てこなくて結構ですから」

答えない健太郎に向かって一方的に言うと、母はきびすを返して玄関に歩いていった。

「本当にいいの？　まだ全然乾いてないけど」

「うん、ソラをいちまつに預けてるんだ。昼の開店までに迎えに行かないと迷惑だから」

玄関でスニーカーを履きながら、どこか慌ただしい口調で健太郎は言った。

母が去った後、健太郎は生乾きの服を身に着け、急いで帰り支度を済ませてしまった。

凛子一人が、罪悪感と後味の悪さでいっぱいだったが、健太郎の態度は普段と一向に変わらない。でも、その変わりのなさと、性急に部屋を出ていこうとしている態度が、彼が内心感じたであろう不快さの表れのような気もした。

「あの……ごめん、色々」

扉に手をかけた健太郎に、精一杯の勇気を振り絞って凛子は言った。

「お母さんが色々……失礼なこと、言っちゃって」

意外そうな顔で振り返った健太郎は、すぐに目元に優しい笑いを浮かべた。

「いいよ。逆によかったじゃん。佐々木って奴が、お母さんに気に入ってもらえなくて」

それには凛子も少しだけ笑った。

「それは、確かに」

「どうせ俺じゃないんだから、変に取り繕わずに、めちゃくちゃやればよかったな」

今度は笑おうとしても笑えず、凛子はうつむいて言いよどんだ。

本当は、まだ謝らなければいけないことがいっぱいある。

詳細はよく分からないが、昨日は酔っ払った凛子を、健太郎が家まで送ってくれたのだ。

その時、凛子が嘔吐して――健太郎の服を汚してしまったのに違いない。

ただ、だからといって、同じベッドで寝ていい理由にはならないし、勝手に服を脱がされたことを考えると、そのしらっとした顔をひっぱたきたくなる。

とはいえ、昨日今日と散々な目に遭った健太郎の方が、もう二度と凛子に関わり合いたくないと思っているだろう。

「あっ、あのさ、よかったら猫だけでも預かろうか。新しい部屋が見つかるまで」

それでも凛子は言っていた。口にした後、名状しがたい高揚感と後悔が同時に押し寄せる。

せっかく厄介な男と縁が切れかけているのに、何を言ってるんだろう、私ったら。

健太郎は少し驚いた目になったが、すぐにその目を細くして苦笑した。

「いいよ。だいたい凛子さん、猫苦手だろ」

「ん……まぁ、そうなんだけど」

そういえば私、なんだって猫が苦手になったんだろう。子供の頃は普通に好きだったし、なんなら飼っていたような気もするのに。

――あれ？　でも飼ってたって、いつ？

「それに、ソラは人見知りが激しくて、俺がいないと餌を食わなくなるんだ。前も一度迷子になって、半分死にかけで戻ってきたことがあってさ」

広めの玄関のはずなのに、健太郎が立ち塞がっていると別の部屋みたいに狭く感じる。

「あと、女の人の大声も苦手かな。凛子さんは大丈夫だと思うけど」

「……女の人の、大声？」

「うん。元の飼い主が女性で、よく怒られてたんじゃないかな」

何故だか、ソラが凛子自身に、元の飼い主が母に思えてくる。

「……、へぇー、そうなんだ」

てか、そろそろこの会話、終わらせてくれないかな。

まるで、私が話を引き延ばして、健太郎を引き留めてるみたいじゃない。

なんだか健太郎もそんな風に思っていて、それで、足を止めているような気がする。

考えすぎかもしれないけど、そういう気の遣われ方、本当に嫌なんだけど。

「……じゃ、今日は本当に迷惑かけちゃって」

凛子が口火を切ると、健太郎もあっさりとした笑顔で「じゃあ、また」と頷く。

開いた扉がばたんと閉まる。凛子一人がどこか心細い気持ちのまま、急に広くなった玄関に立ち続けていた。

週が明けて月曜日。

凛子はその日、伍嶋建設本社に出勤した。工事の進捗状況と問題点を上司に報告する、二週間に一度の恒例行事だ。

「間宮さんだ」

「すげーな。あんだけのことしといて、まだ辞めてなかったのかよ」

一瞬、不倫が噂《うわさ》になっているのかと思ったが、幸いなことにそうではなかった。

凛子が出勤する度に、ひそひそ交わされるいつもの噂だ。とんでもない発注ミス。会社に何百万もの損害を与えた女。なのにまだ図々《ずうずう》しく会社にしがみついている等々。——

とはいえ、そんな周囲の態度も、今日の凛子は全く気にならなかった。午後から現場に行く憂鬱さを考えると、むしろこのまま、ずっと会社にいたいくらいだ。

上司への報告を終えた後、意味もなく机を片付けながら、凛子は重いため息をついた。

——健太郎、今日出勤じゃなかったらいいんだけど……。

土曜の夜にマンションの管理人から電話があって、改めて分かったことがある。

(そりゃ、お酒での失敗は誰しもありますけど、エレベーターの中は勘弁してくださいよ。ご一緒の男性が綺麗にしてくれてなきゃ、清掃費を請求するところでしたよ)

つまり嘔吐したのは、部屋ではなく、マンションのエレベーターの中だったのだ。

その後、健太郎がどういう気持ちで凛子を部屋まで運び、エレベーターや共用通路を掃除してくれたのかと思うと、地の底に沈んでしまいたくなる。

しかも健太郎自身も、凛子の部屋で嘔吐していた。そりゃ疲労困憊《こんぱい》して、眠りたくもなるはずだ。それなのに私は――

いっそのこと、石になってしまいたい。いや、機械になりきって、もう必要なこと以外一言も口を利かないようにしてみようか。――

「……凛子さん？　凛子さんじゃないですか」

懐かしい声がしたのは、オフィスを出てエレベーターホールに向かっている時だった。

見れば、昨年まで経理部で席を並べていた後輩、高木萌《たかぎもえ》が手を振っている。

すぐに駆け寄ってきた萌は、泣きそうな笑顔で凛子の両手を握り締めた。

「よかったぁ。今、経理部に顔を出したら、凛子さんはもう本社にいないって言われて。このままお会いできないかもしれないって思ってたんですよ」

「萌ちゃんこそ、どうしたの？」

驚いたのは凛子の方だった。

萌は、二歳年下の後輩だ。凛子とペアで仕事をしていたが、昨年上司のミスを凛子と共に押しつけられ、それに憤慨して退職した。以来連絡もないままで、凛子も気がかりに思っていた相手である。

「私、この春、三鷹不動産に再就職したんです。今日は、営業を兼ねた挨拶回りで」

差し出された名刺には、『三鷹不動産投資部営業一課』と書かれている。

「へぇ、すごいね」

凛子は素直に感嘆した。いわば伍嶋建設にとっては親会社のような会社に就職したのだ。元の同僚らもさぞかし居心地が悪い思いをしただろう。

その萌に強く誘われ、二人は建物一階のカフェでランチを取ることになった。

「でも、いい会社に再就職できたと思ったのも束の間ですよ。うち、色々まずい報道がされてるじゃないですか。それで株価も下がってるし、先行きが不安です」

よほど不満が溜《た》まっていたのか、萌はすぐにため息交じりに切り出した。

ああ……と凛子も曖昧に相づちを打つ。あまり詳しくは知らないが、母と一緒にいる時にテレビで報道されていた件だろう。

社長が指定暴力団幹部と親密にしているという週刊誌の記事のことだ。

「でも、デマなんでしょ？　全面的に否定ってニュースで言ってたけど」

「……どうなんですかね。ある程度本当じゃないかって内部じゃ囁かれてるんです。うちが創業したのは、そもそも稲山会の後ろ盾があったからだって噂もあるくらいですから」

「え……？」

「昔ですよ、昔。戦後まもなくの話です。でも昭和の頃まで稲山会が株主総会を仕切ってたっていうくらい、関わりが深いのは本当なんです。うちは創業一族が全面的に経営権を握ってるんで、今もつながりがあったらどえらいことになりますよ」

萌の言うように、三鷹不動産は典型的な同族企業である。株式公開はしているが、基本的に創業一族で株を持ち合い、一族で役員の座を占拠しているのだ。

そこから萌の話は、創業一族への愚痴に変わった。聞けば能力のある人はごく一部で、大半は出社もせずに、報酬だけもらってふんぞり返っているらしい。

「ちなみに、投資部の常務も創業家のボンボンなんですけど、たまに出社してもスマホばっかいじってますよ。いばりちらさないだけ、他の連中よりマシですけど」

「それはひどいね」

「ただその人、創業家直系の御曹司で、本当なら社長になってもおかしくないんですよ。そういう意味じゃ、ちょっと気の毒な人なんです。――噂ですけど、子供の頃に誘拐されたことがあるとかないとか」

突然飛び出してきた物騒な言葉に、心臓が嫌な風に高鳴った。

「……誘拐？」

「メンタルクリニックの通院歴も長かったみたいで、それで出世コースから外れちゃったそうなんです。明るい人だから、全然そんな風には見えないんですけど」

アイスコーヒーをストローでかき混ぜながら、萌は続けた。

「ヤクザと親交があったって噂されてるだけに、創業家には怖い話が多いんですよ。前の社長にしたって、事故を装って殺されたんじゃないかって言われてますし」

「何それ。そんな物騒な会社で大丈夫なの？」

「まぁ、今は暴対法もできたし、タカミ家の皆さんも、さすがに稲山会とは手を切ってると信じたいですけど」

「……、タカミ？　宮沢じゃなくて？」

三鷹不動産社長の名前は、確か宮沢だったはずだ。

「社長は宮沢ですけど、あの人は外戚で、創業家の血は引いていないんです。創業家はタカミ。三鷹っていうのは、タカミをもじってつけた社名なんですよ」

萌はおかしそうに笑って指で空に字を書いた。

「高いに見るで、高見。うちの会社の上の連中は、その名前ばかりですから」

「へぇ……」

健太郎と一緒じゃん。と、今一番考えたくない人を思い出し、凛子は眉をひそめている。

「じゃ、私はそろそろ」

「凛子さんは転職しないんですか」

腕時計を見ながら立ち上がりかけていた凛子は、その言葉に足を止めた。

「私、マジで怒ってるんです。さっき経理部で事情は聞きました。凛子さん、懲罰人事でひどい現場に派遣されたって。なんでそんな馬鹿げた仕打ちに耐えてるんですか」

「まぁ……現場にいるのも、半年くらいの辛抱だし」

「そもそも私たち、上の言うとおりに発注書を回しただけなんですよ？」

萌は、怒りを堪えるように片方の拳を握り締めた。

「凛子さん、真面目で従順だからいいように利用されてるんですよ。何かあったら私が力になるんで、いつでも連絡してくださいね」


──真面目で従順、か……。

伍嶋建設を出た後、バスで現場に向かいながら、凛子はぼんやりとため息をついた。

後輩に悪意なく投げられた言葉が、こうも自分を憂鬱にさせるとは思ってもみなかった。

そんなの言われなくても自分が一番よく分かっている。

学生の頃からそうだ。多少は抗ったとしても、最後は自分を殺して周りの決めたことに合わせてしまう。

その方が、──周囲の期待に合わせた方が、自分の気持ちが落ち着くからだ。

でも、子供の頃はこんな風ではなかった。小さかった頃は、正しいことは正しいと言えたし、嫌なものは嫌と言えた。むしろ正義感とお節介がすぎて、周りから疎ましく思われていたくらいだ。

それが──多分、足の怪我と父親との別れのせいで、ひどく臆病な、母親の顔色を見ないと何も決められない性格になってしまったのだ。

バスを降りてのろのろ歩いていると、いつの間にか現場に向かう路地をすぎていた。

凛子のマンションは、今の現場にほど近い場所にある。千代田《ちよだ》区の本社に通うには遠かったが、今は徒歩で十分の距離だ。

――このまま帰っちゃおうかな。どうせ私なんて、いてもいなくてもいい存在だし。

必要とされていない職場に、毎朝七時に律儀に出勤している真面目な私、か……。

「あら、凛子ちゃん、今日はえらく早いのね」

その時、通りの向こうから聞き慣れた声がした。

振り返ると、いちまつの暖簾《のれん》から女将が顔を覗かせている。

今、最も顔を合わせたくない面子の一人の登場に、凛子は顔を引きつらせて微笑んだ。

「……せ、先日は、どうも」

「お茶でも出すから入りなさいよ。あれからどうなったか、私も気になってたんだから」

腕を掴《つか》まれて店内に引きずり込まれると、ちょうど昼の営業時間が終わったところなのか、がらんとした店内では、店主とバイトの女子学生が後片付けをしていた。

席に着こうとした凛子は、カウンター席の下に置いてある段ボール箱に目を留めた。

灰色縦縞の猫が、その中で背中を丸めて眠っている。

「ソラ?」

「昨日から預かってんのよ。健ちゃん忙しそうだし、少し疲れてるみたいだったから」

蕎麦湯と煮物の小鉢がカウンターに置かれる。

「ていうか凛子ちゃん、猫くらい面倒見てあげなさいよ」

女将は凛子の隣に腰掛けると、呆れたような目でねめつけた。

「そんくらいしてもバチは当たらないと思うわよ。そりゃ、健ちゃんのことだから、泊まる場所はいくらでもあると思うけど」

カウンターの中で洗い物をしている店主の声がそれに続く。

「苦しそうだったぞ、健太郎」

「最後はふらふらだったわよ。八人くらいだったかしら。あんなに飲まされて可哀想に」

それは金曜日の宴会のことだ。婚姻届を巡って、腕相撲勝負をした時のこと。

ツキン、ツキンと胸の痛みを覚えながら、凛子は蕎麦湯を飲み干した。

あんなの、健太郎のお節介でしょ。それに他の連中は、好きで騒いでいただけじゃない。

(凛子さん、真面目で従順だからいいように利用されてるんですよ)

「ていうか、普通、人の婚姻届をダシに勝負なんてしてします？」

今になって後輩の言葉に反発するように、凛子は口を開いていた。

「そもそも、騒ぎのきっかけを作ったのも健太郎じゃないですか。婚姻届の話題を最初に出したのも健太郎だし、冗談でサインするって言い出したのもあいつですよ？」

それなのに、なんで私が罪悪感に苛まれなきゃいけないの？

なんで土曜の昼からずっと、健太郎のことが頭から離れないのよ。

「あれはねぇ、凛子ちゃん」

店主と女将が顔を見合わせ、少しためらったように女将が口を開いた。

「高虎さんのとこに、ちょっと柄が悪いのがいるでしょう。ほら、金髪で馬面の」

それは、金曜日に牽引機を使ったいたずらを仕掛けてきた連中の一人だ。

「あの夜入ってたバイトの子が見たらしいんだけど、そいつが凛子ちゃんの婚姻届を広げて、周りの連中とひそひそやってたらしいのよ。多分だけど健ちゃん、それを見つけて、わざと大声を出したんじゃないかしら」

(へぇ、これが婚姻届ですか。俺、現物なんて初めて見ました)

凛子は、湯呑《ゆの》みを持つ手を止めた。

ずっと逆恨みをされるようなことはするなと忠告してくれていた健太郎。あの夜、もしかすると婚姻届は、もっとひどい形で悪用されていたかもしれないのだ。

「サインするって言い出したくだりにしてもよ」

今度は店主が、眉をハの字にしながら口を開く。

「凛子ちゃんが気の毒すぎて、いても立ってもいられなかったんだろ。何を言ったって凛子ちゃんが傷つくのは分かってたから、あいつなりに頭を使ったんじゃないか？」

「よく考えてみなさいよ。高虎さんが酔っ払って馬鹿なことさえ言い出さなければ、あれで話は収まってたのよ」

そんなの、言われなくても分かってる。

健太郎がいい奴で、悪気なんてゼロで、現場で一番惨めな私を構ってくれることなんて、最初から全部分かってる。

お金もないのに幸せそうで、適当に生きてるくせに言ってることは正論で、周りに一目置かれている。挙げ句女にも男にもモテモテの、人生楽勝イージーモード。つまり、真面目にやってる私が馬鹿ですか？　私が間違ってるんですか？

「健ちゃんの気持ちは分からないけど、可愛いじゃないの。凛子ちゃんを守ろうとして」

「――うるさぁい！」

ガンッと凄《すさ》まじい音がして、自分の両拳がビリビリと震えた。

店内が水を打ったように静まり返る。カウンターを叩いた拳に、遅れて痛みが知覚され、一時真っ白になった頭の中にも、ようやく現実が戻ってきた。

今、何をしたんだろう？　もしかして大声で怒鳴った？　この私が？

後味の悪さに冷や汗が滲《にじ》む。その時入り口の引き戸が開いて、高虎の大声が響き渡った。

「健太郎、やべぇ、マジでやばいことになっちまった！」

いきなり飛び込んできた高虎は、カウンターの凛子を見て、何故だかぎょっとしたように顔を引きつらせる。

「な、なんだお嬢ちゃん、そんなとこで、何してんだ」

終わった——と凛子は同じくらい顔を引きつらせた。

仕事をさぼろうとして、さぼりきれずにここに来ました——とは、とても言えない。

「あれっ、ソラがいないんだけど！」

その時、バイトの学生の素っ頓狂な声がした。

「えっ？　俺が来た時は、もう箱ン中は空っぽだったぞ」

高虎がうろたえたように店内に視線を巡らせる。

「やだ、じゃあ、逃げちゃったのよ。どうしましょ、扉が開いてたのかしら」

「開いててもよほどのことがないと逃げないだろ。大人しい猫だから」

(元の飼い主が女性で、よく怒られてたんじゃないかな)

空になった段ボール箱を、凛子は足がすくむような思いで見つめた。

もしかしてソラが逃げたのは、今、私が怒鳴ってしまったから——？


夕方になって降り始めた小雨が、今も、やんだり降ったりを繰り返しながら、静かな住宅街を濡らしている。

「凛子さん！」

背後から響いた声と足音に、走っていた凛子は足を止めた。

背の高い男が、すっかり暗くなった住宅街を駆けてくる。そのシルエットを見た途端、何故だか凛子は安心して、同時にその感情に戸惑って目を逸らした。

息を切らした健太郎が駆け寄ってくる。凛子は胸がいっぱいになった。

「ごめん、健太郎、私のせいでソラが」

「凛子さんのせいじゃないよ。俺がすぐに迎えに行けなかったのが悪かったんだ」

濡れた前髪を払うと、健太郎は凛子の肩を軽く叩いた。

健太郎もまた、ずっとソラを捜し回っていたのか、シャツは雨に濡れて身体に張りつき、デニムの色も変わっている。

「後は俺が捜すから、凛子さんは家に帰って。このまま外にいたんじゃ風邪引くよ」

「大丈夫。そんなことより私はあっちを捜すから、健太郎は向こうを見てきて」

「いや、だから」

続く言葉も聞かずに走り出した凛子を、すぐに健太郎が追い掛けてくる。

凛子は走りながら視線を巡らせ、植え込みの下やコンクリートブロックの陰を覗き込み、次々と路地を移動していった。

「凛子さん、もういいって」

「よくないでしょ。あんたがいないと、餌食べないって言ってたじゃない」

夜の帳《とばり》は濃くなる一方で、住宅街は街灯も少ない。視界の利かない雨の中、灰色の猫を見つけ出すのは殆《ほとん》ど不可能なことのように思われた。

――どうしよう、私のせいだ。

一人で負の感情をこじらせて、ぶち切れた。あまりにも自分が惨めで、その現実から逃れたくて健太郎を悪者にした。

「多分、どこかの家の軒下に隠れてるんだよ。朝になれば、また出てくると思うから」

健太郎の言葉で足を止めた凛子は、うなだれたまま、動けなくなった。

雨はいつの間にかやんでいる。

しかし空はまだ雨雲に覆われ、一メートルほど離れた健太郎の顔もまともに見えない。

「事務所で高虎さんが待ってるし、いったん戻ろう。このままじゃ二人とも風邪引くよ」

不意に目の奥が熱くなり、凛子はうつむいたままで唇を噛んだ。

ようやく安心できる場所を見つけたのに、そこから離れてしまったソラ。

それがどうしてだか、今の自分に重なって見える。

「もし……、もしソラが見つかったら、健太郎と一緒にうちで預かるから」

唇を噛みしめながら、凛子は続けた。

「それで罪滅ぼしになるわけじゃないけど、しばらく私が面倒見るから。本当に、ごめん。健太郎は、何度も私を助けてくれたのに……」

変な意地を張って、自分を正当化して、怒ってばかりだった。

本当は最初に、言わなければいけないことがあったのに。

「……き、金曜は、私の嘘につき合わせてしまって本当にごめんなさい」

健太郎は、びっくりしたように突っ立っている。

「あと……ありがとう」

今、健太郎の顔が暗くて見えないように、自分の顔も見えなければいいと思いながら、凛子は続けた。

「金曜もそうだけど、それ以前も、色々、……助けてくれて、ありがとう」

健太郎は黙っている。暗くて顔は見えないが、どうしてだかひどく優しい視線を感じて、凛子はうろたえて目を泳がせた。

「それだけ。事務所に帰ろ。明日の出勤前に、私もう一度捜してみるから」

「ん？　確か俺も、凛子さん家に泊まっていいんじゃなかったっけ？」

からかうような声がして、ますます凛子はうろたえる。

「金曜のことなら、本当になんとも思ってないよ」

ややあって、少し楽しそうな、いつもの健太郎の声がした。

「むしろ俺の方が悪いことしたと思ってる。てか、お酒はもうこりごりだな」

「う、うん。それは確かに」

そこは凛子も激しく同意だ。

「まぁ……それでも若干腹が立ったとしたら、凛子さんが綺麗に忘れてたことかな」

「忘れてた……？」

その晩の記憶がろくに残っていない凛子は、冷水を背に浴びせられた気持ちになった。

忘れてたってなんのこと？　まさかと思うけど、本当に私たちの間に何かあった？

下半身に異常がなかったから安心していたけど、同じベッドに寝ていたし、健太郎は裸同然だった。しかも、前夜の二人は相当に酔っ払っていたのだ。

何故だか健太郎の唇がふわんと頭に浮かんだ。

薄くて、つやつやした、薄桃色の唇。笑うと口角が上がって、綺麗な白い歯が見える。お昼ご飯を食べている時、口の端についたソースを舐め取る舌の色も扇情的で……。

凛子は真っ赤になって、自分の口を手で押さえた。

ちょっと待ってよ、私の脳。なんだって今、健太郎の唇のことなんか思い出すわけ？

「っ、ま、まさかと思うけど」

「……？　まさかと思うけど？」

「……、キ、キキ、………キスとかした？」

三秒の空白の後、くずおれるように膝を折った健太郎が爆笑する。

「ちょっと、何がおかしいのよ！」

笑いながら、涙を拭う素振りまでする健太郎。何、そこまで容赦なく笑うところ？

「いや、だって。凛子さん、本当にキスがしたいんだなと思って」

「はっ？　私がいつそんなこと言った？　――ちょっと、今すぐ訂正しなさいよっ」

健太郎は笑いながら逃げ、凛子がそれを追い掛ける。

気づけば、ようやく二人は、街灯があるところにまで戻ってきていた。

二人の距離は二メートルくらい開いていたが、街灯の下で見る健太郎の顔は、上機嫌そうに口角を上げていて、凛子も少しだけ楽しい気持ちになる。

「俺、嬉《うれ》しかったんだけどな」

やがて、いつも通る公園に入ると、健太郎が独り言のように言った。

「……何が？」

「秘密。可能性なんてないと思ってたからさ、その時まで」

「……どういう意味？」

健太郎は楽しそうに笑って、さぁ？　と言いたげに首を傾げた。

「ま、泣いてる時の凛子さんは信じちゃいけないってことで」

「え、何よ、どういうことよ」

その時、視界の端でさっと何かが動く気配がした。

十メートルほど離れた植え込みの下。すぐに消えたから今は見えないが、木の根元から一瞬だけ、確かに尻尾のような影が伸びていた。

「いた！」

叫ぶなり、凛子は猛然と地面を蹴ってダッシュした。

追い掛けたら逃げるかもしれないとか、健太郎を行かせればよかったとか、そういったことがコンマの速さで脳裏をよぎったが、もう足は止まらなかった。

案の定、凛子が駆け寄った植樹の陰から、逃げるようにソラが飛び出してくる。

「ソラ！」

叫んだのは健太郎だった。凛子の手前で身を翻したソラは、その声に向かって一目散に駆けていく。振り返った凛子の目に、健太郎に抱き留められるソラの姿が飛び込んできた。

「こらっ、お前、どこ行ってたんだよ」

腰が抜けるくらい安堵した凛子は、その場にへなへなと膝をついた。

考えなしに走り出して、危うく逃がしてしまうところだった。

ただ、今は結果オーライだ。灰色猫は安心したように健太郎にじゃれついている。

「凛子さん、大丈夫？」

へたり込んだ凛子を見て、転んだとでも思ったのか健太郎が駆けてくる。

凛子は急いで頷くと、屈《かが》み込む健太郎の腕に収まったソラを見た。

ここが私の居場所よとばかりに、ソラは自慢げに顎を反らしている。

なんだかちょっと憎らしくなって、くしゃっとその灰色の頭を撫でてやると、するりと健太郎の腕を抜け出したソラが、凛子の膝に飛び乗ってきた。

びっくりしたが、そのままおずおずと両手で抱き上げてみる。

猫ってこんなに可愛かったっけ。こんなに抱き心地のいいものだっけ。——

「よかったな、凛子さんの足がめちゃくちゃ速くて」

健太郎が、笑いながらソラの頭をくしゃくしゃと撫でる。

「にしても、凛子さんの動体視力、半端ないね」

あれ？　と凛子は瞬きをした。

なんだろう、よく分からないけど、これと似たようなことが以前もあった。前も、どこかで——。

「凛子さん？」

その時、遠くで二人を呼ぶ高虎の声がして、会話はそこで打ち切りとなった。

「ほんっと、すまん！　このとおりだ！」

泥にまみれた仮設事務所の床に、ライオンみたいに髪を逆立てた高虎が、頭を擦りつけんばかりの勢いで土下座している。

未だ事態がのみ込めず、凛子はぽかんとパイプ椅子に座っていた。隣に座る健太郎も、多分反応は同じだろう。

「……ちょっと、すみません。何言ってるのか分からないんですけど」

たっぷり三十秒近い沈黙の後、最初に口を開いたのは健太郎だった。

首にタオルをかけた健太郎の膝では、ソラが丸くなって眠っている。

「――つまり……、本当に受理されちまったんだ」

頭を下げたまま、消え入りそうな声で高虎が言った。

「と、取り消してくれって何度も頭を下げたんだがよ。役所の奴ら、もう手遅れだって言いやがる。こっちは酔っ払ってて、出したことさえよく覚えてねぇってのに」

金曜の夜、高虎が酔っ払って提出した婚姻届が、無事に役所に受理された。

つまり凛子と健太郎は、当人同士が全く知らない間に結婚してしまったのだ。

ちょっと待ってくださいよ、と健太郎が喉に引っかかったような声を上げた。

「お、俺たちの戸籍はどうしたんですか。戸籍がないと、婚姻届なんて出せないでしょ」

顔を上げ、高虎はおそるおそるという風に二人を見てから口を開いた。

「役所のあんちゃんが言うにはよ。健太郎とお嬢ちゃんの本籍は、俺が届けを提出した区にあるらしくてよ。その場合、戸籍を出さなくても受理できるって言うんだよ」

凛子は喉の奥で小さな声を上げた。それは確かにそのとおりだ。

「それはねぇって何度も言ったんだがよ。だってお嬢ちゃん、地方の出身だろ？」

「……、ぶ、分籍したんです。東京に出てきて、少しした時に」

分籍とは、親の戸籍から離れて、凛子一人が独立した戸籍を作ることだ。

当時は、母の見合い攻勢が激しくなってきた頃で、まさに今高虎にされたように、母の決めた相手と勝手に結婚させられる恐れが多分にあった。

その時調べたから知っているが、婚姻届は他人でも提出できるし、今みたいに双方の戸籍が提出区にあれば、戸籍の添付も必要ない。

そして受理されてしまえば、よほどのことがない限り、なかったことにはできないのだ。

これはまずい。本当にまずい。

一難去って――いや、三難くらいあったと思うが、今度こそ本当の災難がやってきた。

「でっ、でもよ、安心してくれ。実は今日、役所を色々回って調べてきたんだがよ」

立ち上がった高虎が、リュックの中から、いそいそと書類を取り出して机に広げた。

離婚調停の手引き。家庭裁判所のパンフレット。そして、凛子が初めて目にする離婚届。

高虎はその離婚届を、まるで敵将の首のように、高々と掲げて見せた。

「一番手っ取り早く問題を解決できるのが、これだ。明日にでも役所に出せば何もかも元通り、結婚はなかったことになる！」

「でもそれ、戸籍に離婚歴がつきますよね」

凛子は鋭く言っていた。

「まぁ……、戸籍なんて、人に見せびらかすもんでもねぇし」

「なしです。なし、それは絶対になし！」

分籍の時も、母に戸籍を取られたことでばれてしまい、後で散々叱られた。戸籍なんて滅多に見られるものではないが、母なら、定期的に確認するくらいやりかねない。

「……だ、だったらもう、調停を起こして無効を訴えるしか、方法はないみたいでよぉ」

高虎の声から力がなくなる。凛子は愕然としたまま、もう言葉も出なかった。

虚偽の婚姻届が出された場合、訴え出れば婚姻が取り消されることは、確かにある。

ただそれは、あくまで第三者が勝手にサインしたり、本人が脅迫されてサインしたりと、明らかに虚偽であることが条件だ。

「と、とにかくだ。ここで話しても埒《らち》があかねぇ。明日、弁護士に相談に行こう、な？」

答えない健太郎は、瞬きさえせずに呆然と空の一点を見つめている。

人のことを気にしている場合ではないのだが、凛子はそんな健太郎が気の毒になった。

元はといえば、自分がうっかり婚姻届にサインしたことが原因なのだ。

「で、今夜泊まるとこはあんのか？　よかったら、俺んところに泊めてやろうか」

あ……と、思わず凛子は顔を上げ、同時に健太郎も、口を開きかけてから凛子を見た。

数秒、不自然な沈黙があって、高虎が訝しげに二人を見る。

「……、もしかして、余計なお世話ってやつだったか？」

二人の空気に何かを察したのか、高虎はびっくりしたように目を瞬かせている。

いや、これ、普通に打ち明けるより微妙な空気になってない？

「あの、高虎さん、別に私たちそういうんじゃなくて」

「そっか、いや、うん、いいんじゃねぇか？　ははっ、いやいや、いいんじゃねぇか？」

凛子の言い訳も聞かず、救われたように机の上を片付け始める高虎。

「いや、ありだよ、あり。もしかして俺が恋のキューピッドになったりしてな。ははっ」

凛子は立ち上がって、高虎の顔を張り飛ばしたくなったが、かろうじて堪えた。

すやすや眠るソラを驚かせたくなかったからだ。


「健太郎、ちょい、いいか」

頭が真っ白のまま、空を見ていた健太郎は、高虎の声でようやく我に返って顔を上げた。

「……お前、死んだ魚の目になってっぞ」

「誰のせいだと思ってんですか」

あまりの異常事態に、もはや言葉を返す元気もない。

「俺はいいけど、もし凛子さんの戸籍に離婚歴がついたらどうすんですか。そうなったら冗談じゃ済まされないですよ」

そこでようやく健太郎は、その場から凛子が消えていることに気がついた。

「お嬢ちゃんならいちまつだ。さっき女将さんから電話があって、ご近所さんが、猫のキャリーバッグを譲ってくれるみたいでよ」

全然そのことに気づいていなかった健太郎は、驚いて自分の膝を見る。

「猫はお嬢ちゃんが連れてった。おかしなもんだ。お前にしか懐かない猫だったのに」

ちょっとあっけに取られた気持ちで、健太郎は凛子が座っていた椅子に目をやった。

どうやら、周りが見えなくなるほど動揺していたのは、自分一人だったようだ。

「――いちまつに、凛子さんを迎えに行ってきます」

「健太郎、お前、自分の家のこと、お嬢ちゃんに話してんのか」

高虎の声に、歩き出していた健太郎は足を止めた。

「当人の気持ちはともかく、三鷹不動産創業家のお坊ちゃまが勝手に結婚したとなると、大事になるんじゃねぇか？　その辺のことを、お嬢ちゃんはどこまで理解してんだよ」

健太郎が黙っていると、高虎はボリボリと頭を掻いた。

「お前の親父さんには世話になったし、どうしても働きたいっつうから引き受けたが、俺も正直ハラハラしてんだよ。お前、本名だし、そもそも隠す気なんて最初からねぇだろ」

三鷹不動産の常務がこんなに若いなんて、知らない奴には想像もできねぇだろうがな。と独り言のように言い添える。

「他の現場でもこういう真似をしてんなら、もうやめとけ。お前はよくても、万が一怪我でもされたら大問題だ。下請けの人間にゃたまったもんじゃねぇぞ」

「そうなっても怒る人は誰もいません。それに、役員の副業は禁止されていないので、ばれたところでなんの問題もありませんから」

とはいえ高虎の指摘は、先ほどまで健太郎を深刻な気持ちにさせていたことでもある。

健太郎は少しだけ沈思してから、頭を下げた。

「彼女には必ず俺から話します。なので俺のことは、少しの間黙っておいてくれませんか」

健太郎が突然笑い出したのは、いちまつからの帰り、公園の中を歩いている時だった。

ここまでの道中、ずっと深刻な顔で黙り込んでいたから、ソラを入れたバッグを肩にかけていた凛子は、息が止まるほど驚いた。

「ど、どうしたの？」

「いや、だってさ」

それでも笑いが収まらないのか、健太郎はくっくっと喉を鳴らしている。

「だって、普通に考えておかしくない？　俺と凛子さん、結婚したんだ」

凛子は面食らって言葉をのみ、少しだけ頬を熱くさせた。

「いや、それはしたって言わないでしょ」

「でも、法律的には夫婦でしょ。今、こうしている間も」

それはそうかもしれないが、そこで健太郎が笑う理由が分からない。

「結婚なんて絶対しないと思ってた俺の人生に、そういうことが起こるんだと思ったら、なんか急に笑いたくなっちゃって。しかも、相手、凛子さんだもん」

それまでじっと我慢していた凛子も、そこでたまらず眉を上げた。

「ねぇ、それ、そんなに笑うこと？」

「だっておかしいだろ。凛子さんと両思いかもしれないって思ったその日に、もう結婚してたんだから」

──……ん？　どういうこと？　両思い？

「凛子さんは？」

「はい？」

「俺のこと、好き？」

何を言われているのか全く分からない凛子は、固まったまま瞬きする。

何？　え？　からかわれてる？　それとも本当に頭がおかしくなった？

しかも、なんだか頭がふわふわするのはなんで？　胸がドキドキしてるのはなんで？

「すっ、好きなわけないじゃない。嫌いよ、むしろ、大嫌いの方」

凛子はそんな感情を振り切るように、健太郎に背を向けて歩き出した。

「年下だし、頭悪そうだし、絶対私より収入ないでしょ。あと、金銭感覚なさすぎ。毎日千七百円の定食なんて、普通食べる？」

「……まぁ、高かった、かな？」

「服装もだらしないし、生活も乱れてそうだし、好きになる要素がどこにあるのよ」

だいたい、お母さんが許すはずがない。

もう絶対嫌だもん。健太郎があんな風に、お母さんに侮辱されるのなんて。

おずおずと振り返ると、数歩離れて歩く健太郎は、楽しそうに笑っている。

「……何がおかしいのよ」

「ん？　凛子さんの嫌いは好きってことなんだなと思って」

唖然とした凛子は、しばらく健太郎の顔を見てから、首を傾げて歩き出した。

なんだろう、この男。いくら顔面偏差値が高いからって自信過剰すぎない？　それとも私、一度でも誤解されるような真似をした？

――まさか、私をたらしこんで、部屋に居着くつもりじゃないでしょうね。

絶対そうだ。泊める約束はしたけど、一日も早く部屋を見つけて出てってもらわなきゃ。

「凛子さん」

「——、何よ」

振り返った時、顔が影に覆われた。

自分の身に起きたことを理解する前に、唇に柔らかくて温かい何かが触れる。

見開いた視界に、近すぎてぼやけた人の顔が見え、睫《まつげ》が何度か瞬くのが分かった。

手首に温かな手が絡んでいる。周囲の音が消えて心臓の音が止まり、その心臓が雑巾みたいにぎゅうっと絞られているような気がした。

鼻先に漂う柑橘《かんきつ》と雨の匂い。鼻が擦れ合って、自分のものではない息が唇を掠める。

これがキスだと分かった時には、自分の唇の上で健太郎の唇が不思議な動きをしていた。すごく柔らかくて溶けそうなものを、唇ですくい取るようにして食べている感じ。凛子の感覚では、自分の唇がそんな風に食べられているような感じだ。

腕を掴んでいた手が離れて、そっと腰に回される。そのまま抱き寄せられ、自分の身体が健太郎の胸の中にすっぽりと収まる。

心臓の音——ドキドキして、壊れそうなくらい、胸が痛い。

健太郎の唇は、想像していたよりずっと柔らかくて、生々しい肉感に満ちていた。濡れた粘膜が唇を包み込む度に、お腹の奥がきゅっと疼《うず》いて、身じろぐように身体が震える。

唇に全部の神経が集中しすぎて、逆にそこで何が起きているのか分からない。濡れた、温かなものがそっと唇の間を滑ってきて——

「やだ、あの人たち、あんなとこでキスしてる」

耳に飛び込んできた声に、冷水を浴びたように我に返った凛子は、「わああっ」と叫んで、目の前の肉体を押しのけた。

「あ、ごめん。舌はまだ入れちゃだめだった？」

いや、まだとかまだじゃないとか、そういう問題？

なんでキスした？　今の、そういう流れだった？

しかも人の気配を感じて振り返れば、女子高校生が五、六人、見世物でも見るような目でこちらを眺めている。さっき、声を上げたのも彼女たちに違いない。

もう、生きていられないような気持ちになった凛子だが、健太郎は意にも介さないように、凛子の手を取って歩き出した。

高校生の集団の隣を通り抜けざま、

「ごめんな。俺たち、結婚したばかりなんだ」

きゃーっと背後で女の子の歓声が上がった。

思わず健太郎を見上げた凛子の顔に、一陣の風が吹いてくる。

何、この感じ。

空には宝石のような星。燦然と輝く満月。さあっと吹いてくる風。最高の気分。

よく分からないけど、ちょー気持ちいいんですけど……。

# 第三章　新婚夫婦の決まり事

八歳の健太郎が、大阪にある母方の祖母の家に預けられたのは、持病の喘息《ぜんそく》が悪化したのが原因だ。

母方――といっても、そこは少々複雑で、健太郎にとっては、四歳で死別した実母の実家に当たる。去年父が再婚したので、東京の自宅には義母がいるが、その義母と実母の実家の折り合いが悪く、今回の大阪行きも、祖母のごり押しで決まったらしい。

祖母にしてみれば、あんな若くて派手な女に、大事な孫を任せられない――といったところだったのだろう。実際、まだ二十代前半だった義母は、母というより、家に突然やってきたお姉さんという感じで、健太郎も全く馴染《なじ》めなかった。

いずれにせよ、健太郎は小学校二年生の六月に大阪に転校した。そして、学校にも地域にも、いまひとつ溶け込めないまま夏休みを迎えた。

過保護な祖母は、健太郎を溺愛しており、体育の授業を休ませるのはもちろん、近所の子供と遊びに行くのも許さなかった。

とにかく毎日が退屈で孤独だった。だから、祖母が出かけるタイミングを見計らっては家を抜け出し、ちょっと離れた場所まで自転車で探索に行くようになった。

そこで見つけたのが、二つ離れた町の公園だ。公園といっても、東京のそれとは比較にならない面積があって、木々に囲まれた遊歩道やテニスコートまで整備されている。なのに、場所が住宅街から離れた商業地のど真ん中にあるため、驚くほど閑散としている。

その一角に、自転車を停めてたむろしている子供たちの集団があった。

「あんたの家、猫飼えない？」

素通りしようとすると、突然、女の子に声をかけられた。

自転車を停めた健太郎が、その輪に加わると、段ボール箱の中で、驚くほど小さな三毛猫が細い鳴き声を上げている。

「捨て猫？」

「うん、私が見つけたんだ」

猫の子を見たのは、都会育ちの健太郎には初めてで、これほど幼い猫が親から離され、寂しい公園に捨てられていることに胸が痛んだ。

しかし祖母の家には小鳥がいて、とても猫を飼うことを許してもらえそうもない。

「飼いたいけど、無理。今の家、僕の家じゃないんだ」

「私も。夏休みの間だけしかこっちにはいられないから」

その猫は片目が潰れており、引き取り手はなかなか見つからなかった。なんとなくその場を離れがたくなった健太郎も、「猫、飼わない?」と周りに声をかけるのを手伝った。

その日、やむなく途中で帰宅した健太郎は、猫のことが気がかりで、翌日も公園に行ってみた。猫はそのままで、昨日の女の子がしゃがみ込んで餌をやっている。

女の子といっても健太郎より年上のようだし、背も高い。小学校高学年くらいだろうか。

「大人に言えば?」

「だめ。大人は猫を殺すから」

きっぱりとした女の子の言葉に、健太郎は心臓が縮み上がるほど驚いた。

「殺すの? 猫を?」

「そうだよ。狭い部屋に閉じ込めて毒ガスで殺すんだよ。だから、絶対に私が守ってあげなきゃいけないの」

結局、その日も飼ってくれる人は見つからず、翌日も同じことだった。気づけば健太郎は、毎日のように祖母の目を盗んでは、公園に餌やりに行くようになっていた。

女の子はいつも先に来ていた。多分その子も健太郎と同じで、近所に遊ぶ子がいなかったのだろう。猫に餌をやった後は特にすることもないため、二人でポータブルゲームやカードゲームをして遊んだ。

一度、飼い主と散歩中の犬に吠《ほ》え立てられて、驚いた猫が箱から逃げ出したことがある。即座に猫を追い掛けた女の子の足の速さと、藪《やぶ》に逃げ込んだ猫を見つけた目のよさに、健太郎は息をのんだ。

「足、めちゃくちゃ速いね。それに動体視力、半端なくない？」

「お父さんに似たんだ。うちのお父さん、なんでもできるしすごくかっこいいんだよ」

「へー、すごいね」

「トラックの運転が上手で、お休みの日は色んなところに連れていってくれるんだ」

女の子が、きらきらした目で父親のことを話すのが羨ましかった。仕事で忙しい健太郎の父は、滅多に家に帰らず、帰ってきても息子の顔を見ることもない。

女の子の名前は『よしだりんこ』。二歳年上の小学校四年生。

どうして一度でも住んでいる町を聞かなかったのか。どうして連絡先を聞かなかったのか。

その後、健太郎は何年も後悔することになる。

髪は男の子のようなショートボブで、すらりと背が高くて、足が長い。

そのくせ顔立ちは幼くて、広い額と丸い顔、笑うと垂れ下がる目が可愛らしかった。

一度転んで抱き起こされたことがあり、胸が意外に大きいのにびっくりした。今にして思えば、あの年代の女子の胸が膨らんでいるのは当たり前なのだが、顔立ちが年より随分幼く見えたから、そのギャップにドギマギした。

当時は意識していなかったが、振り返ってみれば紛れもなく初恋だった。

一緒にいるだけで毎日が楽しかったし、猫と女の子と自分が、まるで家族のような気持ちがした。

やたらお姉さんぶるところも、そのくせちょっと抜けていて、すぐに健太郎を頼ってくるところも好きだった。

何より彼女が喋ったり走ったりする時のきらきらした感じ——目から、唇から、全身から、生きる力みたいなものを発散しているところに、健太郎は強く惹《ひ》かれた。

一緒にいれば、自分の人生を取り巻く黒い影——父の再婚によって居場所がなくなった寂しさや不安も、全部吹き飛んでしまうような気がしたのだ。

ただ、それだけであれば、幼い頃の淡い初恋の記憶にすぎない。

その女の子が、健太郎の人生の深いところに関わってくるのはその後だ。

忘れもしない夏休み最後の日。その日、約束した時間に着いた公園に、まだ彼女は来ていなかった。

猫に餌をやった後、ポータブルゲーム機で遊んでいると、不意に影に覆われた。

「健太郎君?」

見上げると、父親くらいの年のスーツ姿の男が、優しい笑みを浮かべている。

「捜しましたよ。実は東京のお義母様に頼まれて、坊ちゃんを迎えに来たんです」

「……お義母さんに？」

「二学期から、東京の学校に戻れますよ。さぁ、あっちに車があるので行きましょう」

眉をひそめて見た男の靴はボロボロで、何かがおかしいと、子供心にも察しがついた。

それでも動けなかったのは、男の目が、段ボール箱の中にいる猫にじっと注がれていたからだ。

（だめ。大人は猫を殺すから）

女の子の声が蘇った時、男が猫を抱き上げた。その異様に大きな手の中で、猫は必死に逃げようとあがいている。日焼けした男の指はその小さなおとがいにがっしりと食い込んで、わずかな力を入れるだけで、簡単に絞め殺せてしまいそうな気がした。

「……殺さないで」

健太郎は、震えを懸命に堪えて訴えた。

「い、言うことを聞くから、そいつを殺さないで」

後になって聞かされたことだが、健太郎が車で連れて行かれたのは、その公園からほど近い場所にある、廃墟《はいきょ》となった商業ビルだったという。

むろんその時は分からず、真っ暗な狭い部屋に閉じ込められた後は、扉の向こうから聞こえてくる猫の鳴き声だけを心の支えに、冷静でいようと必死に自分に言い聞かせていた。が、やがて猫の声も聞こえなくなる。

不意に怖くなって、わあっと声を上げて健太郎は泣いた。

その時の恐怖は、何にも例えがたく、言葉にもできない。

もしあの時、女の子が来てくれなかったらどうなっていたのだろうかと、今も思う。

いきなり外から扉が開いて、まるで特撮番組のヒーローのように、彼女は突然現れた。

「下で、目の垂れた、悪魔みたいな男が、あんたを殺すって話してた」

必死の形相で訴える彼女が誰のことを言っているのか分からなかったが、少なくともここまで一緒に来た男ではないような気がした。

その男の目は、どう形容しても垂れているとは言いがたかったからだ。

彼女を追い掛けるようにして、階段の下から足音が近づいてくる。

二人は手を取り合って足音から逃げたが、すぐに窓際に追い詰められた。

地面は遠く、眼下では暗い木々が揺れている。そして背後に迫る足音。

「大丈夫、絶対に私が助けてあげるから」

怖《お》じ気づく健太郎を、彼女はきらきらした目で見つめてから、つないだ手に力を込めた。

「健太郎、無事に戻れたら、また一緒に遊ぼうね！」

それが、彼女の声を聞いた最後になる。

「これは事故よ。誘拐なんて最初から起こらなかったの」

二日後、健太郎は病室で目を覚ました。目の前では義母が背を向けて、初めて聞くような艶っぽい声で、誰かと電話で話していた。

「ええ、夫が警察にかけあってそういうことになったのよ。跡取り息子が誘拐されたなんて醜聞、あの人が許すと思う？　――ほんっと残念。いっそのこと殺されてくれてたら、よかったのに」

◇

また、『悪魔』に追い掛けられる夢を見ている。

背後に迫ってくる足音。

大丈夫、大丈夫、誰かに必死に言い聞かせている私。

その誰かの手を握っていたはずなのに、いつの間にか手が解《ほど》けて一人で闇に落ちている。

どこまでもどこまでも、終わりのない暗い闇。必死に伸ばした手は空を切り、あがきながら下へ下へと落ちていく。

不意に右膝から下の感覚がなくなった。

ああ、私の足、なくなっちゃったと、泣きたいような気持ちになる。

か細い猫の鳴き声と、陰々と響く男の声。

「私だよ。今から、子供を殺しに行く」

「おはよ、凛子さん」

半分夢の中にいた凛子は、ぎょっと驚いて目を見張った。

とびきりの悪夢を超えた現実が目の前にある。

上から覗き込んでいる男の顔。そして、その肩から顔を覗かせている灰色猫。

「悪い夢でも見た？　うなされてたよ」

少し笑った目の下で涙袋が膨らんでいる。健太郎は、ポンポンと優しく布団を叩くと、いつものようにパソコンデスクにあるスマホを取り上げた。アラームが鳴ると同時に、タップして切る。もちろん凛子のスマホである。

ようやく、これがいつもの光景だと認識した凛子は、枕に頭を沈めて長い息を吐いた。

「……ねぇ、わざわざ起こしに来なくていいって、何回言った？」

「でもさ、うるさい音で起こされるより、人の声の方がいいと思わない？」

にこっと笑った健太郎は、凛子の顔を覗き込むように身を屈めた。

「それに俺、凛子さんのすっぴん、好きなんだ。夜はすれ違いも多いし、なかなか見せてくれないじゃん」

それ嫌味？　――と思ったが、口に出す代わりに起き上がって、跳ねた前髪を手で直した。

ノーメイクの凛子は、丸顔で顔のパーツが小さいため、かなり子供っぽく見える。

——……ん？　そういえば、ロリ顔が好みだって言ってたけど、まさか私のことまで、そういう目で見てるんじゃないでしょうね。

いつだったか、健太郎のスマホに『健太郎様ぁ、今日はいつ来られるんですかぁ？』みたいな感じのメッセージが届いていたのを思い出す。文面はもう少し真面目だったような気もするが、あれは絶対、メイド系の店からだったに違いない。

現場には半日も滞在しないくせに、帰宅時間はやたらと遅い健太郎からは、時々あからさまな夜の匂いが漂ってくる。アルコールと煙草と香水——髪には、整髪料をつけたような痕跡も残っている。

お金もないのに、どこで遊んでいるんだろうと思っていた矢先、リビングに投げっぱなしになっていた彼の財布を見て驚いた。目測だが、現金で二十万以上は入っていたはずだ。

そこから察せられることはひとつしかない。昼は建設作業員をしている健太郎は、夜に別の仕事——多分、水商売をしているのだ。

その時ふと、視界に自分の膝が飛び込んできた。夢で失った右膝が、オフホワイトのスウェットパンツに包まれている。

思わず安堵の息を吐いて膝を撫でると、背後から健太郎の声がした。

「膝、時々撫でてるけど、痛むの？」

「……、痛くはないけど、昔、ちょっと怪我したの」

「どんな？」

「……覚えてないけど交通事故なんだって。でもすっかりよくなってるから」

健太郎と同居を始めたせいで、家でもズボンを手放せなくなった。別に見られたところでどうということもないが、あまりこの話題に触れられたくない。

落下しながら右足を失う夢は、入院している時に何度も見た。

落ちる直前、誰かと手をつないで走って逃げる感覚が、妙にリアルで生々しい。

逃げている凛子を『悪魔』が追い掛けてくるイメージもいつも同じだ。

なので、足を怪我した原因は交通事故などではなく、誰かに追い掛けられて高所から転落したのではないかと疑ったこともある。

が——今となっては遠い昔の、思い出す必要さえない過去だ。

とはいえ、ここ数年は全く見なくなっていた夢を、最近、時々見るようになったのは気持ちが悪い。しかも最後に聞いた男の声——

(私だよ。今から、子供を殺しに行く)

あれは夢の中の悪魔の声だろうか。それとも現実に聞いた誰かの声なのだろうか？　そこに猫の鳴き声まで聞こえたのは何故だろう。ソラは滅多に鳴かないし——

不意に眩しい日差しが差し込み、凛子の思考は遮られた。部屋のカーテンを開けた健太郎が、スマホを凛子に差し出している。

「朝ご飯作ったから、支度したらおいでよ。今日は俺、遅出なんだ。その代わり、夜はちょっと遅くなるけど」

「……ありがと」

そこは少し面はゆく凛子は答えた。

健太郎は、料理がとにかく上手かった。本人は一人暮らしが長かったせいだと言うが、レパートリーも豊富だし、腕前もプロ級だ。朝は食べない派だった凛子も、甘いフレンチトーストや、とろとろのオムレツを用意されると、嫌でも食欲をくすぐられる。

――これで太ったら、絶対健太郎のせいだからね。

と、つい逆恨みしてしまう健太郎と暮らし始めて、およそ一週間がすぎようとしていた。

戸籍上は夫婦、日数的には新婚。といっても内実は他人同士なので、寝室は凛子が、リビングはソラと健太郎が使っている。

図体の大きな健太郎に、ソファでのごろ寝は窮屈だろうが、健太郎は文句ひとつ言わず、なんだか毎日楽しそうだ。

着替えた凛子が洗面台に向かうと、その通過点にあるリビングから、コンソメの甘い匂いが漂ってきた。健太郎はキッチンに立ち、コーヒーを淹れる用意をしているようだ。

「まてまて、お前の分はちゃんと用意してやるから」

じゃれつくソラに、笑いかける無邪気な笑顔。爽やかな白いシャツにエプロン姿が可愛い——じゃないじゃない、そんな風に癒やされてる場合じゃない。

ごほんと咳払いをした凛子は、キッチンの手前で足を止めた。

「住むところ、まだ見つからないの？」

「うん。まぁ、色々当たってはいるんだけどね」

「……一週間も経《た》ったんだから、いい加減ペットオーケーの部屋くらい見つからない？」

しかもお金だってあるんだから——という言葉はかろうじてのみ込んだ。

健太郎はしゃがみ込み、鼻歌交じりにソラに餌をやり始める。

「ねぇ、私も手伝うから、ちゃんと家探ししなさいよ。前みたいにお母さんが突然来たらどうするのよ」

「でも、玄関の鍵、替えたって言わなかった？」

「か、替えたけど——それでも、来たら入れないわけにはいかないじゃない」

健太郎は楽しそうに笑って、ソラの喉を指で撫でた。

「その時は、また佐々木って奴になろうか。それとも彼氏だって紹介してくれる？」

凛子は握った拳を健太郎に示し、大股で洗面台に向かった。

いつものことだが、この話になるとのらりくらりとかわされる。絶対に部屋なんか探してないし、当面はこの部屋に居座るつもりに違いない。

とはいえ、口で言うほど、それが嫌じゃないのは何故だろう。

だらしないとばかり思っていた健太郎が、思いのほかきちんとした生活をしていると分かったから？

料理も上手くて、金銭感覚もしっかりしていて、掃除まで完璧にしてくれるから？

それとも――

「凛子さん、コーヒー豆が切れてるけど、買い置きどこ？」

いきなり健太郎の声がして、ぼーっと歯磨きをしていた凛子は、咳《せ》き込みながら歯ブラシを置いて口をゆすいだ。

「上にない？」

ないと答えた健太郎が、別の棚を開けるのが分かったので、ため息をついてキッチンに戻る。

「ここでしょ。日曜日に一緒に買い物したのに、もう忘れた？」

腕を伸ばしてシンクの上にある棚を開けると、その腕を不意に背後から捕らえられた。

「ちょっと」

腕の中で向きを変えさせられて、あっという間もなく、ちゅっと唇が触れ合った。

「今日の分、今しとこうと思って」

「――、っ、あ、朝はやめてよ。遅刻しちゃうじゃない」

凛子は真っ赤になったが、もう腰と背中に手が回され、健太郎の腕に包まれている。見ればシンクにはコーヒー豆の袋が置いてあって、凛子は自分が罠に落ちたことを知った。

「今夜も遅くなりそうなんだ。昨日みたいに、できないまま終わっちゃいそうだから」

「だったらそれでいいじゃない。何も、毎日しなくても」

「二日ぶりだよ？　それに、凛子さんが言い出したことだよね」

一日、一回ならキスしてもいい。

とは、確かに凛子が言い、二人の決まりになったことだ。

ただ、それは健太郎が当たり前のように、頻繁にキスしてくるようになったからだ。最初にきっぱり断ればよかったのだが、すでに一度していることでもあるし、なんとなく流されてしまったのが失敗だった。

それで、苦肉の策で「せめて一日一回にして」と訴えたのだが、健太郎はむしろ喜んで了承した。後で気づいたが、つまりそこで凛子は、彼に権利を与えてしまったのである。

抗議の声は、温かな唇で封じ込められる。

表面を軽く、柔らかくついばまれ、その気持ちよさに、身体がじんわりと熱を帯びたような感覚になる。

健太郎とのキスは、嫌じゃない。こうやって広い胸に抱き締められているのは、すごく居心地がいいし、安心できる。

最初はびっくりしたけど、舌が口の中に入ってくる感触も嫌いじゃない。健太郎の舌は甘くて柔らかくて、いつも、とろけるほど気持ちよくしてくれる。

先ほど洗面台の前で煩悶《はんもん》していた疑問の答えが蘇る。健太郎と住むのが嫌じゃない理由。

キスが、すごく上手だから――？

「ン……」

今も、唇を甘く吸われ、舌先で唇の表面を舐められると、膝から力が抜けていくのが分かる。その舌が唇を割って入ってくる頃には、完全に健太郎に抱き支えられている。

温かく濡れた舌が、そろそろっと唇の狭間《はざま》で左右に動き、凛子の舌先に軽く触れる。

「ん……、ふ」

じっとしていられないような気持ちよさに、腰の辺りが疼き、口の中に、みるみる甘いぬるみが溢れてくる。

「凛子さんの舌、ぬるぬるで気持ちいい」

「あ……」

キスがこんなに気持ちいいものだということを、凛子は健太郎とキスして初めて知った。

でも、その気持ちのよさはどこか怖くて、どうなってしまうか分からない不安もある。

健太郎の舌が、凛子の舌腹をぬるぬると優しく舐め、舌の裏側にも同じようにする。

それを何度か、優しい舌触りで繰り返されている内に、頭の芯が甘ったるく痺《しび》れてくる。

「ん……ン……」

瞼が重くて開けられない。腰から下が、疼くような浮き立つような不思議な感覚で満たされている。

いつも不思議に思うことだが、どうしてキスするとこんな風になるのだろう。相手が健太郎だから？　それとも誰とでも同じような感じになる？　――

気づけば、健太郎の手が優しく腰を撫でている。そうしながら、口の中に入れた舌をそっと引き抜き、同じ緩さで入れてくる。また引き抜き、今度はもっと奥に差し入れる。

「凛子さん、もうちょっと口開けて」

囁いた健太郎が首を傾け、より密接した唇の狭間で、厚みを帯びた舌が同じ動きを繰り返す。凛子は耳まで熱くしながら、求められるままに唇を開いたが、彼が初めて見せる舌の動きに、軽いパニックを起こしていた。

――何これ？　よく分からないけど、なんかめちゃくちゃエッチなことされてない？

私の口に……健太郎の舌が……すごくいやらしい感じで出たり入ったりして……。

ゆるゆると舌を出し入れしながら、健太郎は、凛子の背中や腰を熱っぽく撫で上げる。

唾液が顎を伝って喉を濡らし、健太郎の舌の動きがますます淫らになる。

「……ぁ」

頭の中が酩酊《めいてい》した時のようになってきて、凛子は耐えきれずにシンクに後ろ手をついて身体を支えた。と、それを待っていたようにするりと上がってきた健太郎の手が、胸の膨らみに被さってくる。

「――、ちょっと」

「大丈夫」

そのまま、柔らかな丸みを押し揉まれ、だめだと思うのにみるみる全身が熱くなった。抵抗したいのに閉じた瞼が震えるだけで、その奥の瞳が濡れたように潤んでくる。

「っ……、だめ」

「大丈夫だよ、時間はちゃんと見てるから」

健太郎の呼吸は熱く、声もどこか掠れている。

そういう問題じゃないし、そもそもここまでしていいなんて言ってない。でも、気持ちよくて、思考が上手くまとまらない。

通勤用のブラウスごと、大きな手に包まれた胸が、自在に形を変えさせられている。

「……凛子さん、気持ちいい？」

目がますます潤んできて、返事の代わりに唇が震える。

「俺にこうされるの好き？」

乳首すれすれの場所を指で撫でられ、凛子はンッと、掠れた声を漏らした。そこを触られると胸が疼いて、膝頭がぴくっぴくっと反応してしまう。

「凛子さん、可愛い」

「や……やだ」

「俺のこと、好き？」

囁く健太郎の息も荒くなっている。胸を揉む手にも余裕がなくなって、もう片方の手が、黒のパンツに収まったブラウスの裾を引き出そうとする。

温かな指が素肌に触れて、その感触ではっと我に返った凛子は健太郎の胸を二度叩いた。

「も、もうだめ。これで終わり」

健太郎は素直に身体を離した。身体を二度叩くのはギブアップのサイン。それも、二人で決めた約束事だ。

けれど目を潤ませてうつむく凛子と違い、健太郎は腹が立つほど平然としている。

「コーヒー淹れるから、座っててよ」

「――、ありがと。でも私、先に化粧をしてくるから」

早口で言って、凛子は逃げるようにキッチンから飛び出した。

最初は気づかなかった身体の変化を知ったのは、健太郎と何度目かにキスした後だ。浴室で身体を流した時に、指にまとわりつく潤みに気づいてびっくりした。

いくら男性経験のない凛子でも、それが何を意味しているかくらいは知っている。ショックだったのは、たかがキスだけでそんな現象が起きたことだ。

──セックスなんて、したいとも思わなかったのに、どういうこと？　もしかして私、知らず知らずの内に欲求不満に陥ってたの？

今も、ショーツに包まれた秘めやかな場所には、温かな潤みが溜まっている。

これだけは健太郎に知られたくない。知られたら、自分の何かが死んでしまいそうだ。

寝室に戻った凛子は、恥ずかしさに消え入りそうになりながら下着を替え、通勤用のパンツも履き替えた。その最中にノックされたので、飛び上がりそうなほど驚いている。

「凛子さん、食事、テーブルの上。俺、ちょっとシャワー浴びてくるから」

先ほどのことなど、何もなかったような軽い声。そう、凛子にとっては人生の一大事でも、健太郎にとっては日常茶飯事程度の出来事なのだ。

これまで、何人もの女性の部屋を渡り歩いてきたはずの健太郎は、今と似たような方法で宿主の心を自分のものにしてきたのだろう。

それに、裏稼業は多分ホスト。いつか頃合いを見て、店に誘ってくるに違いない。

その時は、きっぱりこの関係を清算するつもりの凛子である。

不意に興奮状態から覚めたようになって、凛子は棚の引き出しにしまっていた封筒を取り出した。そこには、以前高虎からもらった離婚届が収めてある。

あの後、二人で色々話し合って、調停を起こすのはやめておこうという結論に達した。

凛子と健太郎の場合、間違いなく本人同士が届けにサインしているため、無効になる可能性は殆どないことが分かったからだ。

そうなると離婚届を出すしかないのだが、それにも凛子は踏み切れなかった。母のことだ。娘が知らない間に離婚していたと知ったら、しかもその相手が健太郎だと分かったら、どんな反動があるか想像するのも恐ろしい。

迷う凛子に対し、しばらく考えてから健太郎は言った。

(――俺なら、このままで構わないよ)

(――一番いいのは、離婚して、お母さんにきちんと経緯を説明することだと思うけど、今がそのタイミングじゃないなら、待つよ、俺)

正論すぎてぐうの音も出なかった。そして、どうして健太郎は、こんなにも私の心が分かるのだろうかと思った。

膝の上で広げた離婚届には、凛子一人の署名がしてある。

健太郎に待つと言われて何日かして、やはりこのままではいけないと思い、彼に渡すつもりでサインしたのだ。

健太郎だって、家族に戸籍を見られたら大変なことになるだろう。自分の都合で、これ以上彼に迷惑をかけられない。

なのに、何故か健太郎に渡せないまま、ずるずると時間だけがすぎている。

「よう、健太郎、今朝は猫連れじゃないんだな」

「ははっ、最近は、俺より彼女の部屋が気に入っちゃったみたいです」

午前十時。出勤した健太郎にうっかり出くわした凛子は、大急ぎで顔を背けた。

いつものことだが、現場で顔を合わせるとどうリアクションを取っていいか分からない。ほんの一週間前は何も考えずに対応していたはずなのに、どうやっていたのか思い出せないほどだ。

「――凛子さん」

その健太郎が、実に無邪気に、凛子に気づいて手を振った。

ぎょっとした凛子は慌てて回れ右をしたが、もう遅い。

「凛子さん、これ弁当。忘れてっただろ」

健太郎の手にあるのはピンクの巾着袋に入った弁当箱。おおっと周囲の作業員から、どよめきの声が上がる。

「いやいや、まさに新婚さんって感じだな」

「つき合いたてのオーラが、中年には眩しいよ」

これはどうしようもないことだったが、凛子と健太郎の関係は、現場中で公認される事態となっていた。

なにしろ健太郎は、凛子との婚姻届にサインすべく、八人の挑戦者——単に参加しただけだが——を、一気飲み腕相撲で倒したのだ。

しかも冷やかしてくるのは作業員だけではない。いちまつの店主や女将も同様だ。

先日も、いちまつで食事中に女将に手招きされ、何かと思ったら、裏口で妊娠検査薬を手渡された。

(これ、もう使わなくなったからあげる。実は私、閉経しちゃったのよ、うふふっ)

うふふっじゃないし、色々生々しくて、もういちまつには二度と顔を出せない気分だ。

検査薬は一応ありがたくもらっておいたが、健太郎に見つかったら相当気まずいことになりそうなので、寝室の引き出しに収めてある。

「まさか健太郎が、あんなに凛子ちゃんのことが好きだったとはなぁ」

今も、こそこそ弁当を受け取る凛子を、作業員が冷やかすような目で見ている。

「俺、実はわざと負けてやったんだ。あんまり健太郎が必死だったから、可哀想でよ」

「で？　もう一緒に暮らしてるんだろ？　婚姻届はいつ出すんだ？」

もう出していますとも言えず、凛子は引きつった笑いを浮かべる。健太郎は否定もせずに笑っているし、実際に同居しているのはバレバレだから、どんな言い訳も通じない。

その時、救いの神が現れた。

「お前ら！　おじ……間宮さんへの暴言は厳に慎めって言っただろうが！」

高虎である。漫画みたいに飛び上がった作業員が、慌てて持ち場に戻っていく。しっしっと彼らを追い払った高虎が、苦々しい目を健太郎と凜子に向けた。

「お前らも、あんま現場でいちゃいちゃすんなよ。うちにも風紀ってもんがあるんだ」

凜子は愕然と口を開けた。

――わ、私がいつ、いちゃいちゃした？

風紀を乱す。こんなポジションに自分が置かれたことが信じられない。

とはいえ、今の凜子と高虎の関係はまずまずだ。というのもさすがに凜子に悪いことをしたと思ったのか、高虎は全面的に凜子の意向を汲《く》んでくれるようになったのだ。

お嬢ちゃん呼びの禁止。セクハラ禁止。アダルト系の話題禁止。

現場のトップが変われば、作業員の態度も変わる。十日前、牽引機を使っていたずらを仕掛けてきた連中も、最近では気まずげに頭を下げてくるだけになった。

なんだかんだいって、今の現場は、凜子には少しばかり居心地のいいものになっている。

二人になると、凜子は声を潜めて健太郎に抗議した。

「お弁当は作らなくていいって言ったじゃない。お昼はいつも外食なんだから」

たちまちしゅんとする健太郎。絶対わざとでしょ――と思うくらい、哀《かな》しげな目で見下ろされると、うっと言葉に詰まってしまう。

「俺、少しでも凜子さんの役に立ちたくて。俺のせいで食費もかさんでるんだろ？」

それどころか、そんな可愛いことを言う健太郎を、ぎゅうっと抱き締めてあげたくなる。

ああ、まずい。完全に心を侵食されている。このままだと、一生健太郎とソラに居着かれ、給料の全てを健太郎に注ぎ込んでしまいそうだ。

その時、周囲を見回した健太郎が、少しだけ距離を詰めてきた。何？　と思う間もなく、凛子の指にそっと自分の指を絡めてくる。

「えっ、な、何？」

「別に何もないけど、だめ？」

いや、だめに決まってない？　と思うも、凛子もなんとはなしに手を解けず、ドギマギしながら周囲から聞こえてくる重機の音や金属を叩く音を聞いている。

毎朝毎晩顔を合わせて、毎日のようにキスしているからだろうか。健太郎に触れられていると、不思議なくらい心地いい。

でも、なんだって私たち、今、本当の恋人同士みたいなことをしてるんだろう。

で、なんだって私は今、こんなにもドキドキしてるんだろう。

そっと見上げた健太郎は、視線を別の方角に向けている。それでも、凛子の視線に気づいたのか、絡んだ指先にわずかに力が込められた。

「凛子さん、今度、二人でどっか行かない？」

「……どっかって？」

「どっか遠く、東京じゃないところ」

「いいけど、何しに……？」

しばらく考えるような目になってから、健太郎は口を開いた。

「ソラなら、いちまつの女将さんがいつでも預かるって言ってくれてるからさ。一晩くらい預けて、遊びに行こうよ」

つまり何？　それは旅行的なこと？

いや……でも、なんで？

私たち、なりゆきで一緒に暮らしているし、なりゆきで籍まで入れちゃったけど、別にそういう関係じゃないよね。

それともこれが、いわゆるホストの営業なわけ？

「……私、そんなに貯金ないよ。親に結構仕送りもしてるし」

「じゃ、安いプランにするよ。泊まれるなら、俺、どこでもいいし」

なんだろう。このおねだりモード。

それともこれが、健太郎の本性だった……？

「ごめん、パス。今は仕事も忙しいし」

「……、そう？」

明らかに残念そうな健太郎の声に、胸の奥がかすかに痛んだ。

が、それは顔に出さず、健太郎の指を振りほどく。その時、スマホの着信音がハーモニーのように鳴り響いた。凛子と健太郎、それぞれのスマホが同時に鳴ったのだ。

「もしもし、どうした？」

凛子より先に電話に出たのは健太郎で、その親しげな声に、胸の痛みが強くなった。

急いで健太郎から離れながら、凛子も端末に耳を当てる。出る直前に画面を確認したが、相手は伍嶋建設の上司からだ。

『間宮、お前大変なことをしてくれたな』

――え……？

『今、佐々木さんって人が来て、社長室でお前を出せと大騒ぎだ。なんて真似をしてくれたんだ、その女性はな、三鷹不動産の元社員だぞ』

いきなりの上司の怒声に、凛子は混乱して言葉を失った。何故三鷹不動産が出てくるのか分からないが、佐々木といえば不倫相手の佐々木のことしか思い浮かばない。

「……あの、佐々木さんって一体」

『お前の不倫相手の奥さんのことだ。三鷹不動産のおえらいさんの元秘書だよ。とにかく早く戻ってきてお詫《わ》びをしろ！』

「高見常務、おはようございます」

渋谷区《しぶや》――三鷹不動産本社ビル。十二階にある投資部のオフィスに入ると、仕事をしていた社員全員が、立ち上がってお辞儀する。

虚礼はやめろと言ったのにな――と思いつつ、健太郎は笑顔で片手を上げた。

ひどく剣呑な気持ちだったが、その感情は絶対に会社では見せないようにしている。

三鷹不動産常務としての高見健太郎は、いかにもお坊ちゃん育ちの、呑気な男でないといけないからだ。

フロアの一番奥にある常務室の前では、背中がやや丸まった大柄な老人が、柔和な面立ちで控えている。常務秘書の草薙《くさなぎ》士郎《しろう》。元々は父の秘書だった老紳士は、少し困った目で健太郎を見上げた。

「健太郎様。今、お義母様と社長が中に」

「うん、分かった。僕のお茶はいいから下がっていてくれ」

突然かかってきた草薙からの電話は、その二人が常務室に居座り、健太郎の出社を待っているとの知らせだった。

午後には出社すると伝えても、すぐに呼べと言って譲らないという。

それで仕方なく現場を出た健太郎は、借りているホテルで着替えを済ませ、急いで表参道にある本社ビルに向かったのだ。

軽く深呼吸をしてから扉を開けると、中央の応接ソファでは、義母の絵里《えり》とその兄——健太郎には伯父に当たる宮沢社長が、揃って腰掛けていた。

「健太郎、お前、どこに行っていたんだ」

まるで父親のような口調で、宮沢が口を開いた。五十一歳。豊かな総髪は黒々としており、極端に垂れ下がった片方の目の下にイボのような黒子がある。

子供の頃は、その顔が恐ろしくてしょうがなかった。ただそれは、宮沢の顔がいかにもヤクザめいた悪相だからではない。

宮沢の隣では、義母がすらりとした美しい足を組んでいた。栗《くり》色の髪に形の良い瓜実《うりざね》顔。元女優だけあって、四十歳をすぎた今も険の強い美貌は健在だ。

「すみません。せっかく伯父さんにいただいた役職ですが、この部屋にいてもすることがないんです」

健太郎がそう断って席に着くと、絵里が苛立たしげに肘掛けを叩いた。

「だからって、工事現場で働くのはもうやめて。学生の時は大目に見ていたけど、少なくとも、役員になった今も、するような仕事じゃないでしょう」

「……昔お世話になった人に声をかけられたので、つい。でも、これで最後にしますよ」

「健太郎、絵里はな、お前に悪い虫がつくんじゃないかと心配しているんだ」

横柄な口調で後を継いだのは宮沢だった。

「お前がうちの現場で働くのは、いいさ。若い頃は何事も経験だし、現場の声を知っておくのも経営者には必要だ。――とはいえ、ああいう下賤《げせん》な連中といつまでもつるんでいるのは、よくない。本名で堂々とやっているならなおさらだ」

そこで絵里が煙草を取り出したので、すかさず宮沢が懐からライターを出した。宮沢は昔、絵里のマネージャーをしていたから、兄妹には今もその主従関係が残っている。

「特に女だ。もちろん遊ぶのは勝手にしろ。お前は亡くなった義兄さんに似て男前だから、女が放っておかないのも分かる。でもな、中にはお前の素性を知って、近づいてくる女もいるかもしれんのだぞ」

「結婚なさい、健太郎」

すかさず絵里が口を挟んだ。今月に入って再々促されているこのことが、今日の本題であることは健太郎にも分かっている。

「さやかさんもそのつもりであなたのプロポーズを待っているのよ？　戸籍の上では従妹だけど、血はつながっていないんだし、ためらう理由は何もないでしょう」

さやかは宮沢の一人娘で、絵里と宮沢が健太郎の婚約者だと決めている女性である。

健太郎は、いかにも困惑したように頭を掻いた。

「まいったな。結婚はいずれしますが、その相手選びも含めて、せめて三十歳になるまで待ってください。もう少し、今の生活を楽しみたいんです」

二人がしきりにさやかとの結婚を勧める魂胆は分かっている。

今から十四年前、健太郎が十二歳の時に、三鷹不動産社長だった父が事故で亡くなった。その父が有していた自社株は、大半を絵里が相続したが、決して馬鹿にならない額を健太郎も相続している。彼らはその株を、健太郎が外部に流出させることを恐れているのだ。

そもそも、高見家とは縁もゆかりもない宮沢が三鷹不動産の社長になれたのは、絵里の持ち株だけで過半数を超えていたからだ。

が、その持ち株は様々な理由で手放され、昨年、ついに単独議決権を行使できないまでに落ち込んだ。それでも複数の親族株主が宮沢派として味方についていたからよかったが、今年はそれも怪しくなってきている。

先月来、マスコミで報道されるようになった指定暴力団と宮沢の関わり——宮沢と絵里が芸能活動をしていた頃のつき合いが暴露されたのだが、一連の報道が株主の心証を悪くしているからだ。

それで目の色を変えて、それまで放任していた義理の息子を味方に取り込もうとしているのである。

「——楽しむのはいい。結婚したって、今の生活の全部を変えろとは言わんさ」

煙草の煙を鼻から吹き出しながら、宮沢が鷹揚《おうよう》に足を組んだ。

「でも、結婚は早くしろ。お前は無自覚だろうが、義兄さんの遺した株の一部はお前が相続しているんだ。それが敵対勢力に流れたら、うちは大変なことになる」

「考えすぎですよ。全体から見れば、僕の持ち分なんてわずかな数じゃないですか」

「何も知らないくせに甘えたことを言うな！」

突然威圧的に声を荒らげると、宮沢は垂れ下がった目で健太郎を睨みつけた。

「お前の株を取り込んで、三鷹の実権を握りたいと思う輩《やから》は大勢いるんだ。高見の親戚から、数え切れないほど縁談が舞い込んでいるのは知っているぞ？　お前があまりにふらふらして危なっかしいから、絵里も私も放っておけないのが分からないのか」

「……、だから、さやかさんと結婚を？」

「ああそうだ。それがうちの経営を守るために、最も有益な方法なんだ」

ここで、ほんのわずかでも彼らを疑っていることを悟られてはならない。

立場の弱い人間が、強い人間に報復したいなら、相手に気づかれないようにやった方がいい。凛子にした忠告は、健太郎が十二歳の時、草薙にされた忠告でもある。

「……僕は、何度も言っているように、経営には不向きな人間です。正直このまま、ずっと現場で働きたいと思っているくらいです」

「馬鹿なことを」

宮沢が心底呆れたように舌打ちをした。

「いい大学まで行って土木作業員か。お前は本当に見かけ倒しの木偶《でく》の坊だな」

それには取り合わず、悄然《しょうぜん》としたように健太郎は続ける。

「以前……僕の方から断ったことですが、僕の持ち株を伯父さんか義母さんに譲ってしまえば、この問題は解決するんじゃないですか」

「そのとおりよ、健太郎」

それまで不機嫌そうだった絵里が、分かりやすいほど明るい声を上げた。

「でも、あなたあれほど――、それだけは絶対にできないって言っていたじゃない」

「あの頃は僕も子供だったし、先のことが不安でもあったので。……また代理人を立てて連絡します。なので結婚の話は、いったん白紙にしてもらっていいですか」


ようやく二人が去ると、健太郎はネクタイを緩めながらソファに背を預けた。

久々に義母や伯父と顔を合わせたせいか、いつにないほど心が疲れている。

「株を譲る話は、むしろ逆効果だったのではないですか」

草薙が入ってきて、慣れた手つきで健太郎の前に紅茶のカップを置いた。

「長年譲らないと仰っていたものを、こうも簡単に翻意すると、思惑があると疑われます。絵里様は喜んでおいででしたが、宮沢社長はむしろ懐疑的な目になっておられました」

「……面倒だったんだ。それに勝手に結婚させられても困ると思って。結婚は、他人が婚姻届を出しても簡単に成立するものらしいからね」

何も知らない草薙は苦笑したが、それが現実に起きたことを知っている健太郎には、義母や伯父が勝手に戸籍を取ってしまうことも十分起こりうるような気がしていた。

それだけは、させてはならない。

今、健太郎が一番彼らに隠しておきたいのが、凛子の存在だからだ。

いつものように紅茶で気を落ち着かせた健太郎は、気持ちを切り替えて顔を上げた。

「草薙さん、株の買い取りの状況は？」

「はい。B&Cキャピタルの報告によると、あと少しで過半数を超える見込みです」

「できるだけ急いでくれないか。伯父さんは妙に焦っていた。もしかすると、こっちの動きに気づき始めているのかもしれない」

「至急、そのように手配いたしましょう」

穏やかに答える草薙は、父の代からの秘書で、今年で七十三歳になる。

高齢のせいか所作の全てがゆったりとしており、ラクダのような優しい目は、いつもどこか眠たそうだ。周囲からは紅茶を淹れるくらいしか能がないと思われているが、かつては父が片時も離さないほど信頼していた有能な男だった。

父の仕事のサポートはもちろん、高見家の財産管理まで任されていた草薙は、万事において控え目で実直、そのくせ、必要とあらば多少の違法行為も眉ひとつ動かさずにやってのける大胆さを持ち合わせている。

その草薙が活《い》けたと思《おぼ》しき花が、健太郎のデスクに慎ましく飾ってあった。

「……この花は？」

「キョウチクトウです。お父上が好きだったのを思い出して。ご迷惑だったでしょうか」

「……いや。そういえば、もうじき父の命日だったね」

ほっそりとしたフォルムを持つ紅《あか》い花を、どこかで見たような気がしながら、父の好きだった花だとは夢にも思っていなかったことに健太郎は苦笑した。

花の好みに限らず、十二歳で死別した父親のことを、健太郎は殆ど知らない。

根っからの仕事人間で、家のことなど顧みもしない人だった。車をいじるのが唯一の趣味で、その運転中に亡くなったのだからある意味幸せだったのかもしれない。

とはいえ、あまりに唐突な――あたかも映画のバッドエンディングのようなその事故は、今でもきな臭い噂を持って親戚たちの間で囁かれている。

父は、休暇を過ごした別荘から一人帰宅する途中、運転を誤り、車ごと海に転落したのだ。

一部上場企業社長の、事故とも自殺ともつかない死は、当然新聞でも取り上げられたし、警察の捜査も入ったが、原因は車の整備不良――事故ということで片付けられた。

それでも親戚の中には他殺を疑う声があり、それは健太郎も同じだった。

（後妻の絵里と兄の宮沢、あの二人、以前芸能活動をしていたでしょう？　その頃に稲山会の

会長とつき合いがあったっていうのは有名な話じゃない）

（しかも、あの遺言状。株の八割を絵里に相続させるってどういうこと？　――まるで、絵里と宮沢に脅されて、無理やり遺言を書かされた挙げ句、殺されたみたいじゃないの）

元々絵里と宮沢を嫌っていた親戚たちは、そう言って騒ぎ立てたが、健太郎が宮沢を疑ったのには、もっと根源的な理由があった。

（下で、目の垂れた、悪魔みたいな男が、あんたを殺すって話してた）

八歳の時に起きた誘拐事件。

醜聞を恐れる父の手で揉み消された事件は、実行犯の名前すら伏せられたまま、世間的には何もなかったことにされている。親戚の間には、廃ビルで遊んでいた健太郎が建物から転落して怪我をした――という風にしか伝わっていない。

誰も健太郎に詳しい事情を教えてくれなかったし、健太郎もまた、誰に何を聞かれても「何も覚えていない」と繰り返した。

一度だけ父に「女の子と一緒にいなかったか」と聞かれたが、それにも「知らない」としか答えなかった。

父のことが信じられなかったからだ。

誘拐犯は自首してきたというが、それは多分公園に現れた靴がボロボロの男だろう。

でも、その男の目は垂れていない。

つまり、『目の垂れた、悪魔みたいな男』は別にいるのだ。

そして、そんな怖い顔をした男を、健太郎は一人だけ知っている。

義母の兄、宮沢。元々女優だった義母のマネージャーをしていたが、義母が父と結婚した後に三鷹不動産の役員として取り立てられた。

父の死後に社長になり、実質、高見家の財産を乗っ取ったも同然の男である。

もちろん、目の垂れた男など世の中にはごまんといる。

しかし、健太郎を殺す動機がある男はそうはいない。義母は健太郎の死を望んでいて、宮沢はその兄である。動機だけなら十分すぎるほどだ。

その男の顔を、あの女の子は見ているのだ。

もしその事実を知られたら――もし宮沢と義母が共犯で、父が義母を庇うつもりで事件を揉み消したのなら、顔を見た女の子に、どんな危険が及ぶか分からない。

だから誰に何を聞かれても、「知らない」「覚えていない」と繰り返したのだ。

そうしてずっと真実から目を背けていた健太郎だが、一方で、誰にも知られないように女の子の行方を捜していた。

よしだりんこ。パソコンで名前を検索して、出てきた人を片っ端から調べ、一緒に遊んだ公園のある町を、『よしだ』の表札を探して歩き回った。

危険を知らせたかったし、何より、もう一度あの子に会いたかったからだ。

が、その行方も素性も全く分からず、その四年後——小学校六年生の夏休みに父が事故で亡くなった。

不審だらけの父の死は、それまで冷静だった健太郎を、初めて恐慌に陥らせた。もしや父は、宮沢に殺されたのではないだろうか、自分がもっと早く警察に本当のことを話していれば父の死は防げたのではないだろうか。

後悔と激しい動揺に苛まれた健太郎は、そこで初めて、父の秘書だった草薙に真実を打ち明けた。

幼い頃から何くれとなく健太郎の世話を焼いてくれた草薙は、健太郎にとって唯一信じることのできる相手だった。とはいえ草薙は父の秘書で、宮沢や絵里にも重宝されている。父の存命中はどうしても相談することができなかったのだ。

健太郎の告白を聞いた草薙は、初めて見るような怖い目で、健太郎の肩を抱いてこう言い含めた。

(健太郎様、——健太郎様がお耳にされたことは、絶対に誰にも言ってはなりません。疑っていることを、宮沢様にも絵里様にも絶対に悟られないようにするのです)

(お悔しいでしょうが、事件にならなかった以上、真相を掴んでも宮沢様を断罪することはできません。今は大人しいふりをして力を蓄え、身を守る術《すべ》を身につけるのです)

その草薙の口から、健太郎は初めて誘拐事件の詳細を教えてもらった。

それは――ある意味、父の死よりひどく健太郎を打ちのめした。学校にも行けなくなり、メンタルクリニックに通うようになったのもその頃だ。

そんな健太郎を、草薙はずっと支え、励まし続けてくれた。

健太郎が相続した財産も、代理人をつけて管理し、絵里や宮沢と離れて暮らせるよう、全寮制の中学に入学する手続きもしてくれた。

あらゆる面で――仕事にしか興味のなかった父よりも細やかな愛情を込めて、健太郎が成人するまで守ってくれたのだ。

「……きっとお父上の命日までには、宮沢社長は退任する流れになるでしょう」

その草薙が、キョウチクトウの花を見つめ、感慨深げに呟《つぶや》いた。

「今日まで、本当に長《なご》うございました。私としては、健太郎様が次の社長になるのを見届けてから、引退したいところですが……」

「――、僕は社長にはならないよ。伯父さんと義母さんに経営から退いてもらうのは、あくまでこの会社をよくするためだ」

ようやくマスコミでも報道されるようになったが、宮沢が指定暴力団稲山会と親交が深いのは本当の話だ。絵里と二人で芸能活動をしていた頃からのつき合いで、今でも間違いなくつながりがある。

宮沢が社長になって以降の金の流れを、健太郎はつぶさに追っている。宮沢が会社の資金をなんらかの形で横領しているのは確実で、後はその手段と、流出先を突き止めればいいばかりになっていた。

金が稲山会に流れているのは間違いないと健太郎は思っている。が、未だ確たる証拠を見つけることができない。

社長である宮沢には様々な権限が与えられており、社長だけにアクセスすることが許されたファイルも存在する。色々試してみたが、健太郎では、どうしてもそれらを開くことができない。

それで、まずは宮沢を社長の座から降ろすことにしたのだ。

一時的にでも社長権限を得ることができれば、全てのファイルを調べることができる。それに、社長を交代させてから宮沢の罪を暴いた方が、会社が被るダメージも少ない。

健太郎が私財を投じて株を密《ひそ》かに買い集め、他の役員と通じて宮沢退任の流れを作ろうとしているのは、そういう背景からだった。

「……健太郎様は、あの者たちから、会社を取り戻したいとは思わないのですか？」

少し寂しそうな草薙の問いに、健太郎はかすかに笑って首を横に振った。

「会社が家の所有物だと勘違いしていた頃は、そんな風にも思っていたよ。これを機に、社長には能力のある人間が就くようにすべきだ。創業家の責任として伯父さんの不正を暴いたら、僕も潔く会社を辞めるつもりだよ」

少しの間、未練のように健太郎を見つめていた草薙だが、すぐに温かな目で頷いた。

「随分と大人になられましたね、健太郎様」

「だとしたら、全部草薙さんのおかげだよ」

健太郎は微笑んだ。まだ少年だった頃、この人の支えと戒めがなければ、きっと一人で暴走して自滅していただろう。どれだけ感謝してもしきれない。

「いつも危ない橋ばかり渡らせて申し訳ない。あと少しだけ、僕を手伝ってくれないか」

「もちろんでございます」

穏やかに頷いた草薙が、ふと白い眉をハの字にして、「そういえば」と切り出した。

「今の現場で、いつまで仕事をされるおつもりですか。ここまできた以上、もう左様な芝居はなさらなくてもいいと思うのですが」

「芝居とはひどいな。結構本気でやっているのに」

健太郎は笑って、デスクの椅子に座り直した。

「急に辞めて、伯父さんに疑われたくない。工期も、あと、ほんのひと月なんだ」

「せめてお住まいの場所だけでも教えてもらえませんか。宮沢社長が何をしでかすか分からない上に、健太郎様の居場所も分からないとなると……」

「現場で仲良くなった人の家に泊めてもらっているんだ。もうちょっとしたら、ちゃんとしたマンションを探すよ」

健太郎が、本名のままで様々な現場を渡り歩き、住処《すみか》を転々としているのは学生の頃からのことで、宮沢も義母も、呆れながら黙認していることである。

そういう暮らしをするようになった目的は、二人の目を誤魔化すことと、社内の反宮沢派に下手に担ぎ上げられないようにするためだ。

それでも今回、無理を押して高虎組に雇い入れてもらったのは、これまでとは違う動機からだった。

間宮凛子――旧姓吉田凛子。ようやく見つけたあの時の女の子と会うためである。

ただそれは、草薙には話していない。言えば、必ず反対されるのが分かっていたからだ。

たとえ草薙であっても、今はまだ凛子のことを知られたくない。ハプニングで入籍した以上なおさらだ。彼女とのつながりはあまりに儚《はかな》く、ちょっとしたことで切れてしまいそうで不安なのだ。

その凛子に電話をしていたことを思い出した健太郎は、眉をひそめてスマホに目をやった。

――……どうしたんだろう。何も返ってこないな。

実のところ、伯父や義母と話している間も、ずっと凛子のことが気がかりだった。

現場を出る直前に、彼女にかかってきた電話。あれはなんだったんだろう。

(ごめん、ちょっと急用で、会社に戻らないといけなくなったから)

その直前の会話からひどくよそよそしくなった彼女は、明らかに顔色も悪く、感情が千々に乱れているのがひと目で分かった。

引っかかるのは、彼女が電話で誰かと話していた時、佐々木の名前が出たことだ。

――まさか、例の佐々木って奴のことじゃないよな。

凛子の不倫相手――とはいえ、そもそも不倫していたと言えるのかどうか。

既婚者であることを隠して凛子に近づいたくせに、妻と一緒に事務所に乗り込んできて、これ以上ない恥を彼女にかかせた。当時は、かろうじて傍観者でいられたが、今だったら胸ぐらのひとつでも掴んでいたかもしれない。

今も、彼女が佐々木に会っているかもしれないという想像が、ひどく気持ちを落ち着かなくさせている。

幼い頃の孤独だった健太郎にとって、彼女は太陽のように明るく輝く存在だった。生きる力が内面からきらきらと溢れ出ているような人で、思えば健太郎はその輝きをずっと追い掛け続け、ようやく今、捕まえたかもしれない。

再会した彼女は、健太郎のことはおろか、当時の輝きや性格さえ忘れているようだったが、もうそのことは考えないようにしている。

昔みたいに友達でいられれば十分だった。でも気がつけば気持ちをがっちり掴まれて、日に日に強くなる彼女への執着心は、自分でも戸惑うばかりだ。

とはいえ、今の偽りの自分のままでは、彼女と本当の恋人になれないことも分かっている。

高虎組で働くようになった動機を含め、どこかで本当のことを話して、彼女の許しを得る必要があるし、婚姻届のことも、何か手を打たないとそろそろまずい。

にもかかわらず、なかなか決心がつかないのは、全てを打ち明ければ、彼女が傷ついてしまうことが分かっているからだ。

そんな悩ましい状況なのに、自分で決めた戒めを、今日もあっさり破ってしまった。

（っ……、だめ）

今朝のことを思い出し、健太郎はわずかに耳を染めた。

――ちょっと感じやすい人なのかな。……すぐに目が潤んじゃって、可愛すぎるだろ。

少しキスするだけのつもりが、いつも自分の方が深みに嵌《は》まってしまうのは、彼女の反応が可愛くて、つい追い詰めてしまいたくなるからだ。

普段から真面目で、下ネタの話題が出ただけで眉をひそめる凛子が、あれだけ素直な反応を見せるとは思ってもみなかった。

睫は震えて目は潤み、白い肌がほんのりと桃色に染まる。唇の内側を舐められるのが気持ちいいのか、舌先でそこをヌルヌルと舐めると、鼻から可愛い声を出して、腰の辺りをもどかしげに震わせる。

キスだけでこうなるなんて、触ったらどうなるんだ、とはいつも想像してしまうことだ。

下着に包まれた形のいい胸や、パンツスーツの下はどうなっているんだろう。目がこれだけ潤んでいるなら、多分すごくいやらしいことになっているはずだ。

そんなことを想像すると、健太郎も自然に勃起してしまう。キスの後、いつもトイレか浴室に入ることを、彼女が不快に思ったりしないのかと少し不安だ。

この年になって、こんなにみっともない真似をするようになるとは思わなかった。女性経験は少ない方ではないが、こうも自制が利かなくなったのは初めてだ。

認めたくはないが、浮かれている。とうの昔に諦めていたはずの初恋の人が、毎日手を伸ばせば触れられる距離にいるのだから。――。

「健太郎様、今夜はK社の社長との会食の予定が入っています。うちの株をわずかながら持っている人物なので、できればお顔を出していただきたいのですが」

草薙の声で我に返った健太郎は、「分かった」と頷いてからスマホに視線を落とした。

律儀な彼女は、たとえどんなに怒っていても、折り返しだけはちゃんとしてくれる。なのに、意図的に無視されている理由はなんだろう。

まさかと思うが、本当に佐々木と会っているんじゃないよな――？

「っ、さ、三百万ですか？」

耳を疑った凛子は、思わず聞き返していた。

新宿《しんじゅく》――商業ビル内にある古びた中華レストラン。

午後七時という半端な時間に、そこに呼び出された凛子は、佐々木の妻、紀子《のりこ》と対峙《たいじ》していた。店は閑散としていて、薄暗い厨房《ちゅうぼう》では中国人と思しきスタッフが煙草を吸っている。夕食時なのに、入ってくる客は誰もいない。

テーブルには紀子と、四十代くらいの男が並んで座っていた。男は弁護士と名乗り、紀子は一言も言葉を発することなく、黙ってスマホをいじっている。

「……い、慰謝料って、そんなに払わないといけないものなんですか」

この時間まで、会社で散々叱られた凛子は、すっかり憔悴《しょうすい》しきっていた。

結局会社ではここにいる紀子とは会えずじまいで、七時に指定の場所に一人で行くようにと、上司に厳しく言い含められた。

紀子は三鷹不動産の元社員で役員の秘書だった。今の社長とも懇意らしく、上司の席にも、三鷹不動産の秘書室から直々に苦情の電話が入ったのだという。

一体、どういった経緯で凛子の勤務先を知ったのかは分からないが、いずれにしても、最悪の展開になってしまった。なにしろ三鷹不動産は、伍嶋建設の親会社のようなもので、相手はその強みを利用してきているのだから。

「こちらは、あくまで個人間で取り交わす示談であり、示談金ですからね」

黙ったままの紀子に代わり、隣に座る弁護士が口を開いた。口元のだらしない、どこか野卑な感じのする男で、凛子は最初から警戒心を募らせていた。

「もちろんサインをするしないは自由です。こっちは裁判をしてもいいんですから」

膝の上で、凛子は両手を握り締める。

そんなことになったら、会社を辞めるしか道はなくなる。が、三百万なんて大金、凛子にはとても作れない。貯金をかき集めてもせいぜい五十万くらいだ。

「あの、奥様、私、そもそも佐々木さんとは」

「あなたね」

スマホに視線を向けたまま、初めて紀子が口を開いた。

「先日私たちと顔を合わせた時、全部認めて謝ったじゃない。婚姻届もSNSのやりとりも、証拠として押さえてるの。そういうの、伍嶋建設さんにも公表しましょうか？」

SNSでどんなやりとりをしたっけ。と、凛子は虚ろに考える。主にデートの約束だけど、結婚して欲しいという意味のメッセージも送ったような気がする。

馬鹿みたいだ。別に佐々木のことなんか一ミリも好きじゃなかったのに。ただ母の気に入りそうな条件を全部備えていただけだったのに。

またポケットのスマホが鳴ったので、凛子は泣きそうになりながら電源を切った。着信は全部健太郎だ。どうすればいいんだろう。こんなこと、健太郎には絶対に相談できない。

健太郎に嫌われたくない。面倒な女だと思われたくない。

馬鹿みたいだけど、こんなことになって初めて分かった。

私……健太郎のことが好きなんだ。

健太郎との関係――今の暮らしだけは、失いたくない。

「……せ、せめて分割にしてもらえませんか。一度に、三百万なんてとても」

「じゃ、私の方で、信用できる金融会社を手配しますよ。いったんはそれで、奥様に全額お支払いするということでどうでしょう」

弁護士は垂れた目を糸のように細め、眉を寄せる凛子に微笑みかけた。

「支払いは分割で結構です。でもその返済は、金融機関にしてくださいってことですよ」

それはもしかして、消費者金融からお金を借りてこいってことだろうか。

「無理なら、あなたの親御さんに全額請求してもいいのよ」

紀子がきつい口調で言い放ち、凛子はびくっと肩を震わせた。

「あなたが払えないなら、お母さんの方に請求書を送るって言ってるの。住所も連絡先も、全部伍嶋さんから教えてもらってるんだから」

「――、分かりました」

凛子は弾《はじ》かれたように頷いた。母のことを出された途端、思考が一気に凍りついて、何も考えられなくなっていた。

「お、仰るとおりの方法でお支払いします。だから、絶対に母には連絡しないでください」

三百万を一括して払う示談書にサインをすると、いつの間にか隣のテーブルに、スーツ姿の男が二人座っていた。どちらも人相が悪く、いかにも威圧的な雰囲気だ。

「こちらはお金を貸してくれる金融会社の人です。保険証と免許証、出してもらえますか」

弁護士に促され、凛子はぼんやりとそれらを取り出し、手渡した。

奨学金の返済もまだ残っているのに、これから三百万の借金を背負うことになる。

実家への仕送りを考えると、返済額によっては毎月赤字になってしまう。副業は禁止されているが、夜間のバイトでも見つけなければどうしようもない。

「印鑑はこっちで用意しています。サイン、お願いしてもいいですか」

慣れた感じで手続きを進める弁護士の隣では、紀子が無言でスマホをいじっている。まるで四人に取り囲まれて、逃げられなくされているような感じだ。

――もしかして、最初から、お金目当てだった……？

だとしても、母親のことを持ち出された以上、もう逃げ場なんてどこにもない。

大丈夫、若いんだし、働けばなんとかなる。凛子は懸命に自分に言い聞かせた。

これくらいの金額なら、自分一人でリカバリーできる。大丈夫、大丈夫……。

それでも渡された印鑑を書類に押しつける時、指先がわずかに震えた。ろくに説明もされずに印を押すことへの恐怖と不安。本当にこれだけで済むだろうか？　そもそもこの人たちは、本当にまともな人たちなんだろうか？

その時だった。不意に手首を上から掴まれ、凛子はびっくりして顔を上げた。

「何やってんだ……！」

健太郎だった。初めて見るような怖い顔をして、肩を荒々しく上下させている。

――な、なんで？

髪は、普段以上に乱れているが、白いカッターシャツにグレーのスラックスを身に着けている。これが夜職の衣装かとも思ったが、そんなことより、彼が今ここにいる理由が分からない。その健太郎の手が、テーブルの上の示談書を掴み上げた。

「あ、ちょっと」

弁護士が腰を浮かせた時には、凛子がサインした示談書はびっと縦に引き裂かれていた。

「何すんだ、てめぇ！」

隣の席の男二人が立ち上がる。しかし彼らが伸ばした腕を、それ以上の俊敏さで健太郎が掴み、撥ねのけた。体格では圧倒的に健太郎が勝っているだけに、男二人が怯《ひる》んでいる。

「俺は、彼女の夫です。健太郎という」

怒りを噛み殺した声でそう言うと、健太郎は凛子の腕を掴んで立ち上がらせた。

凛子には、まだ目の前で起きていることが理解できない。

「健太、」

「黙ってろ！」

その健太郎の声が緊張しているので、凛子は何も言えなくなる。

「あんた、一体どこのチンピラよ。こんな真似をしてただで済むと思ってんの？」

佐々木の妻が剣呑な目つきで立ち上がった。

「それともあんたが、この子の慰謝料を立て替えてあげんの？　え？」

気がつけば、弁護士が電話をし始め、男二人が威嚇するように健太郎を取り囲んでいる。

しかし、健太郎は無言で席に着くと、ポケットから小型のＩＣレコーダーを取り出した。

『つ、妻には借金があって、それで、僕の不倫相手から少しでも金を取ろうと……』

佐々木の声がＩＣレコーダーから流れ出す。凛子はびっくりして固まった。

『……最初は五年前で、本当に事務所の女の子と不倫していたんだ。その時、かなりの示談金を手に入れたことに味をしめたんだと思う。二年くらい前から、三鷹不動産の下請けで働く子を狙って僕をけしかけるようになって……。妻はあの会社で重役秘書をやっていたから、今でも顔が利くようなんだ』

そこで健太郎がスイッチを切り、その場は息詰まるような沈黙に包まれた。

「話し合いには応じますよ。彼女に請求するのが三百万なら、こっちはもっと請求してもいいはずですからね。それとも、この録音データを警察に届けましょうか」

紀子と弁護士が、うろたえたような顔を見交わし合う。

健太郎はそんな二人を、普段の彼とは別人のような冷徹な目で見てから立ち上がった。

「行こう、凛子さん」

彼の腕にはブランドマークの入ったクロノグラフの時計が光っていた。靴も高級そうな革靴で、家では一度も見たことがない代物だ。

ずっと想像でしかなかったが、本当に健太郎はホストだったんだと、凛子は呆然と思っていた。あるいは愛人業かもしれないが、誰かに貢がせでもしなければ、あんな高級時計を健太郎の若さで買えるわけがない。

が、店を出てエレベーターに乗っても、そのことを口にすることはできなかった。

健太郎の横顔が、見たことのないくらい怒っていたからだ。


「なんであんなものにサインしたんだ！」

路上に出るなり、健太郎は感情を爆発させるように言って、唇を震わせた。

「俺が着くのが、ほんの少しでも遅かったらどうなっていたと思う。婚姻届と同じで、自分の意思でサインしたものは、そう簡単に取り消せないんだぞ」

周囲は雑踏で、行き交う人々がチラチラとこちらを振り返っている。

ここまで混乱しっぱなしで、何が起きたのか理解できていなかった凛子は、健太郎の豹変《ひょうへん》に驚きながらも、路上で声を荒らげられたことや、今の言葉に強い反発を覚えていた。

「じ、自分だって、婚姻届にサインしたじゃない」

「なんだと？」

緊張に喉を鳴らし、凛子は健太郎の腕を振りほどいた。

何、その言い方。まさか私のことを、本当に奥さんか所有物みたいに思ってるんじゃないでしょうね。

「迂闊《うかつ》なのは自分だって同じじゃない。しかも、なんでえらそうに私に説教してるのよ」

その言葉に、健太郎がわずかに怯むのが分かった。

しかし、それでも彼の怒りは収まらないのか、顔を背けて拳を握る。

「――、別に、説教なんてしてないだろ」

「してるじゃない。だいたい私が何をしようと、健太郎には関係ないでしょ。なんのつもりか知らないけど、余計な真似しないでよ」

「余計な真似……？」

眉を険しくさせた健太郎が、ぐっと唇を噛むのが分かった。

いつもその唇がキスしてくれることを思い出した凛子は、不意に泣きそうになっている。

「じゃあ、余計なことついでに言わせてもらうよ。なんで凛子さんがサインしたかなんて、簡単に察しがつく。どうせ、お母さんに知られたくないと思ったんだろ」

かっと自分の耳が熱くなるのが分かった。

「お母さんに紹介したくて、佐々木みたいな奴を好きになって、お母さんに叱られるのが嫌で、俺を佐々木だって紹介したんだ。前から言おうと思っていたけど、そんな風にお母さんに縛られてばかりいると」

ぱちんっと乾いた音がした。自分が健太郎の頬を叩いたのだと、しばらくしてから気がついた。力は全然入っていなかった。それでも健太郎はびっくりしているし、凛子は呆然としたままだった。

「……、あ、あんたに、私の何が分かるのよ」

健太郎が視線を下げる。彼が動揺しているのが分かり、凛子は胸がいっぱいになった。

私、何をしたんだろう。あんな怖い場所に飛び込んできてくれた健太郎に、人生最大のピンチを救ってくれた健太郎に、今何をしてしまったんだろう。

「――出ていって」

それでも口から出たのは、心とは裏腹の言葉だった。

「離婚届を渡すから、今夜中にうちから出ていって」

「凛子ちゃん、今日、旦那はどうした？　お休みか？」

現場の仮囲いの外は、しとしと雨が降っていた。本降りになる前に作業が中断になった現場では、作業員たちが少し早い帰り支度を始めている。

「知らないです。それに、健太郎は旦那じゃないですから」

冷やかしのような作業員の声に、凛子は素っ気なく答えて更衣室に入った。

雨のせいか、夕暮れはいつもより暗く、重く垂れこめた雨雲が、自分の心のようだった。

昨夜、健太郎は戻ってこなかった。

凛子が「出ていって」と言った後、健太郎は動かなくなった。

長い沈黙――実際は一分もなかったかもしれないが、凛子にはその待ち時間は、永遠のように長く思えた。

馬鹿みたいだけど、そこで健太郎に笑って欲しかった。いつもみたいに上機嫌な声で「冗談だよね」と言ってくれたら、「冗談に決まってるでしょ」と謝るつもりだった。

これまで些細《ささい》な口論になったことは何度かあるが、健太郎が怒ったことは一度もない。いつも困ったように笑って引き下がり、あっさり気持ちを切り替えてくれる。

だから、今度も……。

（――分かったよ）

けれど、昨日の健太郎の口から出た言葉は違った。

(——でも今夜は、どうしても外せない用事があるから、荷物は明日取りに行く。少し冷静になって、話しておきたいこともあるし)

後のことは、よく覚えていない。凜子は一人でタクシーに乗って帰り、翌朝、普通に起きて出勤した。健太郎は出勤予定になっていたが、結局姿を現さなかった。

もう、健太郎のことは何も考えたくない。

「間宮、お前に電話が入ってるぞ。なんか業者さんっぽい人から」

更衣室を出たところで、高虎から声をかけられた。ほんの少し緊張したのは、昨日の弁護士か、同席した金融会社の人かもしれないと思ったからだ。

昨日の顛末《てんまつ》は、昨夜の内に上司に報告した。が、それより前に佐々木の妻から「こちらの勘違いだった」という連絡があったらしく、上司も混乱しているようだった。

とはいえ、彼女と同席していた男たちに、凜子は免許証と保険証を見られ、写真まで撮られている。彼らの正体が分からないだけに、気味が悪くて仕方がない。

『り、凜子ちゃん？　僕だよ、佐々木だよ』

その瞬間、電話を叩き切りたい衝動にかろうじて耐えたのは、昨日のことでは凜子も佐々木に聞きたいことがあったからだ。

『ちゃ、着信を拒否されてるから、仕方なくこっちに電話したんだ。昨日のことで、か、彼氏さんに、一言、伝えておいて欲しくて』

「……もしかして、昨日健太郎から連絡があったんですか」

『あったよ。突然事務所に電話がかかってきて……向こうは、僕と凛子ちゃんが一緒にいるんじゃないかと疑ってたみたいだけど、僕も、凛子ちゃんにずっと電話してたから』

悪いが、佐々木の電話には全く気づかなかった。そういえばこの男は最初から〈理由がある〉だの〈話を聞いてくれ〉だのというメッセージを送ってくれていたのだ。

――……でも、なんで健太郎が、わざわざ佐々木さんに電話までしたの？

『彼氏さん、連絡が取れない君のことを、とても心配していたよ。ああいうのを虫の知らせとでもいうんだろうね。僕も、妻を止めて欲しかった。だから、事情を全部話したんだ』

多分その話が、ＩＣレコーダーから流れてきた声なのだろう。

『でも、まさか録音までされているとは思わなかった。あれだけ、僕が喋ったことは秘密にしてくれと言ったのに、案外、あっさり裏切る人なんだね』

「……、そんなこと言う資格、あるんですか」

結局、卑怯者でしかない佐々木の言い分に、凛子は受話器を握り締めていた。

こんな男に、健太郎を一ミリだって悪く言われたくない。

『ない。……でも、これだけは言わせてくれ。凛子ちゃんが聞いた音声は、多分全体の一部なんだ』

「どういう意味ですか」

『妻と僕が、常習的に美人局《つつもたせ》のような真似をしてきたのは本当の話だ。でも……今回のケースは、それとは全く意味が違う』

佐々木が何を言っているのか分からず、凛子は訝しく眉を寄せる。

『言ってみれば、これは、たか……君の彼氏の身内の問題なんだ。それをまず解決した方がいいと伝えてくれ』

それだけ言うと、佐々木は一方的に電話を切った。


自宅の扉の前に立つと、廊下側の小窓から中の明かりが透けて見えた。

どこかほっとしたような、怖いような気持ちで扉を開けると、待っていたようにソラが飛びついてくる。

その顎を撫でてやりながら、健太郎って猫みたいだな、と凛子はぼんやりと考えていた。

いつの間にか懐に潜り込んできて、気づけば心に住みついている。最初は苦手だったソラを手放せないと思っているように、健太郎を手放すことなんて、もうできない。

「おかえり、凛子さん」

穏やかな、いつもと同じ健太郎の声に、うつむいたままの凛子は泣きそうになった。

どうしよう、健太郎の顔が見られない。どうしたらいいんだろう。何を言えば、昨日のことを彼は許してくれるんだろう。

「今、ご飯作ってた。こんなに早いとは思わなかったから、まだ途中だけど」

一瞬、昨日のことを、健太郎自ら誤魔化してくれるのかと思ったが、すぐに健太郎は背を向けて、キッチンの方に戻っていった。

大きい背中、肩幅の広い無骨な身体。なのにエプロン姿が不思議とさまになっている。

「作り終わったら、一緒に食べよう。出ていくのはその後でいい？」

「…………」

デミグラスソースのいい匂いが、玄関の方にまで漂ってくる。

多分、煮込みハンバーグだ。健太郎の得意料理で、凛子が一番好きなメニュー。

テーブルの上には、二人分の皿と家になかったワイングラスが並べてある。本格的なので驚いたが、いかにも最後の食事という感じがして、ますます胸が苦しくなった。

元々荷物の少なかった健太郎の私物は、もうスポーツバッグの中に収められている。

「……今日、佐々木さんから現場に電話があった」

「それで？」

一瞬、健太郎の目が険しくなった気がしたが、それには気づかないふりで凛子は続けた。

「……色々言い訳されたけど、何言ってるのかよく分からなかった。……最後に、これは健太郎の身内の問題だって言われたけど、意味分かる？」

思い当たる節があるのか、健太郎は少し考え込むような目になったが、すぐに苦笑でそれを上書きした。

「俺も言われたけど、意味が分からなかったし、気にしなくていいんじゃないかな。多分、警察に通報されたくなくて必死なんだろ」

「……まぁ、そうかもしれないけど」

「一応、これまで騙してきた女性にお金を返すって約束はさせたけど、もし凛子さんが警察に届けたいなら一緒に行くよ」

「――、それはいい。私の恥を広めるようなものじゃない」

また母親のことに触れられる気がして、凛子は急いで寝室に入った。

後ろ手に扉を閉め、しばらくじっと唇を噛んでから、おもむろに棚の引き出しを開ける。そこには、サインを済ませた離婚届が収められていた。

今夜、これを健太郎に渡して、何もかも終わりにしよう。離婚歴は残るけど、それはもうどうしようもない。いずれ発覚した時にお母さんに謝り倒して、それで――

それで？

多分、めちゃくちゃ怒られる。お母さんのことだから、健太郎を呼び出して、事情を延々説明させて、婚姻届無効の裁判を起こすくらいしてしまいそうだ。

その時、私はどうするんだろう。あの時みたいに、お母さんに責められる健太郎を、ただ黙って見ているだけ？　それとも、また健太郎に嘘をつかせる？

いつから私、こんなに卑怯で、臆病な人間になっちゃったんだろう……。

無意識に膝に手をやろうとした凛子は、その手を離して握り締めた。

分かってる。昨日健太郎が言ったことは全部正論だ。図星だったから腹も立ったし、あれ以上聞きたくなかった。聞いたところで、自分を変えられないことは分かっていたから。

どれだけ自分の人生を生きようと思っても、母の言葉を思い出すだけで、抗うことから無意識に逃げてしまう。あの言葉を聞きたくないと思ってしまう。

本当に情けない。なんて馬鹿な子なんだろう。だから私は反対したのよ。全部あんたの、

「――っ、健太郎っ」

「凛子さん？」

キッチンから驚いた声がして、すぐに健太郎が寝室に駆け込んできた。自分で大きな声を出したくせに、健太郎の顔を見た途端、凛子は無様なくらいうろたえる。

その顔色を読んだ健太郎も、凛子の手前でためらうように足を止めた。

「……、ごめん、呼ばれたような気がしたから」

昨日はありがとう。助けてもらったのに怒ってごめん。本当はホストで、最初から私をカモにするつもりで近づいたの？

頭の中で色んな言葉が回っている。でも、本当に言いたいのはそんなことじゃない。

うつむいた凜子は、健太郎を見ないままに彼の方に歩み寄ると、おずおずと両手を伸ばし、彼の温かな手に触れた。健太郎は、びっくりしたように固まっている。

太い指の骨張った感触に、心臓が疼くみたいにドキドキする。健太郎に触れられるといつもこうなるけど、自分から触れてもこうなるんだと初めて知った。

「きょっ、」

「きょ……？」

「きょっ、今日の、分」

「えっ？」

これで伝わらなかったら、窓から飛び降りたいとまで思ったが、しばらく黙っていた健太郎が、頬にそっと手を添えてくれた。

「最後ってこと？」

その寂しげな声に、胸がせつなく締めつけられる。

そうじゃない。そうじゃないけど――どう答えていいか分からないでいると、健太郎の方に引き寄せられて、あっと思う間もなく唇が重なった。

ぷにっとした、柔らかい感触。すべすべして、かすかに甘いソースの味がする。

「……美味しい」

唇が離れた後、うつむいて思わず呟くと、目の前にある健太郎の唇が、いつもみたいに楽しげに笑った。

「うん、自信作」

ふっと凛子も笑って、健太郎の腰に両手を回した。健太郎の唇がますます嬉しそうに笑みを深くして、ちゅっちゅっと立て続けにキスされる。そんな健太郎が可愛くて仕方なくなって、彼の腰を抱く手に力がこもる。でも、だんだんそんな余裕もなくなってくる。

いつもみたいに、上唇をそっと唇で挟まれて、唇の表皮を舌で舐められる。そのキスが下唇に移る頃には、凛子は立っていられなくなっていた。

「ン……、ふ」

甘く喘《あえ》いだ唇の隙間に、温かな舌先がぬるりと滑り込んでくる。でも、すぐに奥には入らない。入り口辺りをくすぐるように撫でていくだけだ。

そのじれったさに胸が疼き、もっと深いキスをねだるように、自分から唇を開いてしまう。それを待っていたように、厚みを帯びた舌が進入を始め、上顎辺りに触れてゆっくりと左右に動く。その時には凛子の身体は健太郎の腕に抱き支えられ、身動きが取れなくなっている。

「ぁ……ふ」

「凛子さん、もう目が潤んでる」

健太郎が囁き、差し入れた舌で、凛子の舌腹をぬるぬると舐めた。

「ンん……っ」

ぞわりとしたものが、腰の辺りから背骨を甘く駆け上がる。

「そんなに、俺のキスが好き？」

「……ん」

「可愛い。とろけそうな顔してる」

口の中全部を味わい尽くすように、健太郎の舌が動いている。ぬるみが溢れた口内では、くちゅっくちゅっと唾液の混じり合う音がする。互いの呼吸が完全に溶け合って、絡み合った舌までひとつになってしまったようだ。

――……ぁ、気持ちい……。

上唇と歯茎の間を舐められていると、腰から膝にかけて心地よい痺れが広がっていく。唇を軽く噛まれるのも気持ちいい。でも一番気持ちいいのは、敏感になった舌先同士を触れ合わせている時で、胸が甘ったるく疼いて、眠りに落ちる前のように、瞼が重たくなってくる。

「……、凛子さん」

健太郎の呼吸が、少しずつ浅くなっている。いつも凛子の目が潤むとからかう彼の目も、今は薄い水の膜が張っている。それがひどく扇情的で、胸を鷲《わし》掴みにされたような気持ちになる。

とんっと膝裏が柔らかなものに触れる。それが、ベッドのマットレスだと分かった時には、首の裏に手を添えられ、ゆっくりと背後に倒されていた。

温かくて逞しい身体が凛子の上に被さってくる。そういえば寝室でキスをするのが初めてだったことに、今さらながら気がついて、少しだけ不安になる。それを訴えようとした時、ベッドに投げ出された凛子の手に健太郎の手が被さって、二人の指が絡まった。

両手の自由を奪われたことで、逃げ場をなくしたような気持ちになる。なのに、そんな凛子の全身を震わせたのは、怖さとは真逆の、ざわつくような、甘い胸の疼きだった。

「ぁ……ン」

健太郎の舌が、ゆっくりと凛子の舌の上を滑り、同じ緩さで引き抜かれる。もう一度同じように入ってきて、何度かその動作が繰り返される。最後にしたキスと同じ、舌と口でセックスしているようなキスが、焦《じ》れるほどの優しさで延々と続く。

「ん……ぁ……ん……っ」

唇の端から、とろりとした透明な唾液が溢れた。

瞼がとろけてしまったように、次第に、目を開けることが難しくなる。口の中が気持ちよく溶かされて、思考もままならなくなっている。ぞくぞくした疼きが絶え間なく押し寄せて、凛子のほっそりした腰をさざ波のように波打たせる。

「う……ぁ、んぅ」

健太郎が舌を引き抜き、今度は耳の辺りに優しい音を立てて口づける。全身が甘ったるく痺れ、凛子は薄く目を開ける。潤んだ視界に、健太郎の白いシャツと蜂蜜色の肌が映る。温かくて甘い匂いに混じって、目眩《めまい》がするような雄の体臭が、どうしようもなく迫ってくるようだ。シャツ越しに感じられる筋骨逞しい身体はどこもかしこも滑らかに引き締まっていて、触れているだけで気持ちいい。

キスが耳から首に移る。再び耳に戻って、耳朶《みみたぶ》や耳の裏を音を立てて舐められる。凛子はもう健太郎のなすがままで、ベッドの上で体勢が変わったことにも気づけない。

「あ、……っ」

気づけば視界に天井が映り、健太郎が背中側に回っている。抱き起こされた身体は、健太郎の胸を背もたれのようにしてしなだれかかり、力をなくした頭が、彼の逞しい肩で支えられている。

その体勢で、健太郎は凛子の耳を食《は》み、耳の裏やうなじに熱っぽく口づける。舌先で耳朶を舐めながら、腰から胸の下辺りまでを両手でゆっくりと撫で上げ、心持ち胸を持ち上げるようにする。

これ以上無理——と、凛子が思った時には、手はすっと離れて腰に戻り、優しい手つきで同じ所作を繰り返す。

何度もそうされている内に、どこまでがアウトでどこまでが許せる範囲なのか、自分でもよく分からなくなってきた。

「けんたろ……」

「大丈夫」

何が大丈夫なのかと思ったが、耳に甘いキスを繰り返されながら、そんな風に身体を触られていると、身体だけでなく思考までとろけていくような感覚になってくる。思わずせつない吐息を漏らすと、そっと唇が重なって、舌先をゆるゆると舐められた。

健太郎の手が凛子のブラウスのボタンを外し始める。反射的に身をすくめると、キスが、呼吸を奪うようなものに変わる。

ぴったりと合わさった唇の中で、健太郎のぴちぴちした生々しい舌が、泳ぐように動いている。深く侵入した舌に自分の舌を絡め取られ、凛子もその動きに反応するように、彼の舌を追い掛ける。甘い、とろけるようなキスに、次第に我を忘れて深く酔いしれていく。

「あ……」

はらりとブラウスがはだけ、健太郎の温かな手が直《じか》に肌を撫で始めた。不安より気持ちよさに負けてしまった凛子は、しどけなく身じろぎながら、あえかな声を上げるだけになっている。

健太郎の手は、凛子のくびれた腰や、身をよじる度にへこむ腹を丹念に撫で、ブラジャーのカップのラインに沿って胸の丸みをそっと撫でる。そこが凛子の最終防衛線でもあるが、指は少しずつ膨らみに被さってきて、気づけば、胸を揉まれるような形になっている。

健太郎のキスで、口の中どころか頭までとろけてしまった凛子は、もう彼にされるがままだ。

それどころか、下腹の奥が甘ったるく疼いてきて、しきりに腿に力が入ってしまう。きゅ、きゅ、と自らの膣《ちつ》を締めつけるように腰が動き、そうすることで下腹部に束の間広がる甘い浮遊感を、無意識に追いかけてしまっている。

健太郎の手が、ブラジャーのカップをくいっと押し上げる。静脈が透けるほど白い柔肌に、太くて無骨な指が食い込んで、乳輪の下の方を優しく撫でる。

「あ……」

未知の掻痒《そうよう》感に凛子はピクンと身体を跳ねさせる。健太郎の指は、焦らすように乳輪の周辺を撫で回し、頃合いを見計らって乳首にそっとタッチする。

「だ……、だめ」

「だめ？」

両方の乳首を指腹で淡く擦られ、凛子は眼に涙を溜めてかすかに喘ぐ。

「ソ、ソラが」

「だめって、ソラのこと？」

ちゅっと耳に口づけられ、凛子はぎこちなく頷いた。何故咄嗟に、それまですっかり忘れていたソラを持ち出してしまったのか分からないが、それが時間稼ぎであっても、こんな姿をソラに見られたくない。

「ソラなら、こっちに入らないように躾けてる。大丈夫だよ」

耳元で響く健太郎の声が掠れている。

「だめなのはそれだけ？」

睫を震わせながら、凛子はおずおずと顎を引いた。本当はソラのことなど些細な問題で、ここで頷いてはいけないことも分かっていた。

なのに、もう抗えない。多分、自分の感情が、理性でコントロールできなくなっている。

唇が塞がれて、健太郎の舌が、凛子の一番気持ちのいい場所を柔らかく愛撫《あいぶ》する。彼の指は、二つの乳首を甘く捉え、指腹で転がしたり、芯を確かめるようにコリコリと押し潰したりする。

「あ……ぅ……や……」

凛子はキスの狭間で甘い声を漏らし、腰を何度もひくつかせた。甘ったるい快感が、波のように込み上げて、どうしようもなく下半身が熱くなる。

きゅうっきゅうっと膣が疼き、足の指に力がこもった。ショーツの中は溢れた蜜でヌルヌルで、会陰の辺りまではしたなく濡れている。

「あ……いや」

凛子は涙で潤んだ眼を伏せて、健太郎から顔を背けた。

――どうしよう、こんなの、絶対に健太郎に知られたくない。触られてもないのに、私一人だけ、こんなに……。

「凛子さん、俺の、ガチガチになってるの、分かる？」

凛子の耳に口づけながら、健太郎が、これまで聞いたことのないような声で囁いた。

「さっきから、ずっと凛子さんの可愛いお尻で擦ってる。気持ち悪かったら、ごめんね……？」と、凛子は驚きで目を見張る。

健太郎の身体が硬いのと、胸に意識が集中していたので気がつかなかったが、確かに尻の膨らみの間に硬くて熱いものが押し当てられている。

それが柔肉の間でスリスリと動き、健太郎の吐く息もどこか淫靡《いんび》なものになっている。

「凛子さん、キス」

囁かれ、唇が塞がれる。骨太の両手は凛子の胸をすっぽりと覆い、やわやわと押し揉んだり、乳首をクリクリと捻《ひね》ったりする。

「あ……ン」

気持ちよさに凛子は喘ぎ、健太郎に背中を擦りつけた。ぐいっと彼の腰が押し当てられて、硬いものがぐりぐりと肉の間に割り込んでくる。

――あ……、熱い……。

薄く目を開いた凛子の脳裏に、一度間近で見てしまった健太郎の肉茎が蘇った。

息をのむほど太くて、ずっしりとした質量があった。丸みを帯びた亀頭の象牙色が、淫らがましくも美しく見えた。それが、今、あからさまな肉欲を帯びて凛子の尻に押し当てられている。

「ぁ……だめ」

きゅうんと膣が締まり、そこから溢れた甘い浮遊感が腰骨をとろけさせる。

「あ……、だめ……、ぁ、だめぇ、健太郎」

自分のものではないような甘い声を上げ、凛子は健太郎の腕の中で、ピクン、ピクンと腰を跳ねさせた。

束の間、頭の中が白くなり、細い糸のような快感が全身を震わせる。やがて甘ったるい余韻と共にその感覚が消えた時、凛子は自分がエクスタシーに到達したことを知った。

虚ろに健太郎を見上げると、彼は驚いた目で凛子を見ている。凛子は耳まで赤くなった。

「……、凛子さん」

「やだ」

「え、でも、もしかして、今」

「やだっ、今、私の顔見たら嫌いになるから」

押しのけようとした健太郎は、むしろ嬉しそうに凛子の腕を捕らえ、額やまなじりにちゅっちゅっとキスの雨を降らせてくる。

「凛子さん、エッロ」

「ばっ、ばかっ、何言ってんのよ」

「いつもキスだけでめちゃめちゃ気持ちよさそうだったもん。本当に感じてくれてたんだ。俺、超嬉しい」

犬みたいに凛子の頬や唇を舐める健太郎が本当に嬉しそうだったから、凛子も自然と唇をほころばせる。むずがゆいような、くすぐったいような、不思議な気持ちだ。

その健太郎が、不意に動きを止めて、熱っぽい眼差《まなざ》しで凛子を見下ろした。

「……凛子さん、俺の、触ってくれる？」

凛子は瞬きし、健太郎の顔を見上げた。

「触る……？」

「ん、でも、気持ち悪いんだったら、いい」

ようやく遅れて、その意味を理解した。今も凛子の腿には、張り詰めた健太郎の欲望が当たっている。デニム越しでもはっきりと分かるほど、猛々《たけだけ》しく屹立《きつりつ》し、怖いほど硬いそうだった。勢いでこんなことになってしまったが、この行為はそもそも愛情からくるものではない。今、健太郎は、どんな感情からそんなことを言っているのだろう。

切迫した性欲の処理？　それとも、それくらいしても大丈夫な女だと判断された？　……

ふっと双眸が、水を張ったように潤んだ。

「えっ、どうしたの」

「ううん」

「ごめん、嫌だった？　だったら本当にごめん」

優しく抱き締められた腕の中で、凛子はうつむいて首を横に振った。

今、こんなにも健太郎を好きだと思っているのに、健太郎は多分違う。誰にでも同じ真似ができるし、実際に、こうやって女性の心を掴んできた男なのだ。

数秒、台風の目に入った時のように気持ちが冷静になる。次の瞬間、自分でも思ってもみなかった言葉が口から漏れた。

「……て欲しい」

「え？」

「私、健太郎に、して欲しい。だめ？」

何かを変えたかった。母親にがんじがらめにされた人生か、あるいはその母親にどうしても逆らえない自分か。なんでもいいから何かを。

健太郎が住処を得るために自分を利用するなら、自分も健太郎を利用していいのではないだろうか。

健太郎にとことん溺れて狂わされてしまえば、自分の人生も否応《いやおう》なしに変わっていくのではないだろうか。――

しばらく、驚いたように固まっていた健太郎は、ややあって凛子の頬をそっと撫でた。

「俺のこと、好き？」

なんで……？　と思ったが、とりあえず頷いた。健太郎のことがどれだけ好きかなんて、正直考えたくもない。

「ちゃんと言って。俺、何度も言ってるのに、凛子さん誤魔化してばかりじゃん」

「……健太郎だって言ってないよ」

「ええっ、嘘だ。俺、言ってるよ。凛子さん、大好き」

「ん……」

ぎゅっと首に抱きついてくる健太郎が可愛くて、思わずふわふわの頭を撫でていた。

可愛くて、そして軽薄な告白。そこに凛子が期待するような意味なんて、多分最初から何もない。それでも凛子は、ずっと言いたかったことを呟いていた。

「健太郎、好き……」

夕方から降り始めた雨は、降ったりやんだりを繰り返した後、今は本降りとなって窓を激しく叩いている。

その音に混じり、日暮れとはすっかり空気の変わった部屋に、キスの音が響いていた。

しばらくの間、ソラの細い鳴き声が混じっていたが、それも今は聞こえない。代わりに、凛子の漏らす猫のような声だけが、切れ切れに聞こえている。

互いに衣服は身に着けていない。凛子の服は健太郎が脱がし、健太郎の服は凛子が脱がせてやった。

その時、膝をついて、初めて彼の肉茎を口に含んだ。といっても、健太郎のものはあまりに大きく、手に余るほどで、凛子はおずおずと丸い先端を舌先で舐め、その先端だけを口に含み、ぎこちなく唇を動かすことしかできなかった。

時間にして三分も持たなかったが、その間、目前でそよぐ濃い陰毛の翳《かげ》りや、血管の筋が浮いた生々しい竿《さお》の太さ、むっと迫ってくる雄の匂いに目眩がしそうだった。自分がひどく淫らな生き物になってしまったような気がしたが、そんな中でも、健太郎がずっと髪を撫でてくれているのが心地よかった。

凛子の唇から唾液が溢れて滴ると、健太郎は耐えかねたように凛子を抱き起こし、ベッドに組み敷いてやみくもに唇を吸った。

全く健太郎らしくない、噛みつくような乱暴なキスは、凛子には荒々しい嵐のようで、このまま命まで吸い取られてしまうのではないかと思うほどだった。

今も健太郎は、仰向《あおむ》けにした凛子の身体を押さえ込み、その白い肌に、火傷のような口づけの痕を刻んでいる。痛みさえ覚えるほどの強いキスに、凛子は甘くうめき、汗ばんだ総身をなまめかしくしならせた。

そのキスも次第に優しくなって、乳輪の辺りにちゅっちゅっと柔らかく落とされる。

「凛子さんの乳首、色が薄いピンクですごく可愛い」

「や……だ」

「最初に触った時は、ふにふにしてたのに、……もうこんなにコリコリになってる」

先端の蕾《つぼみ》に軽く唇を当てられ、凛子は「あんっ」と甘く喘いだ。

「……そんなに可愛い声を出されると、もっと色んなところにキスしたくなるよ」

意地悪い声で囁く健太郎の目は潤み、肌にかかる吐息は火のように熱かった。彼は明らかに発情して、ムンムンと匂い立つような性の臭いが筋骨逞しい全身から放たれている。

その肉体に包まれて、もうどこにも逃げ場のない感じが胸を不思議に熱くさせた。乳首が熱い口内に含まれ、舌先で左右に揺さぶられる。甘ったるい疼きがたちまち胸から全身に広がって、凛子は立てた膝をすり合わせた。その膝を片手で割り広げながら、健太郎は凛子の乳首に軽く歯を当て、舌腹でぬるぬると舐め潰す。

「あ……、ぁは」

折り曲げた指を唇に当て、凛子は腰を甘く波打たせた。

健太郎は丹念に舌で乳首を舐め、芯を確かめるように唇で挟んで扱《しご》き立てる。そうしながら、指でもう片方の乳首を摘み、優しく撫で転がす。

内腿の間がひくひくして、甘ったるく疼き始めた。さわさわとした、優しい、掴みどころのない快感が髪の生え際にまで押し寄せて、凛子は白い喉を反らして首を振った。

そんな凛子の腿を健太郎は優しく撫で、内腿の際の辺りにまで指を滑らせてくる。そこはもうしっとりと潤っていて、健太郎がかすかに喉を鳴らすのが分かった。

「っ、あン……」

湿った下生えを、太い指がそっとかき分ける。ぬるついたひだの間に、意外なほどひんやりとした指の温度を感じた時、凛子は反射的に腿を閉じていた。

「ア、……だめ」

「大丈夫」

掠れた声で囁いた健太郎の手が、腿の柔らかな肉を押し開き、恥じらうように震える秘所ににじり寄る。凛子は、両腿にますます力を込め、その侵入を拒もうとした。

「んン、だめ……」

唇に、温かな健太郎の唇が重なった。なだめるような優しいキスが深くなり、舌先が触れ合って、絡み合う。すっかり慣らされたその気持ちよさに、凛子は薄らと目を潤ませた。腿の間の健太郎の手に力がこもる。はっとしてもう一度足に力をこめるも、最初ほどの力は入らない。

「あんっ、いやっ」

「……っ、ヌルヌルだ」

興奮に掠れた声。ぬかるんだひだに沈み込む太い指。それが潤みをまとって上下する。その度にじわりとした甘ったるい何かが込み上げ、凜子はせつなく膣を締める。

「……あぁ」

睫が震え、凜子は唇をきゅっと噛んだ。自分でも触ったことのない場所を男の指で好きなように弄《いじ》られている。力の抜けた膝は左右に開かされ、その中心で健太郎の指がいやらしく動いている。まるでひだの一片一片の、その感触を指で味わうように、花びらの膨らみや溝をなぞり、ぬかるみの中でぴちゃぴちゃと指を遊ばせる。

それは想像以上の恥ずかしさで、凜子は閉じた睫を震わせた。太くて男らしい健太郎の指――関節の膨らみが、柔らかな肉ひだをたどっていくのがはっきりと分かる。

腿が震え吐息が漏れた。今は気持ちよさより、怖さの方が勝っている。この小さくて柔い場所のどこに、あれだけ大きなものが入るのだろうか。

「凜子さん、本当はこっちで、もっと気持ちよくしてあげたいんだけど」

囁いた健太郎の指が、ある箇所にゆるりと触れる。ぴくっと臀部《でんぶ》に力がこもり、凜子は膝を震わせた。束の間、淡い電流が走ったような感覚だった。

「凜子さんが最後まで持ちそうもないから、俺が入るとこ、指で少し慣らしてもいい？」

反射的にこくこくと頷き、すがるような目で健太郎を見上げた。無意識にキスをねだったことが分かったのか、すぐに唇が重なって、とろけるほど甘く舌を吸われる。

「ぁ……ン」

キスの気持ちよさに、肌が薄赤く染まっていく。毎日のように口の中をいやらしく舐め回されたせいで、自分の感覚が作り変えられてしまったのかもしれない。気持ちよくて、すぐに何も考えられなくなってしまう。

キスを続ける健太郎の指が、ぬかるみに潜む蜜の源泉を探り当てる。その小さな窪みに指腹を当て、じわじわと圧をかけていく。くぷっと指が沈み込んだ時、かすかにうめいたのは健太郎の方だった。

「……ぅ」

キスの甘さに溺れている間に、指はゆっくりと深い場所に入ってくる。思ったほどの違和感もなく、ぬるりとした気持ちのいい挿入感にほっとする。自分の中に、健太郎の指の太さと関節の硬さが感じられ、どうしようもなく胸が疼いた。

一度深みまで押し入った指が引き抜かれ、浅瀬を何度か行き来する。淡くて甘い、もどかしいような気持ちよさ。その指がもう一度奥に入り、わずかな疼痛《とうつう》が下腹部に広がった。

「……気持ちいい、凛子さんの中」

「ン……」

「熱くて……柔らかくて、俺の指を可愛く締めつけてるよ」

熱い息を吐きながら、健太郎は指をゆったりと抜き差しさせる。凛子は息を止め、膣肉をかき分ける健太郎の指を頭の中で思い浮かべる。

硬くて、太くて、温かくて、でも綺麗な健太郎の指。凛子の頬を撫で、唇をたどり、舌を弄ってくれる指。その指が、今――

「ぁ、あぅっ、……あ、ン、ぁ……っ」

また腿に力がこもり、凛子は突っ張らせた足を震わせた。髪の生え際に汗が滲み、胸の内側から、身体全体に熱が広がっていく。

「……っ、早すぎだろ」

健太郎がうめくように囁いた。彼の指を喰《く》い締めたまま、凛子は閉じた腿をふるふると震わせる。とろりとした蜜が溢れ、うねる淫肉が指をきつく締めつける。

その感覚にまた身体の芯が甘苦しく疼き、再び突っ張らせた足がびくっびくっと震えた。

「ん……んぅ」

「……、これ、やば」

喉を鳴らした健太郎が、指を二本に増やして、凛子の穴を淫らに穿《うが》ち始めた。

「凛子さん、初めてなのに、中でイケる人なんだ」

「あっ、ぁ……っ、あぅ、や」

「俺のが入ったらどんな風になるのかな。……想像すると、興奮しすぎて頭がおかしくなりそうだ」

凛子の唇に触れる健太郎の息は、もう獣じみていて、腰に添えられた手も、火のように熱い。腿にはずっと熱い肉茎が擦れていて、はちきれそうに硬くなっているのが触らなくても伝わってくる。

「ん……凛子さん、……っは」

卑猥《ひわい》な音を立てて指を抜き差ししながら、健太郎がなまめかしい息を吐き、しきりに凛子の唇に口づけてくる。

健太郎から全く余裕がなくなっていることが、凛子の胸を昂《たか》ぶらせた。

それが男の本能で、性欲から女を求めていることが分かっても、今、この瞬間、好きな人を狂わせてしまったことに、うっとりとするような悦楽を覚えてしまう。

「……挿《い》れたい、いい？」

やがて苦しげに囁いた健太郎が、凛子が頷くのを待って身を起こした。

彼が脱いだ衣服から避妊具を取り出している間、凛子はけだるくとろけた身体を丸め、掛け布団を顎まで引っ張り上げた。

怖いほど胸の鼓動が高まっている。痛みは多分我慢できる。怖いのは、健太郎と結ばれてしまった後、自分の気持ちがどうなるか分からないことだ。それと、健太郎がどう変わってしまうか分からないこと。

目を閉じていると、照明がふっと消えた。布団をめくって健太郎が隣に入ってくる。

彼は凜子を抱き締めると、額と鼻に柔らかく口づけた。

「大丈夫？」

「ん……」

頷くと、今度は唇にちゅっと愛《いと》おしむようなキスをされた。

「絶対後悔させない。俺、絶対に幸せにするから、凜子さんのこと」

「大げさ」

こんな時まで可愛い健太郎に、くすりと笑いが漏れてくる。薄闇の中で、健太郎の目の輝きだけが見えていて、まるで二人してかくれんぼをしているようだ。

笑いながら何度かキスして、互いの素肌の感触を確かめるように抱き締め合った。

多分私は、最初から健太郎が好きだったんだ――と、凜子は思った。

初めてソラを抱いて現れた健太郎を見た時から。「俺、健太郎です」と可愛い犬歯を見せて笑ってくれた時から。なんだかその笑顔が、ずっと待っていた人を見つけた時みたいに嬉しそうだったから。

でも、あまりに理想とかけ離れていたし、どう考えたって自分のことを好きになるはずがないから、「嫌い」「苦手」の二言で気持ちを封じ込めていた。よかった。たとえこれが片思いでも、私、好きな人と初めてのセックスができるんだ。

キスがゆっくりと深くなり、健太郎の身体が上になる。彼は膝を立てて半身を起こすと、凛子の両膝を抱きかかえて広げさせ、その間に自分の昂《たかぶ》りを押し当てた。

「ン……」

敏感なひだを先端でぬるぬると擦られて、それだけでピクンッと身体が震える。想像を超えた質量に、忘れていた恐怖が一気に蘇った。

「あ……や」

思わず身をよじらせると、屈み込んだ健太郎にそっと唇を塞がれる。膣口を圧迫する力が強くなって、あっと思った時には硬い質量を持つ何かが、ぬうっと入り込んでいた。

「あ……い……っ」

眉間に皺《しわ》が寄り、食いしばった歯からかすかな悲鳴が漏れた。ぴりぴりっと何かが裂けて、途方もなく巨大な異物が入ってくる。

「あ……け……」

シーツを握り締めた指に、健太郎の温かな手が被さった。

指と指を絡ませたまま、健太郎が何度も唇をついばんでくる。

浅いところで挿入を止めた健太郎は、悩ましげに眉を寄せながら、それをゆるゆると抜き差しさせた。馴染んできたところで少しだけ奥に進み、半ばまで抜いて同じ深さまで突いてくる。それをじっくりと繰り返す。

最初は苦しさに喘いでいた凛子も、痛みに慣れてくると、次第に呼吸のタイミングが分かってきた。時折動きを止めて屈み込む健太郎と舌をいやらしく触れ合わせる。キスのとろけるような気持ちよさに、呼吸に甘いものが混じり始める。

「あぅ……、ン……ぁ……はぁ」

みちみちに拡《ひろ》がった膣口いっぱいに健太郎の肉槍《にくやり》が入り込んで、ぬっ、ぬるっと奥を穿つように動いている。熱くて、硬い。無理に大きなものを詰め込まれた圧迫感で、お腹が怖いくらいぱんぱんになっている。痛いのか苦しいのか、もう何がなんだかよく分からない。ただ健太郎と、この苦しさを共有しているという幸福が次第に胸に溢れてくる。

「ん……っ、けんたろ……、健太郎」

「っ……、凛子さ、っ、……ぅ」

二人をつなげている部分のぬるみが内側から溢れて、肉茎の抽送がスムーズになる。

「凛子さん、好きだよ」

「ん……、ン、……ん」

気づけば凛子は、健太郎の背中に両腕を回して、喘ぐだけになっていた。苦しかったが、身体の中いっぱいに健太郎を感じている。太陽の匂いがする温かな肌。髪から漂うグレープフルーツのかすかな香り。手に触れる筋肉の隆起、長い睫と甘い唇。

不意に動きを止めた健太郎が、凛子の顔を覗き込む。彼の額には薄く汗が浮き、目は欲情で濡れている。その唇がかすかに笑み、温かな指が凛子の額に張りついた髪を払った。

「全部入ってるの、分かる？」

「……ん」

「すっげー気持ちいい。俺、今、めちゃくちゃ幸せ」

笑って屈み込んだ健太郎と額をこつんと合わせた時、思わぬ幸福に涙が溢れた。彼が動きを止めたので、逆に痛みだけが鮮明に感じられたが、苦しくはなかった。

「少し激しく動くけど、平気？」

「うん、大丈夫」

本当は、痛くて泣きそうだったけど、健太郎より二歳もお姉さんなんだから、そのくらい我慢しようと思った。そして、ひどく不思議な気持ちがした。健太郎よりもお姉さんだから——？　そんな風に思ったことが、前も一度、どこかでなかった？　——

凛子の唇をついばみながら、健太郎がリズミカルに腰を動かし始める。凛子の疑問も痛みにかき消されて、しばらくの間は、健太郎にしがみついて歯を食いしばるだけになる。

健太郎は、数度浅く突いた後に、ゆったりと肉茎を抜いて、今度は深い場所を突いてくる。それを何度も繰り返されている間に、苦しさの中に甘ったるい快感の兆しが芽生え始める。

「……ぁっ、はぁ、……ぁ」

ぐちゅっ、ぐちゅっと結合部から淫猥な音がする。健太郎の腕の中で心地よく揺さぶられる

感覚に、次第に瞼が重くなり、腰の奥から甘やかなものが溢れてくる。

「んっ、んぅ、ン」

「……っ、ふっ」

頭上で揺れる健太郎から、どこか甘い声と吐息が響く。それがひどく愛おしく思えて、彼の唇を自分から吸いたい衝動に駆られる。

「……凛、子さん、……っ、すごく締まる」

腰を打ちつけながら、健太郎が甘くうめいた。

「ン、……っ、あぅ、……は、ぁ、健太郎」

凛子もまた、押し寄せる快感の高まりに抗いきれず、すがるような声を上げて健太郎の逞しい肩にしがみつく。

雄肉に絡んだ粘膜が何度もせつなく収縮し、身体の芯に官能の熱塊が膨らんでいく。健太郎は、呼吸をますます荒らげながら、抽送の勢いを激しくしていく。

「あ……、い」

言葉にできない快感が堰を切ったように広がって、凛子は唇を震わせた。

「あ……、イ、イク……あ、だめ、だめっ……ぁう」

つながったままの肉ひだが、一斉に収縮して肉茎に絡みつく。

両腿を痙攣《けいれん》させながら反り返る凛子を力強く抱き締めると、健太郎もまた、うめくような声を上げて、二度、三度と凛子の奥を強く穿った。彼の髪から汗が迸《ほとばし》り、凛子の中を埋め尽くす上反りが、荒々しく跳ね上がる。

身体ごと、空に投げ出されたような感覚の後、気づけば健太郎の腕の中に閉じ込められていた。二人の身体は熱く、しっとりと汗ばんで、速い鼓動の音がした。

雨の音が、ようやく耳に戻ってくる。

凛子の髪や額に優しく口づけた健太郎は、珍しく無口になって、何も言わない。

疲れと安堵と充足感で、瞼がどうしようもなく重たかった。

——健太郎、そういえば足の傷のこと何も言わなかったな……。

そう思いながら、凛子は眠りに落ちていった。

◇

「あのガキ、やってくれたな！」

手にした書類を、宮沢は机に叩きつけた。

三鷹不動産社長室。傍らでは、書類を用意した秘書が怯えたように肩をすくませている。

「くそっ」

宮沢はデスクの脚を蹴り、それでも気が収まらずに灰皿と花瓶を払い落とした。

顔しか取り柄がなかったボンボンが、まさか会社乗っ取りを目論《もくろ》んでいたとは。

報告書に書かれていることが本当なら、あとわずかで、健太郎は三鷹不動産の最大株主になる。経営にはなんの興味もないといった顔で遊び暮らしていた甥《おい》は、海外のハゲタカファンドを通じて密かに株を買い集めていたのだ。

むろんそのためには莫大《ばくだい》な資金が必要だが、健太郎は自身が相続した遺産を投資ファンドで運用することで、それだけの資金を用意していた。その資産は全て海外のプライベートバンクで管理されており、宮沢がそれに気づいたのがつい先週のことである。

さすがにこれだけのことを、健太郎一人でできるとは思えない。健太郎の資産を管理している男を思い出し、宮沢は背筋に冷たいものが伝うのを感じた。

「……すぐに株を買い戻せ。金は絵里に用意させる。いくら使っても構わない」

「か、買い戻せと言われましても、B&Cキャピタルが絡んでいる以上、そう簡単には」

怖じ気づく秘書の胸ぐらを、宮沢は力一杯掴み上げた。

「やれ！　でないと俺は終わりなんだ！」

突き飛ばされた秘書が慌てて出ていくと、宮沢はすぐに机に着き、起動させたパソコンから、別の報告書を読み出した。

今、健太郎と一緒に暮らしている女の資料だ。健太郎の女関係なら、宮沢は可能な限りチェックしている。宮沢にとって害のある相手が、健太郎の株を狙ってハニートラップを仕掛けてこないとも限らないからだ。

ただ、どの女とも一夜限りのようで、今回、初めて長く一緒に暮らしている女のことを、多少なりとも気がかりに思い始めていた矢先だった。

画面に、女の顔写真と簡単な経歴が並んでいる。

容姿は平凡。派手な女とばかり遊んでいた健太郎には、意外なほど真面目そうな相手だ。

取り立てて危険な臭いはしない。が、その名前と出身地に記憶の何かが喚起された。

間宮凛子……凛子……どこかで聞いた……大昔、どこかで。それもひどく重要な場面で。

宮沢は頭をかきむしり、苛々と立ち上がった。

いずれにしても、なんとかして健太郎を翻意させ、こちらの味方につけなければまずい。

そうでなければ、待っているのは破滅だ。

# 第四章　新婚旅行は格安プランで

「キャンプ？　嘘でしょ？」

「え？　だって凛子さんが、安いプランがいいって言ったんじゃん」

ブルーのレンタカーが、爽やかな日差しが降り注ぐ高速道路を疾走している。

運転しているのは凛子で、助手席には健太郎。ソラは明日までいちまつで預かってもらうことになっている。車内には二人でよく聞く洋楽がかかっていた。

「ねぇ、冗談でしょ？　私、なんの準備もしてないんだけど」

凛子は呆れながら、隣で楽しそうにリズムを取る健太郎に視線を向けた。普段と同じ白いシャツにデニム。手荷物は小さなボディバッグがひとつだけ。

その健太郎が「新婚旅行に行こう」と言い出したのは、二日前の木曜日。二人が初めて結ばれたのが火曜日だから、その二日後のことである。

冗談か、あるいはすごく先のことを言っているのだと思い、「いいよ」と笑って答えた凛子だが、その翌日には、「土曜の朝に出発するから」と、健太郎は何もかも一人で決めてしまったようだった。しかも行き先は着いてからのお楽しみ。一泊二日ということだけは確実だが、凛子には何を準備していいかも分からない。

その答えが、車中でようやく披露された。よりにもよってキャンプだと。

「ちょっと、まさか野宿的なやつじゃないでしょうね」

「大丈夫。キャンプっていっても、何も準備しなくていいところだから」

いや、そうはいっても最低限必要なものはあるでしょ。――とは思ったが、健太郎があんまり楽しそうなので、その文句はのみ込んだ。

――ちょっとロマンチックな感じを期待しちゃったけど、ま、いいか。

健太郎との初めてのデートなので、昔買って、一度も袖を通したことのないワンピースを着てみようかな――と思ったのだが、着なくて本当に正解だった。

家の中では平気になった素足も、人前でさらすとなると気が引ける。あれこれ悩んだ挙げ句、半袖シャツにアイボリーのパーカー、デニムという、ムードの欠片《かけら》もない服を選んだのだが、悩んだ時間が馬鹿みたいだ。

「てか、だったらソラも連れてくればよかったじゃない。何もいちまつに預けなくても」

「そうも思ったけど、女将さんが預かってくれるって言うからさ。それに、ほら」

突き出されたスマホの画面に、赤い丸が点滅しているマップが映し出されている。

「こないだ迷子になったから、GPS付きの首輪にしたんだ。スマホにアプリを入れとけば、どこにいても居場所が分かって便利だよ。凛子さんのスマホにも入れとこうか」

「ちょっと、自分で入れるから勝手にいじらないでよ」

健太郎が、運転席側のスタンドから凛子のスマホを抜き取ったので、凛子は慌てて止めていた。個人情報の詰まったスマホを預けるほど、まだ健太郎のことを信じ切れていない。

「じゃ、凛子さんのアドレスを共有にしとくよ。パスワードはソラだから」

そんな凛子の内心が分かるはずもない健太郎は、あっさりそう言ってスマホを戻すと、今度は感嘆したように呟いた。

「てか、凛子さん、運転上手すぎない？」

ちょうど二台の車を追い抜いたばかりの凛子も、その言葉には嬉しくなって鼻を鳴らす。

「実は、運転は得意なの。こう見えて大型免許も持ってるから」

「マジで？　車ないから、てっきり運転しない人だと思ってた」

「カーシェアリングに登録してるのよ。滅多に乗らないのに買う方がおかしいでしょ」

それには健太郎は、ちょっとの間眉を寄せた。

「じゃあ、トラックみたいな工事車両も運転できるってこと？」

「法律上はね。教習以外でしたことないけど」

「なんでそんな免許取ったの？」

「……なんとなく、運転が好きだから」

曖昧に誤魔化した時、健太郎が隣から、スティック状のスナックを差し出してきた。

「凛子さん、あーん」

さっき寄ったサービスエリアで買ったもので、特産の桃のほのかな甘味が、バター風味のビスケットに染みている。

そのサービスエリアで、人目を忍んで交わし合ったキスを思い出し、凛子はかすかに頬を染めた。

今、唇に触れた健太郎の指も、視界の端に映る逞しい腿も、もう他人のものではないという不思議な感覚がある。窓の外に向けられている涼しげな横顔も、二人の時は全く違う表情になる。結ばれる前は想像さえしていなかった、健太郎の別の顔だ。

来る者は拒まず去る者は追わずという感じで、どちらかといえば女性には淡泊なイメージがあった健太郎だったが、いざ恋人になってみれば、全然違った。

単に性欲が強いのか、執着心が強いのかは分からないが、結ばれた夜以来、片時も凛子の傍を離れようとしない。副業は休んでいるのか、朝から晩まで現場にいて、独占欲丸出しでくっついてくる。

ほとほと呆れた高虎が、現場の仮囲いに『職場恋愛禁止』の張り紙を貼ったほどだ。

「俺が運転して、かっこいいとこ見せようと思ったんだけど、逆になっちゃったな」

その健太郎が、ペットボトルの水を飲みながら呟いた。

「残念。俺がこれ以上、凛子さんのこと好きになっても意味ないのに」

凛子は喉を鳴らして咳払いをした。さすがに高速を運転中に、ドギマギするような発言は慎んで欲しい。

「そういえば旅行代ってどうなってるの？　ちゃんと払うから請求してよ」

「いいって。いつも凛子さんにはお世話になってるし、このくらい俺が出すよ」

再び指でリズムを取り始めた健太郎を、凛子は横目でちらっと見た。

——で？　あと何回か私が押したら、「じゃあ払って？」みたいな流れになる？

それとも、ここは出しておいて、後でもっとすごいものを請求されるとか？

ぶるっと凛子は首を横に振った。もうそのことは考えない。たとえ騙されて、すっからかんになっても構わない。そう思ったから健太郎の恋人——凛子一人がそう思っているだけかもしれないが——になったのだ。

なのに、いくら心に防波堤を作っても、健太郎はあっさり壊してくる。初めてセックスした後、多少は冷たくされるものだと覚悟していたら、逆に以前より優しく——いや、むしろうざったいくらい過干渉になった。

職場にいる間でも、やたらと身体を触ってくるし、業者と話しているだけで、不安げな目を向けてくる。行き帰りはもちろん一緒で、帰宅したらすぐに——

「凛子さん、次で高速降りるんじゃないの？」

「えっ、あっ、しまった」

いらない回想に頰を染めていた凛子は、大慌てで車を減速させた。

「え？　何これ、本当にここがキャンプ場なの？」

車を降りた凛子は、思わぬ光景に目を見張った。

キャンプ場というより、それはコテージのようだった。手前に白壁の瀟洒《しょうしゃ》な建物があり、その向こうに、ドーム状の、プラネタリウムにも似た巨大なテントが置かれている。

「グランピングって聞いたことない？」

助手席から降りた健太郎が、後部シートから凛子のバッグを下ろしながら言った。

「ホテル並のサービスを楽しめる、ちょっと贅沢《ぜいたく》なキャンプって意味。俺、チェックインの手続きをしてくるから、その間、色々見てみなよ」

「う、うん……」

植樹と木製の塀で囲まれたスペースには、庭付き一戸建てのような光景が広がっていた。

巨大なドームテントが母屋なら、併設する建物が離れのようだ。広々とした庭には雨よけのついたデッキがあり、たき火を楽しめるようになっている。雨よけの下にはソファとテーブルまで置かれている。

いかにも高級そうな、ローズ色のふかふかのソファと、ガラス製のテーブル。ここで寝そべって本でも読んだら、すごく気持ちよさそうだ。

――でも、キャンプでこの高級感って、一体何……？

周囲を見れば、同じような施設が、何区画もこの辺り一帯に配置されているようだ。

晴れ渡った空は見晴らしもよく、低い街並みの彼方に海と島が見える。ここはぎりぎり関東圏だが、目に映る光景は凛子の故郷とどこか似ている。

ロケーションも施設も最高。でも、一泊いくらくらいするんだろう。

凛子は半ば怖じ気づきながら、ドーム状のテントにそっと足を踏み入れてみた。

中はびっくりするほど広かった。少なく見積もっても、凛子が今住んでいる部屋の三倍はある。クーラーや照明も完備され、電気もＷｉ－ｆｉも通じているようだ。床は上品な色合いのフローリングで、モデルルームにでも出てきそうなハンガー付きラックが置いてある。その棚には、可愛いランタンとアロマキャンドル。

テントの片側は透明なシートになっていて、庭と、塀の向こうの空が一望できる。中央にはクイーンサイズのベッドが二つ。これはもう、ホテルのスイートルームだ。

逃げるようにテントを出た凛子は、もう何を見ても驚かない覚悟で隣接する建物に入ってみた。そこはダイニングキッチンになっていて、バーベキュー用の竈《かまど》もその中にある。

テーブルの上にはワイングラスと、籠いっぱいの焼きたてパン。備え付けの冷蔵庫を開くと、ワインやシャンパン、ビールの瓶に交じって、丸々一羽の鶏肉やステーキ肉、魚介類、スイーツなどが入っている。

「……これ、一泊、いくらなの？」

凛子は呆然と呟いた。健太郎の金銭感覚を見直し始めたばかりだっただけに、目眩がしそうになる。しかも、部屋はもうひとつあるようだ。

おそるおそる扉を開けると、そこは脱衣所になっていた。清潔なトイレとシャワールーム。洗面所に並ぶ高級そうなアメニティ。ブルーとピンクのバスローブと同色のパジャマ。

その奥が浴室のようで、曇りガラスの扉を開けた凛子は、もうもうと立ちこめる湯煙の中で、今度こそ驚いて立ちすくんだ。

「へー、これが露天風呂なんだ」

耳元で健太郎の声がした。いつの間に来たのか、凛子の背後で風呂場を覗き込んでいる。

びっくりした凛子は、肩をすくめながら健太郎を振り仰いだ。

「ろ、露天風呂？」

「一応そういう触れ込みになってたよ。あ、夜はここから星が見えるね」

見上げれば、天井には屋根が半分しかかかっておらず、明るい日差しが浴室いっぱいに差し込んでいる。石造りの浴槽には、きらきら輝く湯がなみなみと張られていた。

「入ろうよ、凛子さん」

振り返ると、もう健太郎はシャツを脱いでいた。彼が上半身裸になってベルトに手をかけたので、凛子は慌てて目を逸らす。

「——、私はいい。まだ明るいし、後で一人で入るから」

「それじゃ、露天風呂付きにした意味ないじゃん」

いたずらっぽく笑った健太郎が、逃げる凛子の腕を捕らえて、脱衣所の壁に囲い込んだ。パーカーを背後から脱がせ、そのままシャツの裾に手をかけようとする。

「ちょっと、やだって」

「でも、俺、もうこんなだけど」

凛子の尻に、卑猥な腰つきで硬いものが押し当てられた。

「……朝、我慢したから一回挿れさせて。風呂は、嫌だったら俺一人で入るから」

艶っぽい声で囁かれ、衣服の上からでもはっきりと分かる健太郎の雄肉の熱さに、身体が痺れたように動かなくなる。

そんな凛子の腰に両手を回した健太郎は、慣れた手つきでデニムのボタンを外し、ファスナーを下ろした。そうしながら、首や耳にちゅっ、ちゅっと熱っぽく口づける。

「……、け、健太郎、やだ」

時々我に返って身をよじる凜子だが、耳を唇で優しく食まれ、舌で舐められると、みるみる膝から力が抜けていく。デニムが腿まで下ろされ、健太郎の温かな手がショーツの前側から忍び込んできた。下生えを指でさわさわと撫でられ、ぴっちりと閉じた肉の割れ目を優しく揉み込まれた後、二本の指で割り広げられる。

「ぁ……」

じんわりと濡れ始めた花びらの間を、温かくて太い指が、舐めるように動き始めた。やがてそこに、ヌチッヌチッと濡れた音が混じり始める。じわじわと込み上げてくる甘ったるさに、凜子は半眼になって睫を震わせた。

「あぁ……」

花筒に浅く沈んだ指が、ヌプヌプと浅瀬の蜜を攪拌《かくはん》し、ぬるみをまとわりつかせてから花びらに移動する。指は、ひだの間をぬるぬると撫で上げると、上部に佇《たたず》むいじらしい真珠にぴったりと張りついた。

凜子の耳に舌を這《は》わせながら、そこに止めた指を、健太郎は小刻みに震わせる。痺れるような甘い疼きが指の置かれた場所から広がって、凜子はおとがいを反らして健太郎の肩にもたれかかった。

「ぁ……、ん、……ぅ……」

「凜子さん、すごくエロい」

からかうように囁かれても、あまりの気持ちよさに反論できない。目が潤み、開いた唇から熱い吐息がせわしなく零れる。

「こっちだけでイカせてあげてもいいけど、俺の指も気持ちよくしてもらわないとね」

意地悪く囁いた健太郎が、今度は背中側から温かな手を滑り込ませてくる。

凛子のつるりとした尻の手触りを楽しむように撫でたり、もちもちと揉んだりした後、指を股下からくぐらすようにしてヌプリと蜜穴に沈ませる。

「は……、っ……ぁ」

花が一斉に咲きほころぶような快感に、凛子は半ば閉じていた瞼を跳ね上げる。体内の細胞が一斉にざわめいて、健太郎の太い指に絡みついていくようだ。

「……っ、必死に指に食いついちゃって、可愛い」

健太郎の声も掠れ、指がやや強引に深部へと侵入する。けれどそうしながらも、小さな肉芽を揺さぶる指の振動は変わらない。

中指一本で淫猥に中を穿ちながら、淫靡なバイブレーションを敏感な蕾に与えてくる。

「ぁ……っ、ン、いや、それ、だめ……だめ」

凛子は弱々しく首を横に振った。膝が細かく震え、身体の芯がとろけていくような快感で頭が虚ろになってくる。

健太郎は時折指の動きを止めると、真珠を閉じ込めた包皮を優しくめくり上げ、触れるか触れないかのソフトさでタッチする。凛子がピクンッと腰を跳ねさせると、すぐに指を離し、蜜口の辺りで泳がせては、また小刻みに真珠粒を震わせる。

「あぅ……はぁ……、ン、っふ……ぅ」

凛子は拳を唇に当て、つま先立ちになった足指を震わせた。

もう何度も経験させられたことだが、健太郎の指は、まるで魔法のように凛子の快感を支配する。高まらせるのも、意地悪く加減を緩めて失望させるのも全て彼の思うままだ。今も凛子は、甘くすすり泣きながら、快感の芽を懸命に追い掛け、腿に力を込めたり、緩めたりを繰り返している。

けれど、とば口で押しとどめられた快感は弾けることなく、身体の芯に熱となって溜まっていく。いつしか凛子の全身は薄桃色に染まり、髪の生え際に薄らと汗を浮かせていた。

「……っ、け、……」

「ん？」

凛子は、涙で潤んだ目で、恨みがましく健太郎を見上げた。暗い目で笑った健太郎が、額にチュッと口づける。

「おねだりして、凛子さん」

「……、や、やだ」

ふるふると首を横に振ると、指の動きが緩慢になり、奥に埋まっていた指がヌルリと引き抜かれる。その指は、今度はシャツの下に滑り込んできて、ブラジャーを簡単に押し上げると、乳首をヌルヌルと擦り立てた。

「誰も聞いてないから」

「や……」

「言ってくれなきゃ、ずっとこのままだよ」

健太郎は、乳首を優しく揉みほぐしながら、もう片方の手で肉芽に緩い振動を与えてくる。一瞬ぎりぎりまで高まった快感は、しかしそのタイミングを見計らったかのように意地悪く逸らされた。凛子はわなないた唇を噛みしめて、しどけなく髪を振り乱す。

「つ、健太郎……っ」

「なに？」

コリコリと芯を帯び始めた肉芽を転がされて、再び鋭くなった甘い浮遊感に、凛子は睫を震わせた。快感が鋭い線状になって、腰の奥深くに入っていく感じがする。みるみる高まる官能の予感に、全身がせつなく緊張したが、それはすぐに儚く消えた。

「……っ、……れて」

「ん？」

「……い、入れて、健太郎の」

「俺の？」

健太郎の指が、ぬるぬるになった会陰を意地悪く撫で上げる。髪を振り乱しながら、凛子は彼が望む恥ずかしい言葉を口にした。悔しさと羞恥で目が潤んだが、もう、この甘い拷問から逃げられるなら、なんでもできるような気持ちだった。

「よく言えました」

からかうように言った健太郎が、ペロリと自分の唇を舐め上げた。ショーツがくいっと脇によけられて、熱い塊が甘くほぐれた穴に押し当てられる。

腰を後方に引かれ、凛子は両手を壁について自分を支えた。太くて硬いものがひくつく蜜道をこじ開けて、じわじわと中に入ってくる。

「あ……は」

初めての時はあれほど痛かったのに、どうして今は、この瞬間が一番気持ちいいのだろう。大きなものに中を拡げられ、埋め尽くされていく感覚が、身震いするほど気持ちいい。

「……っく」

凛子の中に、自分の欲望を埋め込んだ健太郎もまた、感じ入ったような声を漏らした。

凛子の腰に指を食い込ませ、前屈みになって唇を噛みしめる。そして奥まで埋め込んだものを半ばまで引き抜き、今度は勢いよく突き入れた。

「あンっ」

「……っ、凛子さん、最初から締めすぎ」

健太郎が腰を振る度に、ベルトがかすかな金属音を立てる。それが昼間にセックスしている背徳感を否応なしにかき立てて、不思議に気持ちを昂ぶらせる。敏感な粘膜を太い雄肉で擦られる快感に、凛子はうめき、恍惚《こうこつ》の吐息を漏らした。

「……ぁ……はぁ……っ」

壁についた指がピリッピリッと震えた。全身が気持ちよさにざわめき、悦《よろこ》びにすすり泣いている。こんな快感を知ったら絶対に逆らえない。依存したら二度と抜けられない麻薬のように、健太郎に支配され、言いなりになってしまう。

ガチガチに硬くなった上反りが、気持ちいい場所をゴリゴリと擦り、浅い場所をゆるゆると行き来しては、ヌチャッ、ヌチャッとかき回す。

「あっ……、ン、……い……い……く」

白い閃光《せんこう》が頭の中を焼き、凛子は突き出した腰をひくひくと震わせた。痙攣した粘膜が、蜜を滴らせながら健太郎の雄肉に絡みつく。首筋にかかる健太郎の吐息が荒くなり、つま先が浮き上がるほど荒々しく、ガツガツと立て続けに突き入れられる。

「つ、ぁ、だめ、や……っ、また、……い……や……」

声も出なくなった唇から、透明な液体が糸を引いた。快楽だけで埋め尽くされた頭が空っぽになって、自分が束の間、どこか別の場所を浮遊しているような感覚になる。

次の瞬間、かすかにうめいた健太郎が、凛子の中から昂りを引き抜き、それを尻の丸みに押し当てた。熱い迸りが薄い皮膚を濡らし、太股にまで垂れてくる。

狭い脱衣所に、二人の荒い吐息がこもっている。膝からくずおれた凛子を抱え起こした健太郎は、満足そうに笑ってから、額や髪に口づけた。

「汚しちゃってごめん。お詫びに俺が洗ってあげるよ」

凛子は言葉もなく健太郎にもたれかかる。まだ硬度を保ったままの健太郎の熱を柔らかな尻に感じながら、これから浴槽で起こることを予感して、ますます立っていられないような気持ちになった。


「やっぱり、ソラも連れてくればよかったね」

夜を染める炎を見ながら、凛子はぽつりと呟いた。

すっかり暮れた空には、都会では決して見られない満天の星が瞬き、二人の目の前では、今日の最後を彩るたき火が燃えている。

凛子の隣で肩を抱いてくれている健太郎が、少し笑って髪に口づけた。

「なんで？　俺だけじゃ不足だった？」

「……そういうんじゃないけど、最近、私ばっか健太郎を独り占めしてるみたいだから」

遠くで潮騒《しおさい》の音がする。時折周辺から聞こえてきた声もなくなり、まるでこの世界に、二人しかいないようだ。

「どっちかといえば、俺が凛子さんを独り占めしてるんだけどな」

いたずらっぽく囁いた健太郎が、凛子の肩を抱き寄せて、唇に淡いキスをした。軽く合わさった唇からは、先ほど口移しに食べさせ合ったマシュマロの甘い味がする。

二人の前のテーブルには、空になった皿や、シャンパンやワインのボトルが置かれている。あれだけお酒で懲りたはずの二人は、今、ほどよく酔っ払って寄り添い合い、時折キスをしたり、とりとめもないことを話したりしながら、少しずつ小さくなるたき火を見守っていた。

どうしてだか、まだこの場を離れたくなかったし、健太郎も同じ気持ちのような気がした。

多分、今日という一日が、想像以上に楽しかったからだろう。

着いてすぐに脱衣所でセックスした後は、露天風呂に二人で入り、健太郎に身体を洗ってもらった。

太陽光の差し込む浴室は明るく、凛子は恥ずかしさに身を震わせたが、そんな凛子を追い詰めて囲い込むと、健太郎は泡でぬるぬるになった指で、あらゆる場所を丁寧に洗ってくれた。

そうやってとろけさせられた身体は、浴槽の中で容赦なく健太郎の雄肉にえぐられた。座位でした後はバックから。一度スイッチの入った健太郎が、二度、三度と立て続けに凛子を求めるのはいつものことだが、日が高い内から愛し合うのは凛子には初めてで、視界に映る何もかもが、自分を昂ぶらせ、理性を侵していくようだった。

健太郎の肌は湯を弾くほど逞しく張り詰め、うっとりするほど滑らかでセクシーだった。盛り上がった二の腕の筋肉や割れた腹の隆起、引き締まった腰のラインは若い男性美の結晶のようで、それがひたむきに凛子に挑みかかってくることに、言葉にならない喜びを感じずにはいられない。

湯気と汗で濡れた髪は、彼を別の男のようにセクシーに見せ、欲情した目に宿る複雑な色合いも、唇から時折覗く舌も、くらくらするほど扇情的でなまめかしい。

健太郎もまた、熱に浮かされたように腰を振り、静脈が透けるほど白くて薄い凛子の肌に、数え切れないほど口づけの痕を落としていった。

気を失うかと思うくらい濃厚なセックスだったが、こんなに深く求められていることへの幸福で心が満たされ、ずっとこの時が終わらなければいいのにと思った。

彼と深くつながったまま――愛されていると錯覚したまま、本当に時が止まってしまえばいいのにと。……

けれど浴室を出ても、幸せな時間は途切れることなく続いた。

パンとコーヒーで簡単な昼食を済ませた後は、二人してキャンプ場の近辺を散策した。

海沿いに連なるこの辺り一帯は、元々別荘地だったようで、バブル時代に建てられたという豪奢《ごうしゃ》な建物の数々が、森林の中にひっそりと佇んでいる。

その別荘地から延びる海沿いの道路は、緩やかなカーブの連続で、ここを車で走ったらさぞかし気持ちがいいだろうと思った。路肩には紅い花が密生して咲いており、キョウチクトウだと健太郎が訳知り顔で教えてくれた。海の青と紅い花のコントラストが本当に綺麗で、凛子はスマホで何枚も写真を撮った。

健太郎は時折ひどく無口になって、凛子にやたらと触れたがった。肩を抱き寄せたり、腰に手を回したりして、髪や指、耳などにキスをした。そんな彼の情熱的な態度からは、純粋で熱烈な愛情以外、殆ど何も感じられなかった。

夕方にテントに戻った二人は、冷蔵庫の中の食材を使って夕食の支度をした。新鮮な魚貝を使ったアヒージョ、竈で焼いたローストチキン、牛ヒレのステーキ。メニューの殆どは健太郎が作ってくれたので、凛子は涼しい風の吹く庭で火をおこし、そこで冷たいシャンパンを飲みながら、彼が運んでくれる料理を堪能すればよかった。

その後は売店で買った花火を二人で楽しみ、最後は、大きなマシュマロを火で炙《あぶ》って、ふざけながら口移しで食べさせ合った。

これまでの凛子だったら、眉をひそめていたに違いないバカップルめいたいちゃいちゃを、多分、今日一日で全部やりきったような気がする。

アルコールで火照った身体に夜風が心地いい。目を閉じた凛子の髪を健太郎がそっと撫でてくれている。

「……片付けは明日俺がやるから、そろそろ風呂に入って寝る？」

うん、と頷きながら、終わっちゃったと、どこか寂しい気持ちで思った。すごく楽しい一日がこれで終わる。ベッドでまたセックスして、……目が覚めれば現実だ。東京に戻れば、どこかでけじめをつけなければならない二人の現実が待っている。

初めて結ばれた夜以来、二人の関係は蜜月そのものだったが、健太郎が凛子とは別の部分で、何かの問題を抱えているのは分かっていた。

時々深刻な声で電話をしているし、夜中に、ひどく難しい顔でスマホをいじっていることもあるからだ。

彼が抱えているものを、ひとつも打ち明けてくれないことが寂しかった。

でも、凛子自身が、過去の出来事を彼に打ち明けられていないように、それが二人の現実なのかもしれない。

いずれにしても東京に帰ったら、ずっと曖昧にしていた問題を片付けなければならない。

そして、こんなにも楽しい時間と幸せをくれた健太郎に、今度は凛子がお返しをしなければいけないと思っている。たとえ、それが愛を伴わない要求であったとしても。

「片付けは私がやるよ。だって夕飯は、殆ど健太郎が作ってくれたのに」

「凛子さんは明日も運転だろ？　それに、もう少し無理させることになると思うから」

その意味を察した凛子は頬を染め、立ち上がった健太郎に手を取られて歩き出した。

遅い時間だからシャワーでいいかと思ったが、健太郎はもう一度露天風呂に入ろうと言って譲らなかった。

また身体を洗ってもらったら昼の二の舞になりそうだったので、そこだけは譲らずに、凛子が先に入って身体を洗った。髪をタオルで包んで湯気がもうもうと立ちこめる湯船につかると、夜空に輝く星が頭上に見えた。

「やっぱり、露天風呂は夜だね。今度はもっとちゃんとした温泉に行こうよ」

後から入ってきた健太郎が、同じように身体と髪を洗って、凛子の隣に身を沈める。

「凛子さん、こっち」

湯の中で抱きかかえられ、浮力で軽くなった身体が、いとも簡単に健太郎の膝に乗せられる。男らしく整った目鼻立ちと、見とれるほど綺麗な身体。今だけは、その何もかもを自分のもののように扱っても構わないのだ。

「……もう一泊くらいしたかったね」

「うん、そうだね」

頷いた凛子は、健太郎の肩に頭を預けて目を閉じた。幸せなのにどこかせつなくて寂しい、すごく不思議な気持ちだった。

明日払う宿泊料や、これがいずれ覚める夢かもしれないということは、もう考えないことにした。最初に予想したとおり、凛子は身も心も健太郎の虜《とりこ》になった。引き際は、いずれ彼が決めるだろう。その時のことを、今考えて不安になっても仕方がない。

そんな風に思った時、ふと、この幸福とせつなさがないまぜになった不思議な感情の正体が分かったような気がした。

「……昔さ、お父さんとよく車中泊をしたんだ」

「え？」

「ずっと忘れてたのに思い出した。――うちのお父さん、元トラック運転手で、お休みの日は助手席に私を乗せて、結構遠くまで車を走らせてくれたんだよ」

「……、それで、車に泊まってたってこと？」

不思議そうな健太郎の声に、凛子は少し笑って頷いた。

「ようは帰りのことなんて考えないで遠くまで行っちゃったってこと。結局夜中になって、サービスエリアに車を停めて寝るみたいな。お母さんにしょっちゅう怒られてた。少しは計画性を持ちなさいって」

でも――と凛子は続けた。

「本当は、帰ろうとするお父さんに、もっと遠くに行きたいってねだったのは私なんだ。だってすごく楽しかったから。ずっとこの時間が続けばいいって思ったから」

でも、楽しい時間はいつかは終わる。どれだけ引き留めても必ず終わる。

そして、永久に戻ってこない。幸せとは、しょせん今だけのものでしかないと、凛子はその時悟ったのかもしれない。

今――健太郎といる時間があまりにも楽しくて、昔感じた寂しさやせつなさを十数年ぶりに思い出したのだ。

凛子の手を握る健太郎の手に、ほんのりと優しい力がこもるのが分かった。

「お父さんのこと、好きだった?」

「……、大好きだったよ。私が中学の時に死んじゃったんだけど」

あ、まずいと思った凛子は、両手で湯をすくって顔を洗った。たったこれくらいのことで、なんだって涙腺が緩んじゃうんだろう。そもそもお父さんの話なんて、これまで誰にもしたことがなかったのに。

「俺も、小六の時に親父を亡くしてるんだ」

てっきり、死んだ理由を聞かれるのかと思ったが、健太郎はあっさりした口調で言った。

「親父も車の運転が趣味でさ。改造車を走行中に、スピードを出しすぎて海にドボン」

さらりと聞き流すにはあまりに衝撃的な内容に、凛子は思わず息をのむ。

「今日、二人で散歩した道、覚えてる? その時紅い花がいっぱい咲いてる場所があったでしょ。凛子さんが、写真撮ってたとこ」

「あ、うん」

「あの辺りが事故現場で、花の向こうの土手が結構な傾斜道になってんだ。そこにつっこんで車ごと海に落ちたんだって」

そう言われれば、確かに危なそうな場所だった。写真を撮りながら見下ろした斜面の下が崖になっていて、その下に海が広がっている。崖にはガードレールが備え付けられてあったが、勢いよく滑り落ちたら危ないなと思ったのを覚えている。

「俺も初めて見て納得したけど、すっげースピードが出そうな道なんだね。子供の頃は、もしかして誰かに殺されたんじゃないかって疑ったりもしたけど、やっぱ、そうじゃなかったんだな」

なんと言っていいか分からないまま、凛子は健太郎の横顔を見上げた。

今日、二人で歩いた場所が、彼にとって辛《つら》い思い出がある場所だということも衝撃だったが、殺されたという物騒なワードが、その驚きを上書きした。

確かに亡くなり方としてはあまり耳にしないものだが、だからといって、殺されたという発想になるものだろうか。

「……お父さん、この辺りに遊びに来てたの？」

「別荘があるんだ。今日歩いたところの少し先。……親父の隠れ家みたいな場所で、休みの日はだいたい一人で過ごしてたらしい。黙っててごめん」

「う、ううん」

胸が不安な感じでドキドキしたのは、健太郎の実家が、かなり裕福だということが分かったからかもしれない。リゾート地に別荘を持つレベルとなると、正直、住む世界が違う人だとしか思えない。

それでも、今肝要なのは、そんな場所に彼が凛子を連れてきてくれたということだ。

「その別荘って、今でも残ってるの？」

「親父の秘書だった人が管理してくれてる。月に一度は行って、掃除したり、事故のあった場所に花を供えたりしてくれてるみたいだ」

「……さっき、事故の現場を初めて見たって言ってたけど」

そう聞くと、健太郎は少しだけ視線を下げて苦笑した。

「事故現場っていうより、別荘に行きたくなかったのかな」

「別荘に？」

「うん、俺の母さん、俺が四歳の時に喘息の発作で死んだんだけど、その別荘で療養してたらしいんだ。つまりそこは、親父が母さんのために建てた家で、思い出がたくさん詰まってるらしい」

「……なんで、行きたくなかったの？」

「俺、母さんのこと全く覚えてないんだ。思い出せないなら、そのままの方がいいような気がして」

「なんで？」

健太郎は少し黙り、湯をすくい上げて顔を洗った。

それだけで、健太郎の気持ちが分かったような気がして、はっとした凛子は彼の身体に両腕を回して抱き締めた。

「ごめん」

馬鹿だ、私。なんて無神経なことを聞いてしまったんだろう。亡くなった人のことを思い出したくないのは私も同じだったのに。

思い出してしまえば、もう絶対に戻らない幸せだった頃の記憶が、今をいっそう辛くさせる。だから心に蓋をしていた。それは健太郎も一緒だったはずなのに。――

「無神経なこと聞いて、ごめん」

「そんなことないよ。それに、両親のことを話したくて、ここに凛子さんを誘ったのは俺だから」

明るい声で言ってくれる健太郎が愛おしくて、せつない気持ちでいっぱいになる。

「……お父さんを亡くして、大変だった？」

「そうでもないよ。父親代わりの人もいたし、親父と再婚した義母さんもいたし。――凛子さんは？」

「うちも全然平気だった。もうその時にはお母さんと離婚してて、お父さんが亡くなったことを知ったのも、結構後だったから」

「……そうなんだ」

「聞いた時は、でもショックで泣いちゃった。……お父さん、大雪の日にお酒に酔っ払って、鍵のかかった部屋の外で寝てたんだって。それで凍死」

健太郎みたいに軽く言おうとして言い切れず、思わず語尾が震えていた。

「私のせいなんだ」

「そんなことないだろ」

「そうじゃなくて、お父さんとお母さんが離婚したのが私のせい。——二人が別居してた頃、私、お母さんの反対を押し切ってお父さんの住む町に行って、お父さんの運転する車で事故に遭ったの。気づいたら病院にいたから、何も覚えてないんだけど」

黙った健太郎が、凛子の膝に手を置いてくれたので、それだけで伝わったのだと思った。

「だから余計に辛くてさ。だって、もしお父さんが一人暮らしじゃなかったら……」

健太郎から顔を背けた途端、大粒の涙が頬に零れた。少し驚きながら、凛子は急いでそれを拭う。こんなことを誰かに話したのは初めてだし、父のことで人前で泣いてしまったのも初めてだった。

「……ごめん。しめっぽくなって」

「全然いいよ。……話してくれて嬉しかった」

「……健太郎も」

背中から抱き締められて、涙がどうしてだか止まらなくなった。でもそれは、辛くて哀しい涙じゃない。人生で一番辛い記憶を誰かと分かち合えた、温かくて安らいだ涙だった。

「ありがと……、健太郎」

心に何重にも作った防波堤が、全部涙で流れていくような気がした。

騙されてもいいと覚悟していたはずなのに、今はその現実が耐えられない。ずっと今日だったらいいのに――ずっと二人がこのままだったらいいのに。

「俺たち、似てるね」

「……そうかな？」

「出会った頃、凜子さんが俺の姉ちゃんだったらいいのになって思ってた。俺が年上好きになったの、全部凜子さんのせいだから」

「……ん？　何言ってるのか分かんないんですけど」

「うん、分かんないように言った」

互いにくすくす笑って唇を触れ合わせる。

「本当のこと言うと、今夜、凜子さんにきちんと話そうと思ってたことがあったんだ」

「……ご両親のこと？」

「そうじゃなくて、俺自身の……いや、俺と凜子さんの話」

胸の奥がズキリとした。なんだろう。もしかしてお金の無心？　別れ話？

「……なんの話？」

「……色々。俺、凜子さんに言ってないことがたくさんあるから、本当にたくさん」

彼の額が、こつんと凜子の額に当たる。

「家じゃ、どう切り出していいか分からなくて旅行に誘った。ていうか俺、怖かったんだ。話したら、凜子さんが俺と別れたいって言うような気がして」

「どういうこと……？」

「だからこの旅行の間に、凜子さんをメロメロにして、俺なしじゃいられない身体にしようと思ってた。実際はその逆になったけど」

何それ、と笑って健太郎に湯をかけたが、内心は不安の方が強かった。つまり健太郎も、私と別れたくないと思ってるってこと？　でもそれはなんのため？　私が好きだから？　それとも――

「でも、少し焦りすぎてたなって、さっき気づいた。俺、凜子さんのこと、やっぱり何も分かってなかったから」

「もういいから話してよ。そんな風に言われたら、気になって眠れないじゃない」

勇気を振り絞って問い質《ただ》しても、健太郎はしばらく無言だった。

「……全部は無理かもしれないけど、必要なことだけ帰ってから話す。今話すと、凜子さんが俺を置いて帰る可能性もゼロじゃないから」

「つまり、私が怒るのが前提の話？」

あえて明るく口にしたが、温まった身体が内から冷えていくような気がした。

「……もしかして、健太郎が隠れてやってる仕事の話？」

彼の腕がかすかに動くのが分かった。

「……、知ってた？」

「なんとなく。お金も持ってるみたいだし、この前も繁華街にあんな格好で現れたから」

うつむいた健太郎が、観念したような長い息を吐いた。

「黙っててごめん。本名だから、いつか耳に入るとは思ってた。もしかして凛子さんの会社で何か聞いた？」

うちの会社？　と、そこで話が見えなくなった凛子は眉を寄せる。

「つまり、伍嶋建設の女の子にも、健太郎のお客さんがいるってこと？」

「……、俺の客？　広い意味ではそうとも言うけど――」

凛子から身体を離した健太郎が、片手を口に当てて、眉を寄せた。

「ちょっと待って、何か別の誤解してない？　俺の仕事、なんだと思ってた？」

今度は、凛子が戸惑って黙り込む番だった。まさかと思うけど私の誤解？　そりゃ確かに、なんの証拠もないのに勝手に雰囲気で思い込んでいただけだけど。

「……しょ、正直、夜の仕事みたいなことしてるんだと思ってた」

「夜の仕事？」

「……ホスト的な？」

「いや、違うよ。全然違う。まっとうな会社かと言われれば微妙だけど、ちゃんとした昼の仕事だから」

「そこの商品を、私が買ってあげる的な感じの？」

「はいっ？」

愕然とした表情で、健太郎はしばし呆然と凜子を見つめた。

「……俺の考えすぎでなきゃ、凜子さん、かなりひどい誤解をしてない？」

今度は凜子が、後ろめたさに目を泳がせた。

「俺、営業じゃないし、そもそも凜子さんに売るようなものなんて何もないよ」

「……そうなの？」

「当たり前だろ。てか、俺のこと、一体なんだと思ってたんだよ」

そう呟いた健太郎が、不意に脱力したように湯に顔を沈めた。そのまま泡が途切れても浮かんでこないので、凜子は慌てて彼を引っ張り上げる。

「ショックすぎて言葉もない」

「ご、ごめん。でも、健太郎が何も言ってくれないから」

「それは俺も悪かったけど、つまり何？　俺が金目当てで凛子さんに近づいたって思ってたってこと？」

黙っていると、再度健太郎が脱力したように肩を落とした。

「マジでショック。そんな風に思われてるなんて、夢にも思ってなかった」

「本当、ごめん」

「もういいけど、だったらなんで、俺と一緒にいてくれたわけ？」

健太郎の口調が本気で怒っているようだったので、凛子はうろたえて視線を下げた。

なんでって、それは騙されてもいいと思ったから。健太郎の手を借りて、新しい自分になりたかったから。

でも結局、それは全部言い訳で、本当は健太郎と離れたくなかったから。

健太郎のことが――

「……好き」

顎におずおずと口づけると、少しだけ彼の表情が緩むのが分かった。ほっとしてもう一度、顎や唇の端に、ちゅっちゅっとぎこちなく口づける。

「ずるいよ、凛子さん」

「……ん」

湯の中で、健太郎の手が凛子の手を捕らえ、そっと自分の内腿の間に誘った。

熱い昂りが指に触れて、凛子はドキリとして喉を鳴らす。

「俺のこれ、舐めてくれる？」

「……う、うん」

「俺も、凛子さんがイクまで舐めていい？」

そこへのキスは、これまで一度も許したことがない。ずるいのは健太郎の方でしょ、と思ったが、それは口にせず、凛子は首筋を薄赤く染めた。


「ねぇ、なんでこんなことするの？」

「だって凛子さん、いつも俺を突き飛ばして逃げるだろ？」

凛子は困惑しながら、前に差し出した自分の両手首が、タオル地のローブ紐《ひも》で縛られていくのを見つめた。

「お風呂で気持ちよくしてくれたから、そのお返し。大丈夫、ひどいことはしないから」

気持ちよくしてくれた――というのが口淫のことだと分かった凛子は、頬を染めて口ごもる。立ちこめる湯気の中、浴槽の縁に腰掛けた健太郎の前に膝をつき、舌がとろけるほど熱い肉茎を口に含んだのは、ほんの十数分前のことだ。

それまでも何度か、彼のものを舐めたことはあったが、最後までしたのは今夜が初めてだった。

顔の小さな凜子は顎も人より小さく、健太郎の勃起したものを全部口に入れきることができない。三分の一ほど含んでは、唇をすぼめて扱いたり、舌先で舐めたりするのだが、それが健太郎を意図せずして焦らし、欲望を煽《あお》り立てることだけは分かっていた。

いつも途中で切り上げさせては、組み敷いた凜子に獰猛《どうもう》に挿入する健太郎だったが、今夜は違った。

いつものように、先っぽだけチュポチュポしゃぶる凜子の頭を片手で支えて固定すると、じわじわと、少しずつ奥に陰茎を滑り込ませてきた。自分から腰を動かし、凜子の口に、それでもいたわるようにゆっくりと抽送を繰り返した。

(凜子さん、喉の奥を開いて。……っ、そう、上手)

苦しかったが、彼が徐々に興奮していく様が、恥ずかしいくらい気持ちを昂ぶらせた。

閉じることができない口から唾液が溢れ、蒸気の水滴と混じって喉や膝を濡らした。次第に健太郎の呼吸が荒くなり、抽送の間隔も耐えがたいほど短くなる。喉奥を突かれる苦しさに涙が滲んだが、その辛さは何故だかひどく甘美だった。

息が止まるかと思うほど獰猛に奥を突かれた数秒の後、健太郎が掠れたうめき声を上げ、口の中に苦いものが広がった。飲み込めずに溢れたものは彼が手で受け止めてくれて、何度も嬉しそうにキスしてくれた。

健太郎は満足したようだったし、凛子もすごく満たされた気持ちだったが、今にして思えば、何度も歯を当ててしまったし、自分では殆ど何もしなかったような気もする。

「……もしかして、下手だったから怒ってる？」

「なんで？　めちゃめちゃ気持ちよかったよ」

笑った健太郎が、ちゅっと額にキスしてくれた。

「調子に乗って無理させちゃってごめん。次からはもう少し自制するよ」

優しい目で言った健太郎は、凛子の手首をひとまとめに括り、その紐の先端をヘッドボードのフレームに結びつけた。言っていることとやっていることが全然違うと思ったが、彼があまりに楽しそうなので、何も言えない。

ベッドに仰向けになった凛子は、両腕を上げさせられるような格好になる。健太郎がひどい真似をしないことは分かっていても、見慣れない部屋で、こんな風に拘束されると、ひどく落ち着かない気持ちになった。

ドームテントは、透明になっている部分が厚手のカーテンで覆われて、外部から完全に遮断されている。天井から吊り下げられた照明は淡いオレンジ色で、上半身裸になった健太郎の姿をなまめかしい陰影で彩っていた。

「いい眺め」

その健太郎が凛子を見下ろし、肉感的な舌で口の端を舐め上げた。熱に浮かされたような彼の目に、甘い胸の疼きを覚えたが、熱くなった顔を隠そうにも、縛られた腕はびくともしない。

屈み込んだ健太郎が、凛子の膝を跨《また》いで馬乗りになる。キシ……とベッドが軋《きし》んで影に覆われ、腰のローブ紐に健太郎の指がかかった。心臓の音が怖いほど速くなる。

「……や、やだ」

「今夜は、俺の言いなりになるんだろ？」

紐から離れた健太郎の手が、布越しに胸の膨らみを撫で上げる。びくっと凛子は肩を震わせた。

「っ、こ、こんな真似しなくても、逃げないからやめて」

「うん。凛子さんが、マジで嫌がってるのが分かったらやめるよ」

楽しそうに言った彼の手が、もう一度ローブ紐にかかる。何をされても抗えないどころか、視界さえ自由に動かせない凛子は、彼の手が動く度に、ピクッ、ピクッと全身を震わせる。

前で結ばれていた紐が解かれ、袖を通したままのローブの衿がはだけられた。

顔を背けた凛子は、健太郎の視線から逃れるように、腿をしどけなくすり合わせる。

「凛子さん、……マジでエロすぎ」

照明で影になった彼の目が、欲情に濡れているのが分かった。

腕を縛られた凛子が身に着けているのは、バックレースのショーツ一枚きりだ。それがぴっちりと柔肉に食い込んで、いやらしい陰りや形をくっきりと際立たせている。

昨夜、健太郎にプレゼントされたのだが、最後まで身に着けるかどうか迷ったほど露出の高いデザインで、今、凛子は、そんなものを穿いてしまったことを心から後悔していた。

「っ、もうやだ。いつまでも見てないで早く脱がせてよ」

図らずもはしたない言葉でせがんでしまったが、健太郎は動かず、羞恥に染まる凛子の身体を舐めるように見下ろしている。

真っ白な丸みの中心で、いじらしく震える薄桃色の乳首。緊張のあまりへこんだり膨らんだりを繰り返す滑らかな腹。彼はそのひとつひとつを暗い炎を宿した目でたどり、ほっそりとくびれた腰を両手で包んで撫で回した。

「いつも作業着だから分かんなかった。凛子さん、めちゃくちゃスタイルいいんだね」

「な、何言ってるの」

彼の指がショーツの縁に触れる度に、凛子はピクッと腰を浮かせる。

「色も白くて肌も薄いし、この辺りなんか、赤ちゃんの肌みたいにすべすべだよ」

するりと下がった指が、柔らかな内腿をふにふにと押し揉む。濡れた陰唇がクチュリと開いては閉じる感覚に、凛子は唇を震わせた。

「っ……ゃ……」

「濡れちゃってるね」

健太郎がからかうような声で囁いた。

「お腹にも腿にも、俺のキスの痕がまだたくさん残ってる。感じやすい上に痕も残りやすいんだ、……可愛い」

ショーツに包まれた肉の盛り上がりや、下生えの際辺りを、健太郎の指がそっと撫でる。けれど、何故かその指は感じやすい場所を素通りし、するりと上がって臍の窪みにたどり着いた。

思わぬ場所を触られて、凜子はびくっと腰を跳ねさせる。

「……へ、へんなとこ、触らないで」

「可愛いよ、凜子さんの穴は全部可愛い」

「や……や、だ」

窪みの底で指が優しく上下する。これまで味わったことのない掻痒感に、両腿が自然にもじついた。健太郎はそんな凜子の顔を食い入るように見下ろし、時折興奮を隠せないように自分の唇を舐め上げる。

目をつむっても彼の視線から逃げられず、身体がみるみる熱くなる。歯を食いしばって鼻から細い声を漏らした時、突然ひやっとしたものが胸に滴った。

「きゃっ、なっ、何？」

腰を浮かせるほど驚いた凜子の前に、健太郎はガラスの小瓶を差し出した。かすかに笑った彼がそれを傾けると、中から透明な液体がつぅっと滴り、右の乳首の辺りをぬるりと濡らす。

「っ、何？　なんなの？」

「オイル。冷たかったらごめん。でも、すぐに温かくなるから」

「――オイル？」

オレンジとバニラを混ぜたような甘い匂いが、胸の辺りから淡く漂ってくる。もう片方の乳首にも同じようにオイルを垂らされ、凛子は喉を鳴らして伏せた睫を震わせた。

「……な、なんで、そんな」

「お昼にボディソープで洗ってあげた時、凛子さんすごく気持ちよさそうだったろ？　ベッドでも同じようにしてあげたくて」

そんなの絶対嘘で、ショーツと同じように、オイルも最初から用意していたに決まっている。

「大丈夫、本当に嫌だったら、すぐにやめるから」

子供をあやすように囁いた健太郎の手が、オイルを塗り込めるように、ゆっくりと乳房の丸みをたどった。何度かそれを繰り返した後、両方の指で、硬くなった乳首の周りをヌルリと撫でる。

「は……ぅ」

思わず跳ね上げた睫の下で目が潤んだ。

甘ったるい気持ちよさが、ぬるついた乳首の辺りから広がって、指の先まで痺れさせる。

「気づいてた？　俺のを舐めてた時から、乳首がずっと勃ちっぱなしだよ」

健太郎の声が、興奮で掠れている。オイルをまとわりつかせた指が、ぬるぬるといやらしく乳首を扱き、プルンッ、プルンッと小刻みに弾き立てる。

「その時からずっと触りたかったし、舐めたかった。でもそうしたら、また風呂でめちゃくちゃにしちゃいそうだったから」

「っ……、ぁ……ふ」

糸のように細くて強い快感が、弄られている乳首から腰骨をたどり、ピリピリと全身を震わせる。

オイルの甘い匂いがますます強くなって、太い指でクリクリと揉みほぐされている乳首がじんわりと熱くなってくる。ショーツに包まれた肉の合わせ目はヌルヌルに潤んで、そこに食い込むレースの濡れた感触が伝わってくる。

もう一度オイルが垂らされ、胸全体に大きな手のひらで塗り込められた。指の間に挟まれた乳首が、手の動きに合わせてヌルリ、ヌルリと擦り上げられ、その先端を健太郎の舌先がチロチロと交互に舐める。

「っ、ンっ、んぅっ……ぁ……あ」

「凛子さん、気持ちよさそう」

「ぅっ……ぅ」

からかうように囁かれ、せめて顔を隠そうと必死に腕を引っ張るが、手首を拘束する紐は、目の辺りからびくともしない。

身体の位置をずらした健太郎が、乳首を弄り立てる指はそのままに、唇だけを腹の辺りに滑らせてきた。

肌の薄いところにキスの痕を遺し、先ほど指でたどった臍の窪みを舌でぬるぬると舐め回す。腰骨までざわつくような強烈な掻痒感。

「っ、……や……だ」

身もだえるように総身をよじらせるが、腰から下は健太郎に押さえつけられてびくともしない。が、もう耐えられないと思った寸前で舌は離れ、ショーツの膨らみに唇が触れた。

「ぅ……っ……」

耐えがたいほどの恥ずかしさに、凛子は睫を震わせた。秘所に張りついたショーツはしっとりと潤って、多分包まれたものが透けるほどに濡れている。

そのいやらしい膨らみに、健太郎が口づける。むっちりとした盛り上がりの間に舌先を潜り込ませ、ヌチッヌチッと舐め上げる。

「んぅ……っ」

敏感な尖りの周辺を舌でネロネロと舐められて、白い光が目の奥に散った。膣の入り口がどうしようもなくひくついて、内からぬるみが溢れてくる。

腿にかかる健太郎の息も荒くなっている。彼は凛子の胸から手を離し、その手を使って両腿を強引に開かせた。

「だ……、めっ」

凛子は首を振って抗ったが、甘くとろけた腿は凛子の意思を裏切るように簡単に左右に割れた。濡れた花びらにひんやりとした空気が触れる。まだショーツを穿いているはずなのに、秘所を守られているという感覚は全くない。

健太郎の吐息がかかり、濡れた舌が紐状になったクロッチの際を舐め上げる。

「っ、……っ」

指より柔らかく、それでいて弾力を帯びた、生き物のような肉厚な舌の感触に、凛子は声もなく喉を鳴らした。

熱い吐息が絶え間なくかかり、その狭間でヌメヌメと舌が蠢《うごめ》いている。腿に健太郎の髪がかかり、猫がミルクを飲んでいるような音が響き始める。

――い……、いや……。

気が遠くなりそうだった。見られるだけで死んでしまいそうなほど恥ずかしい場所を割り開かれ、そこを健太郎に舐められているのだ。

彼の鼻が、ショーツからはみ出した花びらの膨らみを擦り、舌先が剥き出しになった割れ目をぬるぬると舐め上げる。その異常な感覚に息も止まって声も出ず、腿の付け根に筋が浮くほどの力がこもる。

「ぅ……ぅっ」

腕にも同じように力がこもり、全身に汗が浮き出した。温まったオイルが、官能的な匂いを濃くし、いっそう淫らな気持ちになってくる。

次第に、彼の舌が動いている箇所が甘ったるい熱を帯びてくる。より深いところでじわじわと官能が高まって、疼くような浮遊感が増してくる。

「ぁ……は、ぁっ……、け、けんたろ」

立ちこめたエクスタシーが弾ける予兆に、凛子は甘い声を上げた。

力のこもった尻が窪み、彼の舌をねだるように腰が浮く。健太郎の息が荒くなり、彼はたまりかねたようにショーツに指をかけて引き下げた。小さく丸まったそれを足から抜き取ると、凛子の腰を抱え上げ、再び口をつけてくる。

「ン……、んぅ」

縦に割れた花びらの溝をヌルリ、ヌルリと熱い舌で舐め上げられ、凛子は鼻から細い声を漏らした。とろけるような気持ちよさに瞼がひくひくと震え、薄く開いた唇がわななく。蜜を舐め取るように動く彼の舌は敏感な芽の手前で止まり、軽くタッチして再び下がる。そのじれったさが凛子をますます昂ぶらせる。

「あぅ……ぁっ、……ン、あんっ、健太郎、あんっ」

甘えた声を上げて腰をくいくいと押しつける凛子の腿を抱き上げると、健太郎は獣じみた吐息を漏らして、雌芯にしゃぶりついた。

「……ぁっ」

目もくらむような荒々しい口淫に、空に浮いた両足指が痙攣する。

熱い口中に包まれた敏感な真珠が、彼の舌で揺さぶられて転がされ、あまりの気持ちよさに意識が遠ざかりそうになる。額に薄汗を浮かべた凛子は、白い肌をなまめかしい官能の色に染めて腰を波打たせた。

「はぁっ……ああンっ、ンっ、ぁ……」

幾度かの、淡い、甘ったるい悦楽の高まりの後、チュルッと吸い上げられた肉芽から、身体の芯を焼き切るような快感が放たれた。

脳髄が甘く痺れ、数秒、頭の中が白くなる。突っ張った身体が痙攣し、その直後にとろけるように弛緩《しかん》する。自分がどこで何をしているのかも分からなくなる。

気づけば手首を拘束する紐が外され、抱き起こしてくれた健太郎と夢中になってキスを交わしていた。

「凛子さん、ねだるの上手すぎ」

低く囁いた彼の目は欲情に陰り、獰猛に口の中に入ってくる舌からは、オレンジとバニラと、自分の蜜の混じった官能的な味がした。腰を抱いてくれる指は熱く、噛みつくような口づけは怖いほど余裕がない。

「もっと楽しみたかったけど、俺がもう限界……挿れさせて」

懇願するように囁かれ、舌を吸われながら抱き倒された。避妊具を着けているのはかろうじて分かったが、彼がいつそれを装着したのかは分からなかった。

まだ弛緩したままの両足を抱えられ、硬くて熱い健太郎のものが一気に奥に入ってくる。

「っ……、あン……んぅ」

見開いた目が涙で潤み、腰が自然に浮き上がった。快感の余韻でひくひくと疼く膣肉が、熱い肉塊で埋め尽くされ、拡げられる悦びに震えている。

深く身を沈めた健太郎がうめき、目を虚ろにし、苦しげな息を吐く。

「ふぅ……ぅ」

凛子に挿入したまま半身を起こした彼は、汗に濡れた髪を片手でかき上げると、埋めたものをぬうっと引き抜き、ぱちんっと音を立てて叩きつけてきた。

「あぅ……っ、」

なまめかしくしなる凛子の身体を抱え直し、今度は浅く引き抜いて叩き、お腹の方の壁をゴリゴリ擦ってからもう一度突き入れてくる。

「ン、あうっ、ア……っ、んっ」

みるみる高まっていく快感に、凛子は我を忘れて手に触れたシーツを握り締めた。

バチンッ、バチンッと抽送の音が激しくなり、そこに彼の荒々しい息づかいが混じり始める。

「……っ、こ、さん。すごく、いい」

「ぁ……、けんたろ」

名前を呼ぼうとした唇を甘く塞がれ、意外なほど優しく、官能的に舌が絡み合った。

「全部、俺のものだって言って。……凛子さんの中に、俺以外何も挿れないで」

「ん……」

何故だか意味もなく泣けてきて、顔をくしゃくしゃにしながら、彼の汗ばんだ肌に手を這わせる。動く度に筋肉の隆起がゆらめき、手に触れている場所の形が変わる。彼の生命が躍動していることが不思議に愛おしくて、首に両腕を回して自分から口づける。

舌を出してキスに応えてくれた健太郎は、涙で濡れた凛子のまなじりや頬に熱っぽくキスをすると、膝立ちになって凛子の足を抱え上げた。

両足を健太郎の肩に預ける形になり、折り曲げた身体に彼がのしかかってくる。別の角度からえぐられた場所がすぐに甘い熱を放ち始め、凛子はすすり泣きながら腰を浮かせた。

「あぅ……、っ、け、健太郎」

抽送の最中、健太郎は肩に抱えた凛子の足に手を添え、膝とふくらはぎに残る縫合痕に口づけた。

その傷について、今日まで一度も、一言も聞いてこなかった健太郎の、それが無言の意思表示のような気がして、目尻に涙が溢れてくる。

「……健太郎、好き」

「ん……、俺も好き」

囁いた彼の動きが、いっそう荒々しくなり、揺さぶられる凛子は声も出なくなる。

「……っ、凛子さん、本当に、俺の奥さんになって」

凛子はかすかに頷きながら、彼の汗ばんだ首に両手を回した。彼の息づかいや最奥を穿つような腰の動きで、終わりの時が近いことが感じられる。

「俺のこと……信じて、何があっても、離れないで」

うわごとのように囁く健太郎の、ストロークの間隔が短くなる。答えようとした凛子も、今はとろけるような快感に支配されて、言葉が何も出てこない。

「……ぁ、……たろ、あ……、い……く、……っ」

「っ、ふっ、はぁっ、ふっ、っ」

健太郎の息が額にかかり、顔を寄せてきた彼に唇を塞がれる。息を詰めたままエクスタシーに達した凛子の中に、彼もまた、熱い迸りを解き放った。

照明を落としたドームテントの中に、凛子の立てる寝息だけが響いている。

しばらく無言でその寝顔を見つめていた健太郎は、彼女のほつれた前髪を指で梳いてから、未練を断ち切るように身を起こした。

何もかもが素晴らしく満たされ、奇跡のように完璧なセックスだった。こんな風に悦びを分かち合える相手には、きっと二度と巡り会えないだろう。運命など信じたことはないが、その相手が彼女だったことに、言葉では言い尽くせない幸福を感じている。

殆ど同じタイミングで果てた後、凛子を抱き締めたまま、健太郎は放心したように動けなかったし、彼女もそれは同じなのか、ずっと健太郎にしがみついていた。どちらからともなくキスをして、やがて凛子はうとうとと眠りに落ちた。

「……俺、どうすればいい？」

ベッドに腰掛けて凛子の顔を見つめていた健太郎は、その耳を指でたどりながら呟いた。

「俺、大切なことを凛子さんに言ってないんだ。……多分、すごく大切なこと」

正直言えば、彼女との間に生じてしまった複雑な状況を、どこから片付けていいか分からない。このまま本当に結婚してしまいたいが、その前に大切な——彼女にとっては間違いなく残酷な事実を打ち明けておく必要がある。

そうでなければ、凛子の心を縛っている母親と対峙することなどできないからだ。

物憂い気持ちでボディバッグに収めていたスマホを取り出して起動させると、たちまち多くのメッセージが溢れ出した。

その中で、最も大事な人の番号を選んでかけ直す。日付が変わろうとしている時刻なのに、草薙はすぐに電話に出てくれた。

「遅くなって悪かった。それで、伯父さんの動向は？」

『役員の票集めに必死になっておいでです。まだ希望を持っておられるようですが、現実を知るのも時間の問題かと。──役員の七割は、すでに健太郎様の味方ですから』

普段と同じように穏やかな口調だが、その声は少しだけ緊張をはらんでいた。

『しかしそうなると、健太郎様や間宮様にもっと直接的な害を加えてくることも考えられます。先日申し上げましたとおり、間宮様に事情を説明して、せめて役員会が終わるまで東京を離れさせた方がよろしいかと』

「……それはさすがに難しいよ。とりあえず、明日彼女に事情を話して、セキュリティの高いマンションに移ろうと思っている。それも彼女が、納得してくれればの話だけど」

おそらく引っ越す前に、母親の許諾を得ると言い出すはずだ。そうなると、健太郎には絶望的な未来しか予測できない。

いや、今は彼女を信じよう。今夜、二人の間に生まれたはずの気持ちを信じたい。

「草薙さん、東京に帰ったら彼女に会ってもらえないかな」

『私が、間宮様にですか？』

電話の向こうから、少し戸惑った声がした。白い眉をハの字にした草薙を想像し、健太郎はかすかに口元を緩める。

「紹介したいんだ。彼女のことを隠していたお詫びも兼ねて、三人で食事をして欲しい」

草薙に凜子のことを打ち明けたのは、佐々木の妻に脅迫された翌日のことである。ためらいはあったが、草薙の助力がないと凜子を守りきれないと思ったからだ。

ただ、籍を入れたことまではさすがに話せなかった。それを——改めて、凜子と二人で草薙に伝えたい。

『私でよければ喜んで。……もしかして、間宮様とご結婚を考えておられるのですか』

「その時話すよ」

健太郎は苦笑したが、草薙の口調は少し物憂いものだった。

『楽しみですが、今はくれぐれもご用心ください。佐々木夫妻を裏で操っていたのは宮沢社長です。もしかすると、間宮様があの時の女の子だとすでに気づいているのかもしれませんから』

◇

闇の中で、誰かがめそめそと泣いている。

「健太郎！」

何故、私は健太郎の名前を呼んでいるんだろう。

「健太郎、どこにいるの？」

真っ暗だ、泣き声だけは聞こえるのに、ここがどこなのかは分からない。

どうしよう。私のせいだ。私が、約束の時間に遅れてしまったから。

あの日、私が、健太郎に声を掛けてしまったから。

その時、暗闇から一匹の猫が飛び出してきた。

「ソラ？」

ソラじゃない。まだ成長していない三毛猫だ。

「凛子さん、動体視力半端ないね」

振り返ると、ソラを抱いた健太郎が笑っている。

でもその顔は健太郎じゃなくて、健太郎よりずっと小さな――

◇

「凛子さん？」

揺さぶられて目覚めた凛子は、日差しの眩しさに目をすがめた。

「……ん、どこ？」

眼前にはトラックの荷台。その傍らを親子連れが歩いている。

「高速のサービスエリア。俺の名前を呼んでたよ、今」

シートベルトを外した健太郎が、身体を傾けてから、ちゅっと凛子に口づけた。

「なんの夢見てた？」

――なんの……？

「……思い出せないなら、いい。あまりいい夢じゃなさそうだから」

苦笑した健太郎が、もう一度淡くキスしてくれる。

「喉渇いたから、水買ってくる。何かいる？」

「……ん、じゃあ私も水で」

健太郎が車を降りた後、ようやく現実が戻ってきた。朝、少しぼんやりしていた凛子に代わり、運転すると言い出したのは健太郎だった。

途中で代わるつもりが、いつの間にか助手席で眠ってしまっていたらしい。

(俺が昨夜無理させちゃったせいだね。今日は俺が全部するから、休んでていいよ)

健太郎はそんな風に心配してくれたが、実際は、それほど疲れていたわけではない。

朝も健太郎より早く目が覚めたので、一人でお風呂に入って、少し外を歩いたくらいだ。

その時、ふと思い立って、管理事務所に立ち寄ってみた。先払いしてあるから大丈夫だと健太郎には言われたが、せめて宿泊料がいくらしたのか確認しておこうと思ったのだ。

事務所にいた年配の女性スタッフは、凛子を見てすぐに笑顔になってくれた。

(おはようございます。奥様)

奥様と呼ばれて驚いたが、法律上は夫婦だから、当然予約上も夫婦になっているのだろう。気を取り直して領収書を見せて欲しいと言うと、スタッフはすぐに帳面を見せてくれた。

五十四万。数字を見て、凛子はしばらく動けなかった。確かに贅沢な施設ではあったが、一泊でこれほどかかるものだろうか。

(……あの、お聞きになっておられないですか？　高見様は、周辺の区画を全部予約されたんです。静かな環境で過ごしたいと仰って)

さすがに声も出なかった。つまり健太郎は、四つのテントを予約し、そのひとつしか使っていなかったのだ。道理で車の出入りが多いわりには静かだったはずだ。が、いかにも人気のありそうなキャンプ場を直前に予約して、こんな無理が通るものなのだろうか。

(大丈夫です。なにしろ高見様はここのオーナーですから。この辺り一帯の土地も全て高見様の所有ですし)

(健太郎様がおいでになったのは初めてですが、あんなに若くて素敵な方とは思いませんでした。奥様、お幸せですね)

健太郎の実家が裕福だというのは、昨夜の話から察しがついていた。つまり健太郎は、かなりの財産を亡くなった父親から相続したのだろう――そこまでは理解した。

でも、だったら何故、住む場所もないようなふりをして、凛子の部屋に居着くような真似をしたのだろう。何故工事現場で日雇いのバイトをしているのだろう。

東京に戻ったら、何もかも話してくれるはずだといったん自分を納得させたが、こうして一人になると、違和感ばかりが募ってくる。

（お父さんのこと、好きだった？）

聞かれた時は少し引っかかっただけの彼のセリフ。父親を亡くしたことなど、これまで誰にも話したことがなかったのに、当然のように過去形で聞いてきた。

もしかして健太郎は、最初から私のことを知っていた――？

車の中から窓の外を見ると、健太郎は自販機の傍でスマホを耳に当て、誰かと話しているようだ。

凛子は意を決してスマホを取り上げ、先ほどチェックアウトしたばかりのキャンプ場を検索した。運営会社を調べ、その名前でさらに検索をかけると、よく知った名前が関連企業として出てくる。

三鷹不動産。

（創業者はタカミ。三鷹っていうのは、タカミをもじってつけた社名なんですよ。高いに見る

で、高見。うちの会社の上の連中は、その名前ばかりですから)

凛子は呆然としながら、半月前に耳にした後輩の言葉を思い出していた。

健太郎と同じ姓。その時は、嫌だなと思ったくらいで、まさかその高見と健太郎につながりがあるなんて考えてもみなかった。

確かそのことを教えてくれた後輩は、こんなことも言っていたはずだ。

(ヤクザと親交があったたって噂されてるだけに、創業家には怖い話が多いんですよ。前の社長にしたって、事故を装って殺されたんじゃないかって言われてますし)

父親の事故死を他殺だと疑っていた健太郎。待って、じゃあ、健太郎って何者なの?

凛子は何度も唾を飲み込んでから、今度は『高見健太郎』と検索画面に打ち込んだ。

三鷹不動産のホームページが、当然のようにトップに出てくる。

開いてみるとそれは公表されている役員名簿で、高見姓がずらりと並ぶ中、健太郎の名前もあった。

投資部専門常務取締役　高見健太郎
「凛子さん」

「――っ」

運転席の扉が開いて、健太郎の明るい声と甘いソースの匂いが飛び込んできた。

「これ、美味そうだから買ってきた。揚げ団子とたこ焼き、凛子さん、どっちがいい?」

スマホを握り締めたまま、凛子はしばらく動けなかった。

——この人、誰……？

「……凛子さん？」

不思議そうに瞬きする健太郎から目を逸らし、ぎこちない手つきでスマホの画面を裏返して膝に置く。

「ごめん、あんまり食欲がなくて」

「体調よくない？　そういえば朝もあまり食べてなかったね」

眉をひそめて運転席に乗り込んだ健太郎が、「風邪かな」と凛子の手首を握って心配そうに呟いた。

「着くまでシート倒して横になってなよ。帰ったら、胃に優しいものでも作るから」

優しい彼の声に、罪悪感で胸がいっぱいになる。

「……あの、健太郎」

「ん？」

今、直接聞けばいいことは分かっていた。素性を隠していたことや、凛子に近づいてきた理由。聞けば、彼が全部話してくれることも分かっている。でも——

「……あの、悪いんだけど先に降ろしてもらってもいいかな。車を返したり、ソラを引き取りに行かなきゃいけないことは分かってるんだけど」

「いいよ。そんなの俺一人でやっとくから。ついでに夕飯の買い物して帰るから、凜子さんは家で休んでなよ」

「……ん、ありがと」

「風邪薬は俺が買ってくるから、あっても飲まないで。すごく効くやつ知ってるから」

「心配しすぎ。少し疲れただけだから」

ぎこちなく笑った凜子は、それでもまだ不安そうな健太郎の目から逃げるように、窓に身を寄せて目をつむった。


マンションの手前で車を降りた凜子は、健太郎の運転するレンタカーが路地を曲がるのを見送ってから、スマホを取り出した。

休日の昼間に、先日再会したばかりの後輩に電話するのは気が引けたが、今は一刻も早く、胸に淀《よど》む暗いものの正体を知りたかった。

『凜子さん？　どうしたんですか、こんな時間に』

高木萌。三鷹不動産に勤務している後輩はすぐに出てくれた。寝起きなのか、少し眠そうな声だ。申し訳ないと思いながらも、凜子は続けた。

「ごめん。この前聞いた萌ちゃんの上司の話なんだけど。創業家の御曹司とかいう……」

『高見常務のことですか？』

「そう。実はそう名乗る人と知り合ったから、ちょっと確かめておきたくて。その人、どういう見た目なの？」

その時、マンションのエントランスから管理人が出てきたので、凛子は急いで植樹の陰に身を寄せた。部屋に入ってから電話をすればよかったと思ったが、もう遅い。

『……んー、身長は百九十近いかな。若いのにオールバックにして、黒縁眼鏡をかけてます。でも、基本童顔だから、それで年を誤魔化してんじゃないかなぁ。実際は二十六歳ですけど、三十二、三くらいには見えるかも』

「……童顔？」

『若く見えるってだけで、かなりのイケメンですよ。社内にファンもいっぱいいます。写真、探してから送りましょうか？』

心臓が嫌な風に高鳴った。年は同じだ――それに身長も殆ど同じ。

「……その時、前の社長が事故で亡くなったっていう話もしてくれたでしょ。もしかして、その人のお父さん？」

『あ、そうです。噂程度にしか知らないですけど、自分の運転する車で、海に落ちたそうなんです。なんとも言えない亡くなり方ですよね』

もう、これ以上聞くまでもなかった。三鷹不動産の高見常務は健太郎だ。前社長の息子で、そして……。

何故だろう。膝の傷痕が鈍く痛む。今朝の夢で見た、猫を抱いている健太郎。凛子の認識では、それは間違いなく健太郎なのに、何故だか小さな子供だった。

初めて会った時、彼の笑顔に不思議な愛着を感じてしまったのは何故だろう。

預かってくれる人ならいくらでも雇えるはずなのに、常に猫を連れていた健太郎。

足の怪我のことを何も聞いてこない健太郎。

お父さんが亡くなったことを知っていた健太郎。——

(出会った頃、凛子さんが俺の姉ちゃんだったらいいのになって思ってた。俺が年上好きになったの、全部凛子さんのせいだから)

それはいつ？　健太郎と出会ったのはほんの二ヶ月前だけど、絶対にその時のことを言っているわけじゃない。

もっと——もっとずっと前のことを言っているのだ。

誰かと手をつないで走った記憶。大丈夫。なんの根拠もなく励まして、怖じ気づくその子の手を引っ張った。

大丈夫。絶対に私が助けてあげるから。

「……けん……高見常務が、誘拐されたって話があったよね」

口にした時、これが核心なのだとはっきりと分かった。

健太郎ではない、凛子にとっての核心なのだと。

『それ、あまり広めないでくださいね。噂だし、本当だとしても気の毒な話ですから』

後輩は、困ったようにそう前置きをしたが、すぐに声を潜めて続けてくれた。

『噂だと、常務が小学生の時に住んでいた大阪で、そういうことがあったそうなんです』

――大阪……。

ドクンッと胸の底にあるものが鈍く疼いた。

『ただ、警察沙汰になる前に犯人が自首して、常務も無事に保護されたって話です。本来なら大騒ぎになってたはずなんですけど、社長だったお父さんが警察に手を回して、事件そのものをなかったことにしたらしくって』

「……そんなこと、できるものなの？」

『うち、警察から何人も天下りが来てますから、やろうと思えばできるのかもしれないです。もちろん、本当のことは分からないですけど』

握り締めているビニール袋の中から、健太郎がサービスエリアで買ってくれた、たこ焼きの匂いが漂ってきた。温かかったそれはすっかり冷えて、彼の優しさをむげにした罪悪感をいっそう強くかきたてる。

『でも、いくら息子を醜聞から守るためとはいえ、普通そんなことまでしますかね？　それこそ噂にすぎないんですけど、常務の義理のお母さんが主犯だったんじゃないかって話もあるんですよ』

「義理のお母さんが？　なんで？」

その時、凛子の前を横切って、マンションのエントランスに黒塗りの車が滑り込んできた。それがリムジンだと分かった凛子は、少し驚いて目を見張る。

停まった車から、ひどく慌ただしく人が降りてきた。

『そりゃ、相続ですよ。前社長の財産も株も、息子がいなくなれば全部奥様のものになるじゃないですか』

耳に響く後輩の声は、多分半分も頭に入ってこなかった。

車から飛び出してきた凛子の母が、凛子の姿を見つけて血相を変える。その背後には、同じように車から降りた中年の男女が二人。女性の方はすらりと背が高く、芸能人のように美しい。

『前社長が亡くなった時も、後から遺言状が出てきて、それで株の大半を奥様が相続することになったんです。それもおかしな話でしょ？　だから前社長の事故死は、他殺じゃないかって噂かれてるんですよ』

夕方から突然垂れこめた雨雲が、空を夜のように暗く陰らせている。

「健太郎様、私も一緒に参ります」

「いい。草薙さんは、引き続き凛子さんの行方を捜してくれ」

運転席の草薙にそう言い置いて車を降りると、健太郎は十数年ぶりに戻ってきた実家を見上げた。小学校六年生まで暮らしていた家——とはいえ、七歳の時に義母の絵里が来てからは、ずっと他人の家に間借りして暮らしているようなものだった。

今はそこに、義母とその兄の宮沢がいる。健太郎より五歳年下の宮沢の娘も一緒に暮らしている。表札こそ高見のままだが、実態は宮沢家に乗っ取られたも同然だ。

出迎えたハウスキーパーへの挨拶もそこそこに、健太郎は廊下を突っ切ると、リビングの扉を開けた。

中央にしつらえられたイタリア製のソファには、主人面した宮沢が、くつろいだ風に座っていた。その対面には義母の絵里が、隣には宮沢の娘が座っている。

「今、さやかさんと式の打ち合わせをしていたところよ。秋辺りはどうかしらね」

冷ややかな声で絵里が言った。久しぶりに顔を合わせた従妹は、健太郎を見上げて遠慮がちに頭を下げる。宮沢の一人娘で、いかにも父親の言いなりという感じの、大人しい女性だ。母親は、五年ほど前に宮沢と離婚して家を出ている。

「僕はもう結婚している」

「それなら離婚届を預かってるから、すぐにサインしてちょうだい。お互いこの件では訴えないことで話がついてるから」

机には、凛子のサインと押印がされた離婚届が置かれている。険しい目でそれを一瞥した健太郎は、絵里を無視して宮沢に向き直った。

「凛子さんを、どこにやったんです」

宮沢は呆れたように鼻で笑い、卓上のワイングラスを取り上げた。

「もうあのマンションは引き払うそうだ。お前も、早々に荷物を運び出すことだな」

「――言え！ 彼女をどこにやったんだ」

ワイングラスが床で砕け、さやかが小さな悲鳴を上げた。

胸ぐらを掴まれた宮沢は、一瞬驚いたように片眉を上げたが、すぐにニヤリと笑って健太郎の腕を振り払う。

「まさかお前に、そんな顔ができるとは思わなかった。かよわい兎《うさぎ》だと思っていたら、とんだ虎だったという訳か」

「あの子なら、お母さんと一緒に故郷に帰っただけよ」

侮蔑を含んだ声で、絵里が言った。その隣ではさやかが怯えた目で身をすくめている。

「大事な息子が勝手に結婚していたんですもの。向こうの親御さんに事情を聞くのは当然でしょ？ しかも結婚相手があの男の娘だなんて、黙っていられるわけがないじゃない」

話したのか。――と、絶望的な気持ちで健太郎は悟った。どう言葉を尽くしても傷つけるしかない事実を、よりにもよってこの人たちの口から知らされてしまった。

「向こうのお母さんに、泣いて土下座されたよ」

煙草の煙をふかしながら、宮沢が言った。

「気の毒に。お前さえ余計な真似をしなければ、掘り起こさずに済んだ過去だったのに」

「……凛子さんは、何も覚えていないんだ」

健太郎は虚ろに呟いた。彼女の記憶は何故だか別のものに置き換えられ、健太郎の顔も名前も、思い出してはくれなかった。事故の後遺症でそうなったことは知っていたが、それでも——あるいは——顔を合わせて話してみれば、思い出してくれると思っていた。

でも、無理だった。

「知ってるさ。建物から落ちた時にひどく頭を打ったんだってな。だから余計に気の毒だと言ってるんだ。可哀想に、土下座するお母さんの隣で、真っ青になって震えていたぞ」

健太郎は黙って眉を寄せた。その時の彼女の心情を思うと、息もできない。

「まさか自分の父親が犯罪者だとは夢にも思っていなかったんだろう。母親が必死に隠していたようだが、お前のせいで水の泡だ。全く罪な真似をしたものだよ」

「あの子は、お前を誘拐した犯人の娘なのよ？」

絵里の言葉が、胸の深い部分をえぐるようにして突き刺さった。

「しかも、お前が一人で公園に遊びに行っているのを、父親に話していたのがあの子だったのよ？　いわば、誘拐の共犯みたいなものじゃないの」

「やめろ！」

声を荒らげ、健太郎は拳を震わせた。この人が凜子と彼女の母親に何を言ったのか、もうそれだけで分かった気がした。

今度は宮沢が、健太郎の胸ぐらを掴み上げた。

「健太郎、今回のことは私も絵里も忘れてやる。お前が私を裏切って、密かに株を買い占めていたことも含めて全部だ」

「——、僕のしたことで、伯父さんに許しを乞うことは何もない」

「お前はそうでもあの子はどうなる。あの子と母親が暮らす小さな町に、父親が誘拐犯だったことを言いふらしてやろうか。どうせ今の会社は辞めることになるだろうが、どこにも再就職できないどころか、結婚だってできやしないぞ」

喉を鳴らした健太郎を、宮沢は壁に押しつけた。

「そういえばあの娘、お前とつき合う前も既婚者と不倫していたんだってな。で、今度は婚約者がいるお前を誘惑したってわけだ。さやかにあの子を訴えさせてもいいんだぞ。婚約者には慰謝料請求権があるんだからな」

「お父さん、そんなこと」

そこでたまりかねたように声を上げたさやかを「黙ってろ！」と宮沢は怒鳴りつけた。

「裁判の結果などどうでもいいんだ。うちは高額訴訟を起こす余裕があるし、向こうにはそれがない。訴えられただけであの子は社会的に終わりだよ」

垂れた目のこめかみの辺りが、興奮のせいかひくひくと痙攣している。

「さやかと結婚しろ、健太郎。そして次の役員会議で、私を社長に据え置くことに同意しろ。それで何もかも水に流してやる。言っておくが、これはお前のためでもあるんだぞ」

「――断る。僕一人が引いたところで、伯父さんを退任させる流れは変わらない。伯父さんはやりすぎたんだ」

ガンッと、肩が激しく壁に押しつけられた。

「何も知らないクソガキが。お前もしょせん、奴の駒だってことが分からないのか」

――……奴の駒？

「私もお前も、この歯車から絶対に逃げられない。逃げ出そうとした親父がどうなったのか、お前だって知っているだろう？」

「……どういう意味だ」

顔を寄せた宮沢が、囁くような小声で言った。

「俺と絵里を、お前の親父に引き合わせたのは誰だと思う。稲山会に会社の金を流すシステムを作ったのは誰だと思う。俺がやったと思っているならお笑いぐさだ。俺たちが来る以前から高見の家には、悪魔が巣くっていたんだよ」

——悪魔。

その例えに、健太郎は強張った顔を上げた。

「それは……誰のことを言っているんだ」

「本当はお前にも分かってるんだろう？　高見家の財産管理をしているのは俺でも絵里でもない。最初からずっとあの男だろうが」

「…………」

「あいつはな、警察に疑われ始めた俺を捨てて、お前に乗り換えるつもりなんだ。お前の親父を切り捨てて俺に乗り換えた時のように」

足元がぐらぐらと揺れている。今、耳にしているのは一体なんの話だろう。

「お前の親父は何度もあいつから逃げようとした。でもお前を誘拐されて、結局言いなりになる道を選んだんだ。何があったのか、最後は事故を装って殺されたがな」

動けなくなった健太郎を突き放すと、宮沢は肩をそびやかしてきびすを返した。

「いいか、小僧。今、俺が言った条件がのめなければひどい目に遭うのはお前じゃない。どんな手を使ってもあの娘を追い込んでやるから覚悟していろ！」

# 第五章　もう一度、一緒に

どこか遠くで、汽笛の音が響いている。

凛子はぼんやりと目を開けた。——ここ、どこだっけ。

「凛子、いつまで寝てるの」

襖《ふすま》の向こうから母、政恵の声がした。

「お母さん、畑の草抜きに行ってくるから。洗濯物干しておいてね」

ぼんやりと目を動かして、壁にかかった時計を見る。午前八時。一瞬ひやっとしたが、もう仕事に行く必要がないことを思い出す。

もっと言えば朝食の支度もしなくていいし、ソラの餌を用意する必要もない。

「あと、少しはご飯食べなさいよ。冷蔵庫に、凛子の好きそうなもの入れておいたから」

ガラガラと引き戸が閉まる音がした後、古い日本家屋に静寂が満ちた。

ややあって、近所の人と母が挨拶を交わす声が聞こえてくる。それも聞こえなくなってから、凛子はようやく布団から出た。

居間に入ってテレビをつけると、全国ニュースをやっていた。傘を差したお天気キャスターが、雨が降る渋谷駅の前に立っている。

『発達した台風六号が、明日にかけて関東地方を直撃する可能性が高まっています』

凛子はぼんやりと窓の外の青空に目を向けた。東京は雨でもこの地方は快晴だ。それが、ひどく不思議なことのように思える。

あれから、およそ一週間がすぎようとしていた。

今日は土曜日だから、仕事も一週間休んでしまったことになる。会社には体調不良とだけ連絡しているが、そろそろ退職の意向を伝えないといけない。

もう東京に凛子の戻る場所はない。マンションは解約し、荷物は業者が処分してくれた。光熱水費もカーシェアリングの登録も、全部母が解約の手続きを済ませている。

凛子は意思のない人形みたいに、母の言うがままになっていた。大怪我を負った小学校の時と同じ――だが、その時と違い、母は一言も凛子を責めたりはしなかった。

(ほんっとうに申し訳ありません。本当に、本当に申し訳ございません)

マンションのエントランスで、コンクリートに額をすりつけるようにして土下座していた母の姿が、昨日のことのように脳裏に鮮明に残っている。

（凛子は何も知らないんです。息子さんに婚約者がいたことも、うちの人が息子さんに何をしたのかも。あの事故で頭を打って、記憶をなくしてしまったんです）

謝罪する母に、健太郎の伯父と義母を名乗る男女は、虫けらでも見るような目を向けた。

（あの父にしてこの娘ありだな。結局うちの金が目的で、健太郎に近づいたんだろう）

（健太郎はね、あなたのお父さんに誘拐されたトラウマで学校にも行けなくなったの。記憶がないなんて誤魔化してるけど、本当は父親の手助けをしてたんでしょ？）

（そうじゃなきゃ、健太郎とあなたが、誘拐現場で一緒に発見されるはずないじゃない）

呆然とその場に立ち尽くす凛子の前に、母は必死の形相で立ち塞がってくれた。

（違うんです。それは、本当に違うんです）

（もうこの子を、二度と健太郎さんには会わせません。それで、どうか許してください）

そこからしばらくのことは、コマ送りのフィルムのような記憶しかない。部屋に戻って荷物をまとめ、会社とマンションの管理人に電話してから、母と一緒にタクシーに乗った。

母は、必要なこと以外何も話さず、凛子もそれは同じだった。

二人の間には奇妙な静けさと緊張感があって、それはまるで、コップの縁まで溜まった水が、ほんのわずかな刺激で溢れてしまう、その直前の空気に似ていた。

何か話すと、それがきっかけで感情の均衡が失われてしまうことが、以心伝心で分かっていたのかもしれない。

タクシーに乗った直後から、スマホに健太郎からの電話が入り始めた。動けない凛子に代わってそれを取り上げたのは母で、多分その時、健太郎からの連絡手段は全てブロックされたはずだった。

あれきりスマホは母の手元にあるから、はっきりと確認できているわけではないが。

冷えたたこ焼きを持ったままだったことに気づいたのは、新幹線に乗ってからだ。

(何それ、もうふやけてべしゃべしゃじゃない。臭いもきついし捨てちゃいなさい)

母は眉をひそめたし、凛子もそうしようと思ったが、その時、突然涙が溢れてきた。

——揚げ団子とたこ焼き、凛子さん、どっちがいい?

あれが最後になるなら、どうしてあの時、もっと機嫌良く振る舞えなかったんだろう。

もっと笑ってあげればよかった。温かい内に、健太郎と一緒に食べてあげればよかった。

もう二度と会えないのに。あれが二人にとって、人生で最後の会話だったのに。——

泣きながらたこ焼きを食べる凛子を、母は何も言わずに見つめていた。

帰郷した日も、その次の日も、健太郎のことを思い返しては凛子は泣いた。

父親が起こした事件や自分がそれに関わっていたかもしれないことよりも、健太郎に二度と会えないことが、息もできないくらい苦しくて辛かった。

彼が、どういう目的を持って凛子に近づいたかなんてどうでもいい。いや、最初からどうでもいいことだった。再会した時に見せた彼の嬉しそうな笑顔や、二人で暮らした半月余りの情熱的な態度が全てだった。

すぐにでも東京に戻って、健太郎に会いたい。過去のことや疑っていたこと、勝手に消えたことを謝って、これからも一緒にいたいと伝えたい。

でも——できない。

まるで大波に揺られるように、気持ちは何度も揺れ動いた。夜中に跳ね起きて荷物をまとめかけては、途中で手を止めて泣き崩れた。

会えるわけがない、行けるわけがない。二人の気持ちが過去の事件を乗り越え、彼が凛子を許してくれても、二人の周りが許してくれるはずがない。

怒り狂っていた健太郎の義母と伯父。当たり前だ、健太郎の人生を狂わせた犯罪者の娘が彼と結婚していたなんて、彼を大事に思う人なら誰だって許さないだろう。

ずっと夫の真実を隠し続けていた母も、過去をあんな形で蒸し返されて、心がズタズタに傷ついたに違いない。

もし凛子が健太郎のもとに走ってしまったら、再び両家に同じ騒ぎが——いや、もっとひどい騒ぎが起こるのは目に見えている。

四日経ち、五日経つ内に、心は少しずつ凪《な》いでいった。

そして今、彼を永遠に失ったことを、凛子は少しずつ受け入れ始めている。その上で初めて気がついた。

もうこんなにも深く、健太郎は凛子の中に入り込んでいたのだ。彼を忘れようと決めた時から、心の一部もえぐられたようになくなった。それはもう何をしても戻ってこない。

凛子はのろのろと立ち上がり、着替えと洗顔を済ませてから、洗濯籠を持って庭に出た。

小高い丘にある家からは、狭い町並と海が一望できる。物干し竿に引っかけてあった麦わら帽子を被ると、凛子はよく晴れ渡った空を見上げた。

海から吹き上げてきた潮風が気持ちよかった。悪くないな——と、ふと思った。

このまま、生まれ故郷で静かに生きていくのも悪くない。今にして思えば、東京で就職することに、母があれほど反対していた理由がよく分かる。

十歳の夏休み。誘拐事件が起きた現場で発見された娘に——父親の共犯者だと疑われていた娘に、母はずっと嘘をつき続けてくれたのだ。

おそらく亡くなった祖父母だけは真実を知っていたのだろうが、他の親戚たちは母の嘘を本当のことだと信じている。つまりこの町にいる限り、凛子の人生に過去の厄災が降りかかってくることはない。

「凛子、何やってるの。洗濯物を干す時は叩いてからって言ったじゃない！」

その時、背後から母の声がした。黒の日よけ帽子を被り、首にはタオルを巻いている。

「本当に何をやらしてもあんたはだめねぇ。ほら、よく見ておきなさい」

その言葉に、心は自然と萎縮して傷ついている。でも同時に、守られている心地よさもある。

「そうそう。来週辺り、お母さん一人で東京に行ってくるから。あんたの会社に、一度は挨拶に行かないといけないでしょ」

「……それくらい、私が行くよ」

「だめ。あんたはこっちに残ってなさい。うっかり健太郎さんに顔を見られて、向こうに騒ぎ立てられたら大ごとになるじゃない」

凛子の顔を見ないままで母は続けた。

「何年か前に、あんたの会社が三鷹不動産の子会社か何かになったって聞いた時、嫌な予感はしたのよね。その頃お母さん、何度も会社を辞めて見合いしろって言ったでしょ」

「……うん、そうだった」

「あんた、戸籍まで分籍して、私から逃げようとしたじゃない。それで私も諦めたのよ。三鷹不動産の社長の名前も高見じゃなくなってたから、多分大丈夫だろうと思って」

「……ごめんなさい」

「あんたは知らなくても、健太郎さんは知ってて近づいてきたんでしょ？　こっちが悪者なのは百も承知だけど、あの子もなかなか残酷ね。そんな悪い子には見えなかったけど」

ぱんっぱんっと母の日焼けした手がシャツを叩くのを見つめながら、これでいいんだと改めて凛子は思っていた。このまま――この手に守られていれば、健太郎のことで二度と誰かを傷つけることはない。二度と自分が傷つくことはない。

その時、突然吹き上げてきた突風が、凛子の麦わら帽子を舞い上がらせた。

「もうっ、ちゃんと紐を結んでおかないから、そうなるのよ」

「ごめんなさい」

母の小言を背中で聞きながら、凛子は飛んでいった帽子を追い掛ける。空を舞った帽子が坂道に落ちて転がった先に、スーツ姿の男性が立っていた。

クラシックなフォルムの黒いスーツ。濃紺のネクタイに磨き抜かれた黒の革靴。背が高く、一見すっきりとした痩身なのに、腰にも腿にも逞しい筋肉がついている。

髪は、最後に会った時とは別人のように短くなって、表情にはこれまで見たことのない寂しげな憂いがあった。

立ち尽くす凛子とその背後の母に向けて、健太郎は深々と頭を下げ、そして言った。

「凛子さんを迎えに来ました」


十四畳はある仏間が、健太郎一人いるだけでとんでもなく狭く見える。

秒針の音さえ聞こえそうな静けさの中、母と健太郎は座卓に向かい合って座っていた。

訪問者が健太郎だと知った母は、平身低頭してかつての非礼を詫びたが、その慇懃《いんぎん》すぎる態度は、むしろ強い拒絶の意志を表しているようでもあった。

台所で二人分のお茶を用意した凛子は、盆にそれを載せて仏間に入った。

「ありがとう」

健太郎が笑顔をこちらに向けたが、凛子は気づかないふりで母の隣に腰を下ろした。

まだ凛子は、健太郎の目を一度も見ていない。見てしまったら――せっかく落ち着きを取り戻した心が、二度と元に戻らないくらい乱れてしまうのが分かっていたからだ。

「こっちは随分と気候がいいですね」

健太郎は、礼儀正しく茶を一口飲み、穏やかに口を開いた。

「東京は昨日からずっと雨です。ニュースは台風のことばかりですよ」

目は逸らせても、耳ばかりは塞げない。

健太郎の穏やかな声と息づかい。全部愛しくて、苦しくて、息もできない。

「健太郎さん。あなたには本当に申し訳ないことをしたと思っています」

その空気を断ち切るように、母が姿勢を正して両手を前についた。

「あの事件が原因で、学校を長期で休まれたことも、お仕事に差し障りがあったことも聞いています。どう言い訳しても許されることではありません」

そのまま母が頭を下げたので、凛子も同じように、姿勢を正して頭を下げた。

これが母娘二人の作った壁で、入ってこようとする健太郎を遮断し、傷つけることが分かっていても、そうせざるを得なかった。

「もうご承知かもしれませんが、主人はあの事件の四年後に亡くなりました。酒に溺れて身体を壊し、まるで天罰みたいな惨めな亡くなり方でした」

健太郎は何も言わず、黙って母の話を聞いている。

「あなたが負った心の傷を思うと、それで許してくれと言えないことは分かっています。でも……凜子が今回失ったもののことも、少しは考慮して欲しいんです」

うつむいた凜子は、健太郎を見ないままに喉を震わせた。

「あなたがどういう気持ちで凜子に近づいたのかは聞きません。でも、その結果としてこの子は、住む家も仕事も何もかも失ったんです。それで堪忍してもらえませんか」

そこで母の視線を感じ、凜子はこくりと唾を飲んだ。畳についた指がかすかに震える。

「……ごめんなさい」

糸のような細い声で、それだけをようやく言った。自分の顔から表情が消え、心がバラバラに砕けてしまったような気がした。

ほんの一メートル先に、夢に見るほど会いたかった人がいるのに、顔を見ることも、気持ちを伝えることもできない。

彼と別れて東京を後にした時よりも辛かった。こんな残酷な時間が待っているくらいなら、二度と会わないでいた方が何倍もマシだと思えるほどだ。

頭を下げる母娘の前で、健太郎が居住まいを正す気配がした。最後通告を告げられる予感に凛子はびくっと肩を震わせる。が――

「結婚させてください！」

外まで響くほどの大声で言うと、健太郎はガバッと頭を下げた。

「預かった離婚届は出していません。高見の家とも縁を切ります。お願いします、このまま僕らを本当の夫婦にしてください！」

「……健太郎さん、子供じゃないんですから」

ため息をついた母が、疲れたように顔を上げる。

「家族との絶縁なんて、簡単にできるわけがないでしょう。あなたと一緒になれば、凛子は永遠に誘拐犯の子供と言われ続けるんですよ？」

「だったら二人で海外で暮らします」

「あなたと凛子はそれでよくても、残された家族はどうなるんですか」

初めて色をなし、母がきつい声を上げた。

「健太郎さんのご家族の心情を思うと、凛子にはそんなことを願う資格すらないんです。親の立場になって考えてみてください。自分の子供を誘拐した犯人の娘なんですよ？」

健太郎は黙っている。うつむいて凛子の返事を待っているようにも見える。

凛子はなんと言っていいか分からなかった。彼が結婚させてくださいと言った時、全身が浮き立つような歓喜に満たされたが、すぐにそれは最初より深い悲しみに沈んでいった。

そんなことが――できるわけがないからだ。

「帰ってください。これ以上居座るようなら、私が高見家に連絡します」

突き放すように言った母が、健太郎の湯呑みを取り上げて盆に載せる。

「凛子さんは、妊娠しているんです」

母の手から湯呑みが転がり落ち、中に残っていた茶が盆上に零れた。


数秒、時が凍りついたような沈黙があった。口をОの字にしたまま固まった母が、がくりと腰を抜かすのが分かった。

「……は？　はっ？　凛子、えっ、はっ？　妊娠？」

「ちょっ、健太郎、何、なんの冗談なの？」

愕然としていた凛子も、それでようやく箍《たが》が外れたように声を上げた。

健太郎も、びっくりしたように顔を上げる。

「冗談じゃないよ。凛子さん、俺に迷惑をかけたくなくて隠してるんだろ？」

「は……はい？」

「急に食欲がなくなって、顔色も悪くなってさ。実は旅行に出る前日、引き出しに妊娠検査薬が入ってるのを見つけたんだ。まさかと思ったけど、やっぱりそうだったんだろ？」

いや、それはいちまつの女将に押しつけられたもので、決して自分で買ったわけじゃない。

唖然とする凛子の前で、健太郎は照れたように頭を掻いた。

「……俺、めちゃくちゃ嬉しくて、なんかもう舞い上がっちゃってさ。旅行帰りに、いちまつにソラを引き取りに行った時も、女将さんから出産した時の話を聞いてたら、すっかり帰りが遅くなっちゃって」

「ちょっと待って」

今度は凛子が、急いで健太郎を遮った。

「ま、まさかと思うけど、女将さんに私が妊娠したって話したんじゃないわよね」

「……した。凛子さんが休んでるの、みんな悪阻《つわり》だと思ってるけど」

凛子はへなへなとくずおれた。

健太郎、この早とちりの大馬鹿者。この極めて深刻な状況に、何を余計な要素を詰め込んでくれたんだろう。

「妊娠なんかしてません！　馬鹿じゃないの？　私たち、こないだつき合い始めたばかりなのよ？　それがどうして妊娠なんて発想になるのよ」

「え、でも、一週間もあれば十分可能性があるって、女将さんが……」

そこでゴホンッと咳払いが聞こえた。その場に母がいることをすっかり忘れていた凛子は、一気に現実に引き戻されて固まった。

最低だ。もちろん同棲《どうせい》していたから男女の関係だったことは察しているだろうが、間違いなく母親の前でするような会話ではなかった。

「……凛子、それは健太郎さんの言うとおりよ。あんた、生理は来てるんでしょうね」

「え、……えと、今月はまだだけど」

深いため息をついた母が、こめかみに青筋を立てて立ち上がった。

「薬局に行ってくる。まずはそっちを確かめなきゃ話にならないわ」

そこですかさず健太郎が立ち上がった。

「検査薬なら用意しています。お母さんの前で確認してもらうのが一番だと思いまして」

そこで噛み合った二人の目が、今日初めて意気投合した。

「ありがとう、健太郎さん。――凛子、さっさとトイレに行ってきなさい！」

未だかつて、これほど恥ずかしい思いをしたことがあっただろうか。

母と元恋人が眉を寄せるようにして見守っているのは、妊娠検査用のスティックである。マーカーに赤線が二本出れば妊娠の証だ。その検査が、どのような過程を経て行われるか当然三人とも知っている。

凛子はもう、穴があったらそこに入り込んで消えてしまいたい気持ちだった。

「じゃあ健太郎さんは、会社を継がないつもりなの？」

「ええ、近々役員を辞任することになると思います」

しかし、凛子がトイレから戻ってくると、母と健太郎の間にある空気は、最初とはまるで違うものになっていた。

母を覆っていた鋼の壁はなくなり、どこか打ち解けた――というより、諦めにも似た脱力した空気が感じられる。

それでようやく凛子にも分かった。つまるところまた健太郎にしてやられたのだ。彼が得意としている人たらしマジックに。

自分をピエロにして周囲の怒りを収めてしまう、例のあれだ。とすれば、妊娠云々《うんぬん》の騒ぎは彼が意図的に仕組んだもので、結果は最初から分かっているのかもしれない。

「それが凛子のためだなんて言わないわよね。そんな価値は、この子にはないわよ」

「僕はあると思いますが――残念ながら、凛子さんは無関係です」

人懐っこい目で、白い歯を見せて笑う健太郎。凛子も経験したことだが、その笑顔を見て不機嫌でい続ける方が難しい。

「あくまで僕側の事情で、今、マスコミで報道されていることと無関係ではありません。僕の家は、そんなご大層なものじゃないですよ。むしろ、凛子さんに来てもらうのが申し訳ないくらい面倒な家ですから」

「……なんにしたって、そんなことにはならないわよ」

苦く笑った母は、自分の手元に視線を落とした。

「営利誘拐を目論んだ男の娘よ。健太郎さんがどう思おうが、それが世間の下す評価なの。私はね、凜子にそんな負い目だらけの人生を歩んで欲しくないのよ」

息をのんだ凜子は、いたたまれない気持ちになって健太郎を見たが、彼は静かな目のままで、黙って母を見つめている。

「……凜子が十歳の夏休みよ。あの頃の凜子はおてんばで、親の言うことなんかてんで聞かない強情な子でね。出稼ぎで大阪に行った父親の後を追って、一人で夜行バスに乗って行ってしまったの。今でも死にたいほど後悔してるわ。どうしてあの時、凜子をひっぱたいてでも止めなかったんだろうって」

母は唇を震わせ、激情をのみ込むように目をつむった。

「後のことは、健太郎さんの方がよく覚えているのかしら。夏休み最後の日に、どうしてだか戻ってくるはずの凜子が帰らず、代わりに警察から連絡があったの。凜子が廃ビルの二階から落ちて大怪我を負ったって」

それは母の口から初めて語られる、凜子の記憶にない事故の真相だった。

「――当時は何が起きたのか本当に分からなかった。なんで凜子がそんな場所に行ったのか、どうして夫と連絡が取れないのか。でもその後、夫が警察に出頭したと聞いて……」

母の膝の上で日焼けした手がかすかに震えている。

「弁護士さんに全てを聞かされたのは一週間も経ってからよ。借金の取り立て屋に追い込みをかけられたあの人が、凛子と遊んでいた子供相手に企《たくら》んだ誘拐。……誘拐した子供を廃ビルに閉じ込めたのはいいけど、その後怖くなって自首。警察が駆けつけた時には、何故だか凛子と健太郎さんが、折り重なるようにして建物の下に倒れていたそうよ」

全く記憶していないにもかかわらず、それが本当にあったことだと直感的に分かった。

あちこち骨折していた身体。入院中に繰り返し見た誰かと手をつないで逃げる夢。

やっぱりその相手は、健太郎だったのだ。

「あんな大事件がよく表沙汰にならなかったと思うけど、この件について一切口外しないことと引き換えに、主人と凛子のしたこともなかったことにすると言われたの」

凛子はびくっと肩を震わせる。――私の、したこと。

「凛子は何も覚えていないけど、現場で発見された以上無関係じゃなかったんでしょ。父親についていったのか、それとも連れていかれたのか。――最初から誘拐目的で健太郎さんに近づいたのか」

唇を震わせた凛子は、強張った顔を上げて健太郎を見た。それだけは違うと言いたかった。でも、記憶が戻らない以上何も言えない。

時折夢で見る、誰かと――子供だった健太郎と手をつないで逃げる夢。あれが何を意味しているのか、まだ凛子には分からないのだ。

「でもあの人は、凛子については一切弁明せず、黙って私たちの前から消えたのよ」

母が、自分の膝で拳を握り締めるのが分かった。

「せめてあの人の口から、凛子のことだけは否定して欲しかった。凛子が誘拐の手助けなんかするはずがない。あの人が、凛子を巻き込むなんてあり得ない。——でもあの人は、何を聞いても黙ったままで、最後に、離婚届だけを送りつけてきて……」

振り絞るように言った母は、エプロンを掴み上げて目に押し当てた。

「それだけは、今でも私はあの人を許してない。頭が悪くて女にだらしない男だったけど、気持ちだけは優しい人だと思ってた。でも違った——最っ低のクズ男だったのよ」

胸がえぐられるような思いで、凛子は母の背中に手を当てた。

母があの事件以来抱き続けていた深い苦悩を、初めて知ったような気持ちだった。

「……お父さんは、凛子さんとお母さんを守りたかったんだと思います」

静かな声で口を開いたのは、健太郎だった。

「守りたかった……？」

「僕にも、何故凛子さんがあの場に現れたのか分かりません。お父さんについていったのか、連れていかれたのかも分からない。——でも、ひとつだけ間違いのない事実がある。彼女は、僕を助けるために来てくれたんです」

母が泣き濡れた顔を上げる。

「あの時、ビルには僕を殺そうとしている男がいました。お父さんは自首されていたから、お父さん以外の男です。凛子さんはその男から僕を守るために一緒に逃げて、唯一の逃げ道だった窓から、僕と飛び降りてくれたんです」

凛子はこくりと唾を飲んだ。それが本当のことなら、断片的に見ていた夢とも辻褄《つじつま》が合う。でもそんな大切なことを、どうして私は思い出せないんだろう。

もどかしげに顔を上げた凛子を、健太郎は優しい目で見てから言った。

「今、僕に言えるのは、あの誘拐事件にはもう一人犯人がいて、その人物がお父さんを使って僕を誘拐させたんだろうということです。その人物は、おそらくお父さんを脅したんだと思います。余計なことを言えば、お母さんと凛子さんに危害を加えると」

「そんな、……漫画やドラマじゃあるまいし」

「今、マスコミがうちの会社や社長のことを、どう報道しているかご存じですか。うちの家にはそういう筋の者がいる。どうかそれで察してください」

きっぱりした口調で母に言うと、健太郎はようやく口元を緩めて微笑んだ。

「本当のことを言うと、僕はずっと凛子さんを探していたんです。まだ凛子さんが犯人の娘だと知る前のことですが」

凛子は何も言えないまま、うつむいて睫を震わせた。

現場で、初めて健太郎と引き合わされた日のことを思い出す。

（こんにちは、俺、健太郎です）

猫を連れているのにまずびっくりしたが、おかしな挨拶をする子だとも思った。まるで昔の知り合いに久しぶりに会ったような。

健太郎は続ける。

「でもなかなか見つけられなくて、小学校六年生の時、……父が亡くなった時にですが、父の秘書だった人から、僕の探している人が誘拐犯の娘であることや、今、お母さんが言われたことなどを聞きました。知った時は……人生で、一番落ち込んだかもしれません」

かすかにその眉が歪むのが分かった。

「それで、凛子さんを探すのを諦めました。でも誤解しないでください。諦めたのは、どんな形であれ僕が会いに行けば、彼女を傷つけてしまうことが分かったからです」

安心して凛子さん――と、健太郎が声を出さずに言っているような気がした。

何があっても傷つけたりしないからと、そんな強い意志が彼の口調から伝わってくる。

「それから何年も経って、……今年の春です。僕が懇意にしている人の現場に彼女が管理員として派遣されてきました。彼女は気づきませんでしたが、僕もその日、別の用事で現場を見に行っていたんです。顔も身体つきも昔の印象のままの彼女を見て、僕は……純粋に思い出して欲しいと思った。僕はその時、夏には会社を辞めて海外に移住することを決めていました。その前に——僕にとって人生で一番楽しかった思い出を共有する彼女に、どうしても僕のことを思い出して欲しくなったんです」

凛子は思わず顔を上げた。健太郎がまっすぐに自分を見ている。

「僕にとって誘拐事件がとうに忘れた過去であるように、彼女にとっても過去だろうと、そんな風に軽々しく考えていました。そうでないことは、一緒にいる間に少しずつ分かってきた。彼女は……自分にひどく自信をなくしていて、いつも誰かの顔色を窺《うかが》って怯えているようなところがありました。その相手がお母さんだと分かった時、僕は……あるいは僕に関わる過去の事件が、お二人の関係を歪めてしまったのかなと、思ったんです」

母はしばらくの間、眉根をきつく寄せて空を見ていた。何かを反論しようと唇を動かしてはそれをのみ込み、自分の中の葛藤と必死に闘っているようだった。

やがてその目に不思議な静けさが戻ってくる。その目のままで、母は卓上のスティックを取り上げた。

「陰性よ」

「そうみたいですね」

「驚かないのね。最初から想定済み？」

「……万が一の可能性に賭けたんです。でも僕の負けでした」

健太郎は苦笑して、再び居住まいを正すと頭を下げた。

「また改めて出直します。本当のことを言えば会社が少しごたごたしていて、すぐにでも東京に戻らないといけないんです」

そこで言葉を切ると、彼は何度か逡巡《しゅんじゅん》してから、内ポケットから封筒を取り出した。

「……離婚届です。凛子さんが出したい時に出してください」

それだけで、彼もまた最後のつもりでここに来たことが凛子にも分かった。

どうあがいたところで過去は決して変わらない。

母の気持ちを動かせないことも――凛子の気持ちがそれに引きずられてしまうことも、健太郎は最初から分かっていたのだ。

「――健太郎」

家を飛び出した凛子が健太郎に追いついたのは、ちょうど帽子を拾ってもらった坂道の途中だった。

健太郎は驚いたように顔を上げたが、離れた場所で足を止めた凛子を見て、少し寂しげに笑った。

「また来るよ。それまで離婚届は出さないでくれるといいんだけどな」

凛子は唇を開きかけて、また閉じた。今の言葉が本当なら、何故離婚届を持ってきたのと聞きたかったが、健太郎の目を見て、聞く必要がないことが分かった。

健太郎はもう来ない。彼はどこまでも彼らしく、明るい気持ちのまま凛子と別れようとしているのだ。

でも、もし凛子が妊娠していたら、彼はどうするつもりでいたのだろう。彼の言ったように家族と縁を切って、二人で海外に逃亡するつもりだったのだろうか。

その答えは、もう永遠に分からない。

「け、健太郎がさっき話してくれたこと、……私は、何も覚えてないんだけど」

顔を背け、迷うような気持ちで凛子は言った。いっそう辛くなるのが分かっていて彼を追い掛けたのは、どうしてもこれだけは確認しておきたかったからだ。

「あの時ビルにいて、健太郎を殺そうとした人って、もう捕まってるの？」

「なんだ、てっきりついていくって言われると思ったのに」

健太郎は苦笑して、不意に強くなった風に目を細めた。

「実は、最近のことなんだ。その相手が誰か分かったのは」

「……最近？」

「うん。だから俺自身がけりをつけてこようと思ってさ。その人が警察に捕まって、それで何もかもはっきりしたら、多分凛子さんの方が俺と別れたくなるよ」

「どういう意味？」

「……家も会社も、財産も全部なくすと思う。多分、残るのはソラ一匹だ」

健太郎はおどけたように言って、ほんのわずかだけ肩をすくめた。

そんなの――口から溢れ出しそうな言葉は喉で止まり、凛子は黙って視線を伏せた。

でも、たとえ何を言ったとしても、今、二人が別れる事実は変わらない。

そんなの、最初の健太郎じゃない。私が好きになった頃の健太郎じゃない。

じゃ、と軽く手を上げた健太郎が、きびすを返して坂道を下り始めた。

が、数歩進んだところで足を止め、背を向けたままで言った。

「凛子さんはさ、すごくきらきらしていたんだ」

立ち尽くしていた凛子は、思わぬ言葉に眉を寄せる。

「弾けるくらいに明るくて、かっこよくて、強くて、生きる力が全身から溢れてた。俺はそれが、本来の凛子さんなんだと思うよ」

そこで振り返った健太郎は、今日最初に会った時と同じ、寂しげな目で微笑んだ。

「きっと俺も凛子さんも、まだあのビルの中にいるんだよ」

「………………」

「あの時凛子さんが俺を助けてくれたみたいに、今度は俺が凛子さんを助けるよ。過去に決着をつけて、凛子さんが正義の味方だってことを証明してくる」

健太郎は笑ったが、凛子は笑えなかった。

「だから、これからは堂々と胸を張って生きて欲しい。今日は、本当はそれを言いたくてここまで来たんだ」

暗闇の中で、誰かが泣いている。

声は聞こえるのに、どこにもその姿が見当たらない。

健太郎？

いや違う、泣いているのは女の子だ。

めそめそ泣きながら、しゃくり上げている。

(どうしよう、お母さんに怒られる、怒られちゃう……)

――これは、私……？

(大丈夫だよ)

優しい声。温かな背中。

(だって凛子さん、何も悪いことしてないだろ？)

健太郎――そうだった。健太郎は最初からずっとそう言ってくれていたんだった。

もっと自信を持っていいって、もっと好きに生きていいって、ずっと――

「――凛子」

母の声で、はっと凛子は顔を上げた。現実が自分の中に戻ってくる。

卓袱台《ちゃぶだい》に並んだ昼食。正面に座る母。テレビに映るニュース番組。

窓の外は暗く陰っている。関東に向かう台風の影響がこの地方にも出始めたのだ。

あれから丸一日すぎたことが信じられなかった。

昨日健太郎がうちに来て、仏間に座っていたことが、まるで夢で起きた出来事のようだ。

でも、それが現実である証拠に、卓上には離婚届が収められた茶封筒が置かれている。

「ぼんやりしないでさっさと食べちゃいなさい。役場に離婚届を出しに行くんだから」

さばさばとした口調で言うと、母は自分の茶碗《ちゃわん》や箸を持って立ち上がった。

「聞いたら、最近の役場は土日でも受けつけてくれるんだそうね。昨日の内に行っておけばよかったわ」

母は居間に面した台所に立ち、シンクで食器を洗い始める。

凛子は自分の目の前に並ぶ、手つかずの白飯と焼き魚、煮物の小鉢などを見つめた。

自分で作った昼食だ。食卓に並べて席に着き、ずっとぼんやりしていたらしい。

テレビのニュースが東京に大雨が降っていることを伝えている。台風の最接近は今夜零時。

夕方には新幹線も運休に入るらしい。

健太郎は、昨日無事に東京に戻れただろうか。けりをつけると言っていたけど、上手くいったのだろうか。

また気持ちが健太郎に引きずられていくのを感じ、凛子は急いで箸を取り上げた。

それでも、ずっと考え続けている。

（今、マスコミがうちの会社や社長のことを、どう報道しているかご存じですか。うちの家にはそういう筋の者がいる。どうかそれで察してください）

マスコミで報道されているのは、指定暴力団と三鷹不動産社長の関わりだ。つまり、健太郎の命を狙っていたのは――

その時、お天気中継をやっていたテレビが、急に別の映像に切り替わった。

『ここで速報です。東京地検特捜部は、本日午前六時、三鷹不動産本社と同社社長宮沢氏の自宅に一斉家宅捜索に入りました。昨年同社が落札した愛知《あいち》県のリゾート開発に関わる談合容疑ですが、突然の捜索には様々な憶測の声が上がっています』

凛子は息をのんで固まった。テレビ画面が切り替わり、東京で一度会った健太郎の伯父の顔が映し出される。

『宮沢社長には様々な悪評が囁かれていたとはいえ、唐突な印象は否めません。検察の狙いはなんなのでしょうか』

スタジオで、キャスターに振られたコメンテーターが頷きながら口を開く。

『週刊誌で取り沙汰されている、宮沢社長と稲山会との関わりが無関係だとは思えませんね。三鷹不動産から同会に資金が流れているという噂は――』

そこでブツッとテレビが切られた。

「会社がごたごたしてるって、このことだったのかしらね」

母だった。シンクの前で怖い目をしてリモコンを握っている。

「ヤクザと関わりがあるなんて冗談じゃないわ。凜子、一刻も早く役場に行くわよ！」

凜子は呆然としながら考えていた。けりをつけると健太郎は言った。そのことと、今のニュースに何か関係があるのだろうか。

自分の身内にヤクザと関わりのある人がいる。昨日、健太郎が言ったのはそういうことだ。それは宮沢社長のことなのだろうか。だとしたら、子供だった健太郎を殺そうとしていたのは……。

何故だか頭の中に、暗闇で泣いている子供の姿が浮かんできた。それは自分であり、子供の頃の健太郎でもある。

（きっと俺も凜子さんも、まだあのビルの中にいるんだよ）

（あの時凜子さんが俺を助けてくれたみたいに、今度は俺が凜子さんを助けるよ。過去に決着をつけて、凜子さんが正義の味方だってことを証明してくる）

そうだ。健太郎は、今もまだあの場所にいるのだ。

今度こそ、そこから出ようと、私を過去から逃がそうと、一人で必死に闘っている。

「……健太郎」

思わず立ち上がった凛子の腕を、歩み寄ってきた母が強い力で掴んだ。

「昨日あの子が言ったとおりよ。あの誘拐事件はお父さんが一人でやったんじゃない」

凛子はびくっとして足を止めた。

「高見家のお家事情が絡んでいたのはお母さんにだって分かってた。でなきゃ被害者自ら、必死になって事件を揉み消したりするもんですか」

手首を掴む母の指がぶるぶると震えている。

「あんたは知らないと思うけど、あの子のお父さんもおかしな亡くなり方をしてるの。そんな厄介な男のところに、大切な娘を行かせたい母親がいると思う？」

「お母さ、」

「絶対に許さない！　あの時みたいに、また死にたいくらい私を後悔させる気なの？」

凛子の脳裏に、十歳の夏休み、母の腕を振りほどいて家を飛び出した時の情景が蘇った。凛子もまた、死にたいくらい後悔した。どうしてあの時、母親の言うことを聞かなかったのだろうかと。

でも、今分かった。二人はそこを運命の分岐点にすることで、実際に起きたことから目を背け続けていたのだ。

「い、今、行かなかったら、……私が死にたいくらい後悔する」

言葉にした後、母一人をそこに置いていく申し訳なさで胸がいっぱいになった。

「ごめん……、行く。行かせてください」

まだ母の手は緩まない。なのに腕を掴まれた最初と違って、その乾いた大きな手には、まるで守られているような暖かさがあった。

「……まるで子供の頃のあんたを見てるみたいだった。健太郎さんといる時の凛子」

やがて母は、ぽつりと言って凛子の手首から手を離した。

「あの子は誘拐されて、あんたはその犯人の娘のはずなのに、そんなの関係ないみたいに楽しそうだった。……本当はその時から分かってたのかもしれないわね。あんたの人生はお父さんのものでもお母さんのものでもない。あんただけのものだって」

灰色の空から大粒の雨が降っている。

閉じていた扉の向こうに人の気配を感じた健太郎は、うつむいていた顔を上げて、居住まいを正した。

「健太郎様、お呼びでしょうか」

丁寧なノックの後、片手にトレーを持った草薙が入ってくる。

三鷹不動産本社の常務室。警察に全てを押収された部屋はひどく殺風景だった。

書棚は空っぽで、卓上にはパソコンのコードだけが投げ出されている。水差しに一輪差されたキョウチクトウを見てから、健太郎は立ち上がって応接ソファに場所を移した。

「お疲れでしょう。検察の方とのお話はどうでしたか」

いたわるように言った草薙が、健太郎の前に淹れ立ての紅茶を置いた。

薄く開いた扉の外では、休日出勤した社員が、取引先への応対に追われている。

午前中いっぱい、この執務室で捜査員の質問に答えていた健太郎は、ゆらゆら揺れる深紅の液体を見つめてから、草薙を見上げた。

子供の頃、ラクダみたいなおじさんだと、草薙を見る度に思っていた。ひどく大柄で、見るからに鈍重そうで、瞼の垂れた半眼の目には深い温かみがある。

決して宮沢のような極端な垂れ目ではないが、目が垂れているという形容は、瞼が垂れている人にも当てはまる。

でも、その温厚そうな顔が悪魔だとは——全ての真実を知った今でも——健太郎にはどうしても思えなかった。

「たいした話はしなかったよ。伯父さんのしていることで、僕の知っていることなどごくわずかだからね」

紅茶のカップを持ち上げながら健太郎は言った。

「草薙さんは、いつからうちで働くようになったのかな」

「私ですか？」

不思議そうに瞬きをしてから、草薙は考え込むように首を傾げる。

「もう随分前になりますね。……まだ先々代の社長がご存命で、健太郎様のお父上が大学生の頃に、運転手として召し抱えていただいたのが最初だったと思います」

「その前は、なんの仕事を？」

「ハイヤーの運転手です。お父上が副社長に就かれた時に、秘書に取り立てていただきました。――それが、どうかいたしましたか？」

健太郎は、物憂げに目を逸らしてから首を横に振った。

「こんなに長く一緒にいるのに、草薙さんのことを何も知らないんだと思ってね」

「……お疲れのようですね。今日はもう退社されては」

「もう分かっていると思うが、今回検察に伯父さんのことをリークしたのは、僕だ」

遮るように健太郎は言った。

「ただし、僕がリークするまでもなく、検察も内偵を進めていたようだった。もちろん談合のことなんかじゃない。それは捜索に入る表向きの理由だよ」

草薙は瞬きをし、何を言われているのか分からないような表情をしている。

「検察が狙っているのは、僕と草薙さんが長年調査していた例の件だ。伯父さんが会社の資金を洗浄して、稲山会に流しているのではないかという」

健太郎は言葉を切り、膝の上で指を組み直した。

「これまで僕らが調べた情報は、全て検察に提出した。それで検察も一斉捜索に踏み切ったんだ。社長しかアクセスできないファイルも直に開示されるだろう。証拠が出れば伯父さんは逮捕されるし、伯父さんの裏にいる人物の名前も詳《つまび》らかになる」

それは健太郎にとって、あまりに大きな代償を伴う決断だった。今日の一斉捜索の様子は世界中に発信された。待っているのは緩やかな会社の死だ。週明けの株価は最安値を更新するだろうし、父から受け継いだ財産もそれに伴って大半が消える。

「健太郎様が決められたことなら、私に何も言うことはございませんよ」

しかし、穏やかに返す草薙の表情は変わらない。

今朝の一斉捜索の一報を聞いた時も、動ずることなく出社し、マスコミの電話対応に当たってくれた。

普段と一向に変わらないその態度に、健太郎の心は波のように揺れ動いた。

凛子には「けりをつける」と言ったが、心のどこかでは、全ては伯父のついた嘘で、草薙は無関係であって欲しいと願っている自分がいる。

これまで家族のように——いや、家族以上の愛情を持って自分を守ってくれた男が、実は様々な事件の裏にいたなど、とても受け入れられなかったからだ。

草薙の落ち着き払った態度は、健太郎にかすかな希望を抱かせたが、検察が去った後になって、見落としていた盲点があることに気がついた。

おそらく草薙は知っているのだ。会社や自宅からは決して何も出ないことを。

裏取引のデータは、宮沢の持つ社長権限で守られているのではない。最初から別の場所に隠されていたのだ。

その時、すぐに検察に知らせず、今こうして草薙を呼んだのは、それでもなお草薙を信じたいという、願いのような気持ちからだったのかもしれない。

「……草薙さん、現時点で特捜はなんの証拠も得ていない。僕らがその証拠を得られなかったように、彼らも見つけることができなかった。――ただ僕は、僕らを含めた全員が見落としている場所が、ひとつだけあると思っているんだ」

「……と、申しますと？」

「別荘だよ。父が母のために建てた別荘だ。元々母の名義で死後に僕のものになっている。……しかも、僕がその場所を嫌っていたせいで、長年放置されていた」

草薙の表情の変化を見逃すまいと思っていたはずなのに、健太郎は視線を下げていた。

「稲山会への資金提供は、伯父さんが始めたことじゃない。僕の父……いや、祖父の代から続いていたことなんだろう？　だったら草薙さんが知らなかったはずがない。誰も使わない別荘に、月に一度行ってくれていたのも……」

それ以上言葉が続かず、健太郎はうなだれる。驚きも否定もしない草薙の態度が、今の答えが正解であることを告げている。

「それを、検察に仰ったのですか？」

「……言っていない。言う前に、草薙さんと二人で話がしたいと思ったんだ」

健太郎は、膝の間で両手を握り締めた。

「伯父さんは、あたかも草薙さんが全ての黒幕のような言い方をした。僕の誘拐も父の死も、全て草薙さんがやらせたような言い方だった。その全部を信じているわけじゃないし、やむを得ない事情があったと思っている。僕は……どうしてもそれを、直接草薙さんから聞きたいんだ」

しばらくの——健太郎にとっては永遠のような時間の後、草薙は普段と変わらない手つきで、空になった紅茶のカップを盆に載せた。

「健太郎様がこのように立派になられた以上、私に、思い残すことは何もございません」

「草薙さん、」

「検察に行き、全ての真相を私の口からお話ししましょう。ただその前に、私の最後の願いを聞いていただけますか」

せつなそうな口調で言い、草薙は卓上のキョウチクトウに視線を向けた。

「お父上の遺した別荘に、健太郎様に一緒に行っていただきたいのです。お父上が遺されたものを、どうしても健太郎様に見ていただきたいのです」

『ただ今、この電話は、電波の届かない場所にあるか――』

繰り返される同じメッセージに、凛子はため息をついてスマホの通話画面を閉じた。

新幹線はもうすぐ東京駅に着く。台風接近のため、これが今日最後の便だった。

暴風による速度制限がかけられていたせいで、午後二時に乗った新幹線の東京到着時刻は午後八時。外は土砂降りで、空は灰色一色に染まっている。

母に返してもらったスマホからは、健太郎の番号はおろか、友人や仕事先の番号まで消えていた。凛子はやむなくネット検索でいちまつの番号を調べ、電話をかけた。時々ソラをいちまつに預けている健太郎が、女将と番号を交換していることを知っていたからだ。

（凛子ちゃん、一体どこに消えてたのよ。あれから健ちゃん、すっかり元気がなくなっちゃって見るのも痛々しかったんだから）

凛子を責めるだけ責めた女将が言うには、ここ数日現場に姿を見せなかった健太郎は、昨日の朝になっていちまつを訪ねてきたのだという。

（何日か忙しくなるから、ソラを預かってくれって頼まれたの。結構な謝礼を渡されたけど、もちろんそれは返したわ。なのに今日になって、今度は引き取りたいって電話があったのよ）

電話があったのが今日の午後一時すぎ。しかしその三十分後に引き取りに来たのは別人だったという。

（髪の白いお年寄りだったけど、健ちゃんのお祖父ちゃんかしら。ちょうど店のかき入れ時だ

ったし、ソラのこともよく知ってるみたいだから、つい渡しちゃったんだけど）

健太郎に祖父がいるという話は聞いたことがないが、誰だろう。

健太郎が女将とそんなやりとりをしていた頃、凛子は実家から駅に向かって自家用車を走らせている最中だった。新幹線の中からいちまつに電話したのは午後二時。以来、教えてもらった番号に何度かけても健太郎につながらない。

気持ちばかりが焦るが、健太郎にかけた電話はまたもや留守番電話に切り替わった。

電話に出られる状況ではないのかもしれないが、ずっと折り返しがないのは絶対に変だ。

——……健太郎、どこに行けば会えるの……？

凛子に、新幹線を降りてからのプランはない。

仕事先の番号は検索すれば分かるが、あいにく今日は日曜日だ。三鷹不動産にも電話してみたが、当然のように留守番メッセージに切り替わった。

こうなったら、二人が働いていた工事現場の仮設事務所に行ってみるしかない。

さすがに誰もいないだろうが、高虎の電話番号くらいはどこかに書いてあるだろう。

元々健太郎は、高虎の親戚という触れ込みで入ってきた。少なくとも高虎は、健太郎の素性を知っているはずなのだ。

横殴りの雨が吹きつける東京駅では、タクシー乗り場に長蛇の列ができていた。一度は列に並んだものの、前の人の「二時間待ち」という声を聞いて諦めた凛子は、地下鉄に乗り換えて現場に向かった。

混み合う車内の隅に身を寄せて、もう一度健太郎に電話しようとスマホを取り出す。

あまり使っていないメッセージアプリに、最初にはなかったメッセージが届いていることに気づいたのはその時だった。マイナーすぎて、母が唯一見落としてくれたアプリである。

相手は三鷹不動産に勤務している後輩の高木萌だ。何度か〈今、話せない？〉とメッセージを送ったから、その折り返しで送ってくれたのだろう。

同じ会社の萌なら、健太郎の近況を知っているかもしれない。

凛子は、藁《わら》にもすがる気持ちでメッセージを開いた。

〈ごめんなさい。ニュースで知ってると思いますけど、うちの会社、今大変なことになってるんです〉

〈高見常務の写真のことですよね。それなら、さっき同僚にもらったので送ります〉

萌の誤解にがっくりと肩が落ちる。悪いが、今、写真を送られたところでなんの意味もない。急いでメッセージを返そうと思った途端、誤ってタップした写真が画面いっぱいに映し出された。

健太郎だ――グレーのスーツ姿で、会社の前なのか、車から降りている場面である。

眼鏡をかけて髪も整えられている。普段の健太郎とは別人みたいだ。いや、そんなことはどうでもいい。凛子の目が釘付けになったのは、その隣に立つ大柄な老人の姿だった。

薄い白髪を総髪にして、やや背中が丸まっている。身体は健太郎の陰になって隠れているが、横顔ははっきり映し出されていた。

落ちくぼんで瞼の垂れ下がった目。洞穴のような空虚な眼差し。――悪魔。

数秒、凛子の中で時が止まった。

（私だよ。今から、子供を殺しに行く）

バチッ、バチッと瞬く街灯。頭の中で響く声。次の瞬間、自分の記憶を覆っていた殻が音を立てて砕け、過去の情景が凛子の中に蘇った。――

◇

「わぁっ、すごい。この車どうしたの？」

十歳の夏休み最後の日。郷里に帰るためにリュックを背負って外に出た凛子は驚いた。父の暮らすオンボロアパートの前に、ピカピカの車が停まっていたからだ。

「すごいだろ。知り合いから借りたんだ。これで凛子を駅まで送ってやるからな」

珍しくスーツを着ている父は、自慢げに鼻の下を指で擦った。

車は真っ白なセダンで、テールランプが肉食獣の目のような独特の形をしている。

いつも軽自動車かトラックばかり乗っていた父と、そんなかっこいい車に乗るのは初めてで、凛子は興奮のあまり車の周りをぐるぐると駆け回った。

父はそんな凛子を愛おしげに抱き締めると、何度も髪をぐしゃぐしゃとかき混ぜた。

「お母さんの言うことを聞いて、いい子にして待ってろよ。秋にはこんな車に乗って、お土産をいっぱい持って帰るからな」

父の、日焼けした大きな手を見つめながら、少しだけ罪悪感で胸が痛んだ。その日凛子は、父に嘘をついていたからだ。

駅のロータリーで車を降りた凛子は、そこで父と別れた。父は構内まで送ると言ったが、その必要はないと断ったのだ。

もちろんそれには理由があった。今から公園に引き返し、猫を拾ってくるためだ。

（ねぇ、本当に連れて帰って大丈夫なの？）

その前日、健太郎は何度も凛子に聞いた。

涼しげな黒目がちの目、顔はあどけないが、喋り方の抑揚が今と全く変わらない。八歳の健太郎だ。

（だってもうそれしかないじゃん。健太郎一人じゃ、こいつを育てられないでしょ？）

健太郎は不服そうに愛らしい唇を尖らせたが、すぐにこくりと頷いた。

（リュックに隠しちゃえば、新幹線はなんとか誤魔化せるでしょ。お母さんは説得するから大丈夫。厳しいけど、本当はすごく優しい人なんだよ）

そんな風に語る凛子を、健太郎はどこか寂しげな——羨ましげな目で見てから、段ボール箱の中で丸まっていた猫を抱き上げた。

(だったら今夜は、僕がこいつを連れて帰っていい？　一晩くらいならお祖母ちゃんも気づかないし、明日、絶対にここに返しに来るから)

(ええっ、でも私、お父さんに駅まで送ってもらうことになってるんだよ？)

(なんとかしてよ。明日、お昼にここで会って、お互いの連絡先も交換しようよ)

今にして思えば、寂しがり屋の健太郎が、猫を口実に、別れを先延ばしにしたのかもしれない。渋々承諾したのは、凛子にとってもそんな健太郎が、弟みたいに愛おしかったからだ。

父と別れた後、凛子はバスに乗って公園に引き返したが、約束した時間より随分遅くなってしまった。

公園に健太郎の姿はなかった。が、彼が来ていた証に、自転車がベンチ横に停まっている。ベンチには空っぽの段ボール箱と、二人で遊んだポータブルゲーム機が投げっぱなしになっていた。

嫌な予感を覚えた凛子は、健太郎の自転車に飛び乗って公園の周りを捜し回った。汗みずくになってあちこちを走り回っている最中、ふと見覚えのあるテールランプが、目の前の路地に入っていくのが見えた。今日、父が凛子を送るために借りた車だ。

「お父さん！」

凛子は声を上げて車を追い掛けたが、気づかないのか、車は入り組んだ路地を先へ先へと進んでいく。

そして行き着いたのが、鉄条網に囲まれた廃ビルだった。

いつの間にか、空は夕闇に包まれていた。停車した車から男の人が降りてくる。父でないことはひと目で分かった。身体つきも違ったし、髪が灰色だったからだ。

「私だよ。今から、子供を殺しに行く」

しわがれた低い声が、宵闇に陰々と響いた。

「そっちが手を切るつもりなら、私にも考えがあると言ったはずだ。どうする？　もうあの子は目と鼻の先だ。あの兎みたいに柔らかな首を絞めてやろうか。それとも、ビルの屋上から投げ落としてやろうか」

立ちすくむ凛子の胸で、心臓が早鐘のように鳴っていた。

乗っていた人は違ったが、車は間違いなく父が借りたものだ。ナンバーまではっきり覚えているから間違いない。子供とは誰で、一体どこにいるんだろう。

その時、小さな猫の鳴き声がして、凛子の目の前をさっと何かが駆け抜けた。それが公園で育てていた猫だと分かった時、男がこちらを振り返る。

「なんだ、猫か」

凛子は咄嗟に身を隠したが、点《つ》いたり消えたりを繰り返す防犯灯が、その男の顔を束の間鮮明に照らし出した。

瞼が垂れて落ちくぼんだ目。そこにぽっかりと空いた暗闇のような二つの穴。

それは子供だった凛子に、悪魔か怪物のような顔に見えた。

◇

その顔が、今、スマホの画面に映っている。

しかも、健太郎のすぐ背後に。

「……健太郎」

溢れ出す記憶と乗客を押しのけるようにして下車した凛子は、すぐにスマホを取り出した。

萌はすぐに出てくれた。外にいるのか、背後が少しざわついている。

『凛子さん？　今、会社なんですよ。ニュースを見たと思いますけど、本当に大変で』

「ごめん。ひとつ教えて。写真に写ってるもう一人の男の人、年取った方の人、誰？」

その時、スマホから男の声が聞こえた。

『おい、高見常務はまだ見つからないのか！』

凍りつく凛子の耳に、萌が場所を変える気配が伝わってくる。

『なんなんですか、突然。あの人は常務秘書の草薙さんです。常務にとっては家族みたいな人ですよ』

「……萌ちゃん、健太郎、いないの？」

『え？』

「い、今、声が聞こえたから。健太郎、もしかして行方が分からなくなってるの？」

電話の向こうから、数秒の沈黙があった。

『もしかして凜子さん、高見常務とつき合ってたんですか』

「……友達なの」

口にした時、どこかで子供だった頃の健太郎の声が聞こえたような気がした。

凜子さん、――ようやく思い出した。ちゃんづけでもなく名字呼びでもない。子供のくせにやけに気取った呼び方をする男の子。ひと夏、ずっと一緒にいた男の子。頭がいいくせに寂しがり屋で、凜子が行くところに必ずついてきた男の子。

(冬休みになったら、僕が凜子さんとソラに会いに行くよ)

二人でつけた猫の名前はソラ。

どうしてそんな大切なことを、今までずっと忘れていたんだろう。

「こ、子供の頃からの、……大切な友達なの」

『……いっそのこと彼女って言われた方が、まだ納得できますけど』

萌の声は呆れていたが、すぐに気持ちを切り替えたように続けてくれた。

『大丈夫ですよ。さっき怒鳴ってたのは事情を知らない他部署の人で、常務の居場所なら分かってますから』

「どこにいるの？」

『別荘です。今夜は一人でそこに泊まられるんだそうです』

──別荘……？

もしかしてそれは、凛子と一緒に行ったキャンプ場の近くにある別荘のことだろうか。

凛子がその場所を言うと、萌はこともなげに「ああ、その辺りですね」と言ってくれた。

『草薙さんが言うには、常務は考え事をする時、よく一人でそこに行かれるそうですよ』

健太郎がよくそこに行く？

それは嘘だ。あの日健太郎は、父の死後、初めてあの場所に行ったと言っていたのだ。

「一人で行ったの？」

『昼すぎに草薙さんが車で送っていかれました。草薙さんだけ戻ってきたのが、六時頃だったかな。詳しいことが知りたかったら聞いてみましょうか。今、近くにいますから』

「っ、それはいい。私のことは絶対にその人に言わないで」

凛子は急いで通話を切った。背筋に冷たいものが伝ったのは、本能的に健太郎が、今、恐ろしく危険な状態にあるような気がしたからだ。

そもそもソラを他人に引き取りに行かせたと聞いた時から、おかしいと思っていた。どれだけ忙しくても、健太郎はそれを他人に任せたりしなかったからだ。

急いで警察に連絡しようとした凛子は指を止めた。

一体誰が、今から言うことを信じてくれるだろうか。全ては凛子の頭の中の妄想で、思い込みかもしれないのだ。

実際健太郎は、本当に一人になりたくて別荘に行ったのかもしれない。自分の会社や実家に家宅捜索が入ったのだから、気落ちして当然だ。

でも、だったら何故草薙は、健太郎がよくそこに行くなどという嘘をついたのだろうか。

いったん通話画面を閉じた凛子は、ネット検索して、出てきた電話番号をタップした。この相手なら自宅と事務所が一緒だから、日曜日でも出てくれる可能性がある。

『り、凛子ちゃん？　どうしたの？』

目的の男は、すぐに電話に出てくれた。かつて凛子を罠に嵌めようとした佐々木だ。

「以前私に言いましたよね。これは高見常務の身内の問題だって」

突然切り出した凛子に、電話の向こうで佐々木が戸惑っているのが分かる。

この男が最後に電話してきた時、何を言われているのかさっぱり分からなかった。

(これは、たか……君の彼氏の身内の問題なんだ)

でも、今なら分かる。自分たちがしたことの裏には健太郎の身内が絡んでいる――佐々木はそう言いたかったのだ。

「詐欺で訴えられたくなかったら本当のことを言ってください。あの時佐々木さんは、健太郎に何を警告しようとしていたんですか」

『……高見常務には、父親代わりの男がいるんだ。実際の父親よりも高齢だが』

小さなため息の後、佐々木がようやく口を開いた。

『僕に凜子ちゃんを誘惑させるよう、妻に指示したのはその男だよ。常務はその男を信じ切っているようで、僕の話に耳を傾けてもくれなかった。僕には、随分とあくどいことをやり慣れているように思えたけどね』

『てめぇ、この野郎、一体何をやってやがんだ！』

スマホから響く高虎の胴間声が、暴風雨の中をひた走る車内に響き渡った。

最初はお嬢ちゃんで、今はこの野郎。この短期間で随分と様変わりしたものだ。

「すみません。車は明日の朝までにはガソリン満タンにして返しますから」

ハンドルを握る凜子は、スピーカー機能をオンにしたスマホに向けて声を放った。台風最接近の高速道路を走っているのは、今凜子が乗っているような大型トラックくらいだ。

時刻は午後十時を回ろうとしている。駅からマンション建設現場に直行した凜子は、所持していたスペアキーで仮囲いの中に侵入し、停めてあった資材運搬用トラックを勝手に持ち出した。現場にあった車はそれ一台で、他に選択肢がなかったからだ。

朝には必ず返します――とメモだけを残してきたが、早速高虎に見つかったようだ。

『そっ、そういうことを言ってんじゃねぇんだよ。そりゃ会社の備品で、荷台にはメーカーから借りた機材を載せてんだぞ？　てか、一体誰が一緒なんだ。うちの会社の連中か』

「一人です。私が運転してるんです」

『……はっ……？』

「免許なら持ってます。教習以外で運転するのは初めてですが」

『――っ、馬鹿か、おめぇは、死にてぇのか！』

スマホのスピーカーが壊れるかと思うほどの大声だった。

『いいか、警察に通報されたくなきゃ、今すぐこっちに戻ってこい！　んなことが上にばれたら、俺ら全員クビだろうが！』

『凛子ちゃん、その車にはGPSがついてて、今、どこを走ってるのかも全部分かるようになってんだ。逃げようっても、逃げられるもんじゃないから』

現場監督の声だ。他にも声がするから、何人か事務所にいるらしい。

何故だか胸がいっぱいになって、前を見る凛子の目に、いきなり涙が膨れ上がった。

「……っ、ス、ストリップでも、なんでもやります」

『ああ？　なんだと？』

「無事に戻ったら、ストリップでもなんでもやります！　お願いです、行かせてください！

……け、健太郎が」

溢れた涙で一瞬前が見えなくなる。凛子は歯を食いしばって嗚咽をのみ込んだ。

「健太郎が死んじゃうかもしれないんです！　今夜一晩だけ、見逃してください！」

通話を切った凛子は涙を拭った。ひどく興奮しているのに頭は奇妙に冴《さ》え渡っていて、なんでもできそうな気分だった。

あの時と同じだ。十歳の夏休み、健太郎が殺されるかもしれないと分かって、廃ビルに飛び込んだ時と。

悪魔より先に健太郎を探さないといけないから必死だった。健太郎がどこにいるか分からなくて、泣き声が上階から聞こえてきた時は本当にほっとした。

「…………」

でも、どうして廃ビルの中に健太郎がいると、私は確信していたんだろう。

そうだ、その直前に、ビルを封鎖していた鉄条網からソラが飛び出してきたからだ。

ソラ――今日、予定を変更してソラをいちまつに引き取りに行った健太郎。

いちまつに現れたのは草薙だろうが、電話をしたのは健太郎本人だ。

でも何故？　会社が家宅捜索を受けるという慌ただしい最中、どうして予定を変更してソラを引き取ろうと思ったのだろう。

（こないだ迷子になったから、ＧＰＳ付きの首輪にしたんだ。スマホにアプリを入れとけば、どこにいても居場所が分かって便利だよ）

「――！」

サービスエリアにトラックを停めた凛子は、スマホのアプリ購入ストアを開いた。こんな大切なことを忘れていた自分に腹が立つし、おかしくもある。

アプリをダウンロードして、自分のメールアドレスを打ち込んだ。すぐにパスワードが求められる。ソラ――ＳＯＲＡ。

アプリ画面が開き、マップ上に赤い丸が点滅した。あの別荘のある場所だ。

コンソール上のスタンドにスマホを立てると、凛子はアクセルを踏み込んだ。

（――健太郎！　健太郎、そこにいるの？）

健太郎は、薄らと目を開けた。どこかで凛子さんの声がする。

でも、今の凛子さんじゃない。昔の、子供だった頃の凛子さんだ。

（早く逃げよう、でないとあんた、殺されちゃうから）

（下で、目の垂れた、悪魔みたいな男が、あんたを殺すって話してた）

本当はその時、伯父と同時に草薙のことも思い出した。あの人は、昔から瞼が両眼とも垂れていて、いつも半眼の眠たそうな顔をしていたからだ。

でも悪魔みたいな顔じゃないし、そもそも草薙が大阪にいるはずがない。どこに行くにも片時も父から離れない男なのだ。そう、まるで監視でもしているかのように。——

「健太郎様、目が覚められましたか？」

その草薙の声がして、健太郎は眉をひそめて瞬きをしようとした。が、どうしても瞼が上がらない。薄い、ぼんやりとした影が睫の隙間で動いているだけだ。

かすかに煙草の臭いがした。風の音。それから潮のほのかな匂い。

「このような結果になって残念です。本当は佐々木を使ってあのお嬢さんを罠にかけた時から、私に不審を抱いていたのでしょう？」

頰に硬いものが押し当てられている。座ったまま何かにつっぷしているようだ。口の中に苦みがあり、軽い吐き気がした。紅茶か——と、その時ようやく気がついた。

俺も馬鹿だな。あれだけ警戒していた相手の出したものを、習慣で口にしてしまった。緊張すると無意識に紅茶が欲しくなる。長年躾けられた習慣にしてやられた。

「佐々木夫婦は、妻の方は肝が据わっているのですが、夫の方がいけなかった。あんなに臆病で口が軽いとは思ってもみませんでした。間宮凛子を健太郎様から遠ざけるためにしたことですが、今にして思えば、随分手ぬるい方法を取ったものです」

淡々とした穏やかな語り口。今がどんな状況なのか知るよしもないが、普段と全く変わらない草薙の声が不気味だった。

とはいえ、今の説明で、ようやく佐々木夫妻の行動の理由が腑に落ちた。

彼らの目的は、凛子を健太郎から引き離すことだった。それでわざわざ事務所に乗り込んできて、彼女の恥を広めるような騒ぎを起こしたのだ。

けれど二人の仲はそれを契機に縮まって、やがて一緒に暮らすようになった。

だから次は、妻を伍嶋建設に乗り込ませて、凛子をさらなるトラブルに巻き込ませようとしたのだろう。

あの日、彼女がサインした借用書は、無限に利息が膨らんでいく仕組みになっていて、同席していた男たちは、最初から風俗の仕事をさせるつもりで待機していたのだ。

（僕も、妻が草薙って男に何を依頼されて、何を目的に凛子ちゃんに嫌がらせをしているのか、理由まではよく知らないんだ。でも間違いなく、君絡みのことなんだと思う）

そんな風に佐々木から打ち明けられてもなお、健太郎は草薙を信じていた。

本当の黒幕は伯父か義母で、佐々木も騙されているのだろうと思った。だから、その一連の出来事と凛子のことを、草薙に打ち明けたのだ。

でも、草薙の言うように、心の底にはずっと拭いきれない疑念があった。もし、伯父や義母が凛子の存在に気づいていたなら、もっと直接的な行動を取るはずだからだ。

「健太郎様。何故私が、間宮凛子と健太郎様を別れさせようとしたのか。何故そのために父親が犯した罪の話を出さず、迂遠な手を使ったか、さすがにもうお分かりでしょうね」

健太郎は動かない唇でかすかに笑った。

凛子は誘拐犯の顔――あの場にいた草薙の顔を、はっきりと見ている。

草薙にしてみれば、凛子に当時の記憶を思い出させるような真似はしたくなかったはずだ。

「お父上の葬儀の後、健太郎様の告白を聞いた私が、どれほど肝を冷やしたか分かりますか。幸いあの娘は記憶を失っていましたが、そうでなければ、すぐに人をやって始末してしまおうと思ったくらいです」

口を開けない健太郎の背筋に、冷たいものが広がった。

自分は知らずして、凛子の命を最も危険な男に預けていたのだ。

「それでも記憶というのは、何かのきっかけで不意に戻ってくるものです。健太郎様があの娘のいる現場で働いていると知った時、なんとしてでも二人を引き離さねばと思いました。が、万が一を考えると私の顔を見られるのはもちろん、過去の事件を思い返させてもいけない。――それで人を使うことにしたのです」

落ち着いたしわがれ声で草薙は続ける。

「けれど三人で食事をしようと誘われた時、もう悠長に構えている暇はないと思いました。それで絵里にあの娘のことを話し、無理やり故郷に帰らせたのです」

ようやく唇がかすかに動いた。薄く開いた歯の隙間から、風音のような声が漏れる。

どうして——？　という疑問を、草薙は聞き取ってくれたようだった。

「私は稲山会の人間です。表向きは一切関わりはありませんが、高見の先々代に運転手として雇われた時からそうでした。むろん今も変わりません」

少しも悪びれていない、出身地を話す程度のあっさりとした口調だった。

「三鷹不動産は、元々稲山会の資金源のひとつとして設立された会社です。それが、暴対法成立のどさくさに紛れ、我々から手を切って逃げようとした。だから私が高見家に送り込まれたのです。後のことは健太郎様のお見立てのとおりです」

祖父がまず取り込まれ、不正に流用した資金を稲山会に流すことになった。そしてその仕事を、今度は父が引き継いだ。

「従順だったお父上の気持ちが変わられたのは、健太郎様がお生まれになってからです。この仕事を息子にだけはやらせたくないと思ったのでしょう。今の健太郎様と同じように、社長職を辞して不正を告発しようとした。だから私は健太郎様を誘拐して、それを思いとどまらせることにしたのです」

風の音、それからかすかな波音も聞こえる。

「その実行役を探していた頃、大阪で使っていた取り立て屋が、吉田という男を連れてきました。吉田祐介。そう、間宮凛子の父親です。どんなことでもするから、一日も早く借金を返して娘と暮らしたいと言っていましたね。——こぎれいな顔をしていたし、妻子がいれば裏切って口を割ることもない。それで使うことに決めたのです」

健太郎の脳裏に、きらきらした目で父親のことを話す凛子の顔がせつなく蘇った。

「大阪にいる健太郎様が、毎日公園に行っていることは知っていましたが、まさかそこで遊んでいる相手が吉田の娘だとは、私はもちろん吉田でさえ知りませんでした。——その辺りの事情は、吉田が何も喋らなかったので定かではありませんが、健太郎様を公園から連れ去る時に、吉田は娘の友人であることに気がついた。それで罪悪感に耐えきれなくなって、数時間後に警察に自首したのです」

草薙の話を聞きながら、健太郎はかすかに眉を寄せた。

それは、何がきっかけで気づいたのだろう。その時自分は、何か凛子と関わりのあるものを持っていたのだろうか?

「そんなこととは露知らぬ私は、予定どおり車で健太郎様のもとへ向かいました。あとひと押しでお父上の心は折れて、二度と私に逆らおうという気もなくなる。だから最後のとどめのつもりで、電話越しに健太郎様の声を聞かせてやろうと思ったのです」

再び煙草の臭いが漂ってきた。多分、ここは車の中だ。頬に当たっているのはステアリングで、その上に自分がつっぷしているのだ。

「しかしその途中で、小さな足音がビルの階段を駆け上っていくのに気づきました。追い掛けましたが、あっという間もなかった。二階から飛び降りた二人を前に私は立ち尽くすばかりでした。そこにパトカーが到着して、逃げるしかなくなったのです」

煙草の臭いがきつくなる。淡々とした口調で草薙は続ける。

「健太郎様と一緒に大怪我を負った娘が、吉田の娘だというのは、後になって知りました。――が、吉田は娘の怪我を、私の報復か脅迫だと思ったらしい。それで貝のように口を閉ざし、妻と離婚して行方をくらましてしまったのです」

それが、あの日起きたことの真相です。――と、落ち着いた声音で草薙は締めくくった。

「どうですか？　からくりを聞けば、案外滑稽なものでしょう。要するにあの娘は、ただ無駄に健太郎様にお怪我をさせただけなのです」

平然としたその言葉に、初めて健太郎は草薙を殴りたい衝動に駆られた。が、決してできないだろうとも思った。

憎さと愛おしさが頭の中で入り混じって、ただ閉じた目から涙が伝う。

健太郎にとっては、長年父のように慕い、大切にしてきた相手なのだ。

「話を現在に戻しましょう。――もう宮沢は使えません。稲山会とつながりがあることはすっかり有名になってしまったし、いずれ必ずボロが出る。元々売れない女優だった絵里をお父上に引き合わせたのは私ですが、十分美味い汁を吸えたのですから潮時でしょう」

窓が閉まる音がした。同時にかすかに聞こえていた風の音も消える。

コンソールから引き出した灰皿に、煙草の吸い殻を押しつける気配。

「私を出し抜いて検察に情報を流したと思っておいででしょうが、そもそもマスコミや警察に宮沢の情報をリークしていたのは私です。あの男にはある程度の罪を認めさせ、表舞台から退いてもらう必要がある。検察にしろ警察にしろ、そこそこ美味い獲物を与えれば、奥深い闇には目をつむるものなのです」

草薙の手が、子供の頃にそうしてくれたように健太郎の髪を優しく撫でた。

「私には、宮沢の代わりとなるクリーンで新しい駒が必要でした。健太郎様にそうなっていただきたかった。……本当に残念です」

離れていく腕を必死で追った。かすかに動いた指が草薙のスーツの袖を掠めて落ちる。落ちた手をすくい上げられ、そっとステアリングの上に載せられた。

「もうお分かりかと思いますが、ここはお父上が亡くなられた場所です。お父上の時と同じように、ブレーキに細工をしようと思いましたが、あいにく健太郎様は車にご興味がない。なので別の方法を選びました」

再び耐えがたいほど瞼が重くなり、指を動かすこともできなくなる。左膝の辺りでギアを切り替えるような音がした。

「今、サイドブレーキをいったん切り、半分だけ入れ直しました。雨に濡れた泥道は滑りやすい。車は自重でこの傾斜を下り、最後はレーンを突き破って海に落ちることになるでしょう。自殺とも事故ともつきませんが、自殺ということになると思います」

感情など、生まれつき持ち合わせていない人のような口調だった。

「なにしろ週明けには株価は大暴落して、健太郎様の資産もゼロになる。それだけでなく、何千もの社員が路頭に迷うことになるのですから。——自責の念から死を選ばれても不思議ではありません」

どこか遠くで猫のか細い鳴き声がした。虚ろに草薙の声を聞いていた健太郎は、はっと身体を固くする。——ソラ。

別荘に向かう道中、思い立ってソラを引き取ることにしたのは、虫の知らせのようなものだった。

首輪につけたＧＰＳが示す位置情報は、凛子なら見ることができる。万が一の、お守りのつもりだったのだ。

ソラは——？　まさかこの車に乗せている？　いちまつに電話したところまでは覚えているが、そこから先の記憶はない。

「ソ……、ソラ、逃がして、くれ」

必死に健太郎が訴えると、あの猫の名前ですか？　と訝しげな声が返された。

「お気づきでないようですが、この車は別荘に置いてあった古いセダン——お父上の車です。健太郎様をこの車に移し替えた後、私は一度会社に戻り、また戻ってきたのです」

車のエンジンが切られる気配がした。

「蕎麦屋から引き取った猫なら、別荘に置いてきましたよ。首輪にGPSがついていましたが、誰が位置情報を見ても、きっと健太郎様は別荘で休んでいると思うでしょう。ちなみに今の時間、私は健太郎様のオフィスで仮眠を取っていることになっています」

ソラを巻き込まずに済んだ安堵と、最後の希望が断たれた絶望で身体中の力が抜ける。

車の扉が開いたのか、激しい雨音が聞こえてきた。

「お別れです、健太郎様。せめて苦しむことなくお父上のところに行ってください」

扉が閉まり、再び静けさが戻ってきた。車のエンジン音が遠くで聞こえたような気がしたが、それもすぐに聞こえなくなる。

では、さっき聞こえた猫の声はなんだったのだろうと、健太郎は虚ろな頭で考える。

幻聴——？　そうかもしれない。

何を飲まされたのか分からないが、ただの睡眠薬ではないだろう。意識はあるのに身体はぴくりとも動かず、声も出せない。

土壇場で健太郎は躊躇したが、草薙に迷いはなく、それが勝敗の分かれ目だった。今日、健太郎が何を言おうと、有無を言わさずに薬物入りの紅茶を飲ませるつもりだったに違いない。

多分、卓上にキョウチクトウを飾ってくれた時から、草薙は今日のことを予期していた。

父が亡くなった場所に咲き乱れていたあの花の花言葉は——危険だ。

ずずっと車が斜面を滑っていくのが分かる。今、座らされているのは運転席で、シートベルトががっちり身体をホールドしている。健太郎は必死にブレーキを踏もうとしたが、足の感覚は全くない。

もはや、シートベルトを外すのもサイドブレーキを引くのも不可能だ。クラクションを鳴らす力すらない。でも、操作ボタンさえ見つかれば、ドアロックを外したり、窓を開けたりすることはできる。

考えている間にも車は傾斜を滑るように進み、緩やかに加速していく。望みは殆どなかったが、わずかに感覚の戻った指だけを必死に動かした。

もしここで自分が死ねば、凛子の身にどんな害が及ぶか分からない。彼女が万が一記憶を取り戻したら、草薙は間違いなくその口を塞ごうとするだろう。

それだけは、絶対にさせてはならない。

芋虫のようにじれったく動く指先が、ようやく突起のようなものを探り当てる。いきなり全身に衝撃が走り、雷でも落ちたかのような大音量が響き渡ったのはその時だった。


――なんだ……？

バウンドした頭がステアリングにぶつかった衝動で、意識が束の間鮮明になる。

助手席側の窓に、やたら車高が高い車のボディが張りついている。この大きさはトラックだろうか。先ほどの衝撃は、この大型車が斜め横からぶつかってきたからに違いない。そのせいで、坂道を下っていた車がやや向きを変えて停まっている。

「健太郎！」

雨音に交じり、夢を見ているとしか思えない声がした。

運転席側の窓が乱暴に叩かれ、すぐに扉が開けられる。ドアロックだけは、奇跡的に解除できていたのだ。

「健太郎、しっかりして。今、シートベルトを外すから」

何故彼女がここにいるのだろう。八歳の時もそう思った。何故凛子さんがここにいるのだろうと。

「あの時と同じだよ。ソラがこの辺りから飛び出してきたの」

健太郎の腰の辺りを探りながら、興奮気味に凛子が言った。

「GPSの場所とは違ったけど、健太郎のお父さんが亡くなった場所だから、まさかと思ってハンドルを切ったの。そしたら海に向かって滑っていく車が見えて」

いや、ソラはここにはいないはずだ。というより、たったそれだけの情報でトラックをぶつけてくるなんて、なんて無茶をする人なんだ。

「今、高虎さんたちもこっちに向かってる。すぐに追いついて助けてくれるから」

彼女の手は濡れそぼり、開いた扉から横殴りの雨が吹き込んでくる。何か言いたくても声が出せない。目を薄く開くのが精一杯だ。

「健太郎……っ、起きて、お願いだから」

シートベルトはなかなか外れず、凜子の力ではつっぷす健太郎の身体を動かせない。そうこうしている間に、一度は停まった車が再び路面を滑り始める。

凜子の手が離れ、運転席の扉が閉まる。しかしすぐに助手席側の扉が開いて、彼女が車に乗り込んできた。

たったそれだけの間に、車はかなり加速している。

「だめだ、凜子さん」

喘ぐような声がようやく漏れた。

「っ、降りてくれ、頼むから、早く、今すぐ」

答えない凜子が素早くサイドブレーキを引くが、勢いのついた車はタイヤが空回りするだけで止まらない。運転席側はぐったりと崩れた健太郎の身体で占拠されており、凜子が必死にブレーキを踏もうとするも、上手く足が嵌まらない。

「凜子さん！」

「大丈夫だから！」

彼女が震える声で――それでも力強く言って、健太郎の身体を抱き締める。

それで健太郎にも分かった。もう車は、回帰不能点を超えたのだ。

「昔、お父さんに、車の窓を割って脱出する方法を教えてもらったことがあるから」

彼女らしい強がりに、笑おうとして笑えなかった。そんなの、映画かドラマでしか見たことがない。

誘拐された時だってそうだ。普通に考えてビルの二階から子供が飛び降りるなんてどうかしている。それでもあの時、どうしてだか大丈夫だと健太郎も思った。

生命のオーラを眩しいほどにまとっているこの人となら、不可能なんて何もないと。

今も、同じように思っている。

「健太郎、愛してる」

小さく頷いた健太郎は目を閉じた。互いの指を強く握り締めた時、車がぐんと加速する。柵越しの海はもう目の前で、身体が浮遊感に包まれる。

「無事に戻ったら、絶対本当の夫婦になろうね！」

車がガードレールにぶつかって、あっさりそれを乗り越えた。衝撃で両方の席のエアバッグが開き、バンッと顔全体に衝撃が走る。

身体が数度バウンドして、その都度エアバッグに跳ね返された。もう水の中なのかと思ったが、水に沈んでいるような感じはない。

車は四十五度近くまで前傾し、鞄だの地図だの色んなものが後部シートから落ちてくる。シートベルトをしている健太郎はシートに座ったままだが、凛子は大きく体勢を崩し、エアバッグの隙間から足だけが見えている状態だ。

なのに、車はそこから動かない、まるで落下する最中に時が止まってしまったようだ。

もしかして人生の最後に、神様が時間をくれたのだろうか――と思った時、凜子がひどく間抜けな声を出して、エアバッグの隙間から顔を出した。

「つ、いったぁ」

「おーい、今引き上げるから動くなよ、二人とも！」

頭上から高虎の大声がした。ようやく身体に力が戻ってきた健太郎は顔を上げ、凜子が窓を開けて外を見る。

「言っとくけど、完全に重量オーバーだからな。最悪落っこちるかもしんねぇぞ！」

「高虎さん、引き上げ開始していいっすか」

そこに他の作業員の声も聞こえる。

「ゆっくり上げろ。あと、何人か服を脱いで、いつでも海に飛び込めるよう準備しとけ」

「うっす！」

雨音に交じり、ウインチを巻き上げるモーター音が聞こえてくる。凜子が目を輝かせて健太郎を振り返った。

「あれだよ、健太郎。試作品の牽引機！　そういえば、私が乗ってきたトラックの荷台に積んであったの！」

それで健太郎も得心した。試作品として貸与されたマグネット式の牽引機。軽量なので持ち運びが容易で、フル充電だと車一台分くらい軽々と引き上げられる代物だ。

ただ磁力があまりにも強すぎて、ヘルメットやベルトが吸い寄せられるのはもちろん、他の電子機器に影響を及ぼすレベルだった。結局一度も実地で使わないまま、週明けにメーカーに返すつもりでトラックの荷台に積んでいたのだ。

どのタイミングで高虎がここに到着したのかは分からないが、滑り落ちる車を止める術はこれしかないと判断し、トラックに飛び乗って走らせ、その荷台から牽引機のマグネットを車に向けて投げさせたに違いない。

「高虎さんグッジョブ！　みんな、本当にありがとう！」

窓から手を振った凛子が、振り返って健太郎に抱きついた。

「どうしよう健太郎。私、あの人たちが大好きになっちゃった」

凛子のきらきら輝く瞳を、健太郎は八歳の子供に戻ったような気持ちで見つめた。

それは俺のセリフなんだけど、凛子さん。

俺、今日の凛子さんの全部を、死ぬまで絶対忘れない。死ぬまでずっと、愛してる。

雨はいつの間にか上がり、雲の切れ間から月の淡い光が零れている。

どこか遠くからサイレンの音が聞こえてくる。二人はそっと唇を合わせ、言葉もなく永遠の愛を誓い合った。

# エピローグ

「まぁ、凛子ちゃん。すっかり元通りじゃない」

いちまつの暖簾をくぐった途端、女将の明るい声がした。

長い梅雨が明けたばかりの東京。昼の営業時間が終わった店内には、店主夫妻とアルバイトの女の子たちしかいない。

「本当はあちこち戻りきってないですけど、見た目はとりあえず……」

凛子がみなまで言う前に、女将が歓声を上げて駆け寄ってきた。

「きゃあっ、なんて可愛いの。それが健ちゃんのベビーね？　もうっ、憎いわ凛子ちゃん。できれば私が産みたかったのに」

引きつった笑いでそれに応えた凛子は、胸に抱いた赤ん坊をそっと揺すった。

「太陽《たいよう》、いちまつの女将さんだよー。お父さんとお母さんのお友達」

「あ、お久しぶりです」

と、そこに遅れて健太郎が入ってきた。パーカーにデニム、髪もぼさっとして相変わらずの格好だが、腕には凛子とは色違いのおくるみを抱いている。

太陽の姉で名前は海《うみ》。二人は、凛子がこの春産んだ双子の姉弟だ。

一家は今日、凛子の郷里から東京に戻ってきたばかりだった。里帰り出産し、二ヶ月ほど実家で過ごした凛子には、およそ三ヶ月ぶりの東京である。

「健ちゃんったら、久しぶりにもほどがあるわよ。社長になった途端、もっといい店でご飯を食べるようになったんじゃないのぉ？」

と、どこか恨みがましい目で、女将が健太郎を軽く睨む。

「すみません。どうしても会社の近くで済ませるようになっちゃって。でも、これからは時々顔を出しますから」

爽やかに笑って健太郎。その笑顔に弱い女将は、すぐに機嫌を直して太陽を抱き上げた。

「目元が健ちゃんそっくり。海ちゃんの方は、凛子ちゃんにそっくりね」

健太郎と凛子は、顔を見合わせて微笑んだ。

あれから、およそ一年がすぎていた。

凛子や高虎の手によって救われた健太郎は、すぐに救急車で病院に運ばれた。通報を受けた警察も病院に駆けつけ、都内にいた草薙が逮捕されたのはその翌日のことである。

容疑は殺人未遂だが、その後、別荘に捜索が入り、過去の罪も次々と詳らかになった。様々な証拠品が押収され、長年にわたる不正の実態が明らかになっただけではない。別荘には、健太郎の父親が生前作成した、告発状が隠されてあったのだ。

別荘を管理していた草薙ですら気づかないほど慎重に隠されていた告発状には、稲山会に流れた金の動きはもちろん、草薙が同会の関係者であったことや、いかに巧妙に高見家に入り込んできたかということ。知らない間に違法行為に手を染めさせられ、二代にわたって逆らえない関係を築かされたことなどが詳細に綴《つづ》られていた。

逮捕された草薙は黙秘を貫き、自身の背景や黒幕については一切語らないのだという。

しかし、別件で逮捕された宮沢と絵里が、健太郎の父の死について、草薙の関与を供述し始め、それに基づいた新たな証拠も見つかっている。

三人の裁判は来年にも始まるが、それぞれ起訴された罪で有罪になるのは間違いないだろう。

稲山会への取り締まりも厳しくなり、同会は今、関東圏から姿を消している。

そんな風に、過去に起きた様々な事件は収束していったが、これら一連の出来事が世間に公表されると、三鷹不動産は大混乱に陥った。

本社や社長宅の家宅捜索だけでも衝撃だったのに、三代にわたり、社長自ら裏金を作って闇社会に流していたのだ。同情の余地はあったにせよ、社会的に許されるはずがない。

金融機関からは取引停止を言い渡され、上場も取り消し。一時は会社更生法の適用が囁かれるほど同社の業績は悪化した。

そんな中、創業家の責任を取る形で健太郎が社長に担ぎ出されたのは、倒産に向かってひた走っていた会社の、最後の後始末を押しつけられたからである。

しかし健太郎は、意地でも会社を倒産させなかった。反対する親族株主を説得し、会社の事業を分野ごとに売却すると、その資金で本社のメイン事業である分譲マンション建設部門を立て直したのだ。

つまり会社を極限までスリム化し、リストラを敢行することなくこの危機を乗り越えたのである。

かつて日本を代表する企業だった頃の三鷹不動産には遠く及ばないが、会社の名はまだ残り、再建は順調に進んでいる。

とはいえ、すぐにでも社長を辞めるつもりだった健太郎は、なかなか退任できないことに、少しがっかりしているようだ。「俺も早く、凛子さんみたいに高虎組に戻りたいよ」と時々、子供たちの顔を眺めながらぼやいている。

そんな風に健太郎に羨まれる凛子は、一年前に伍嶋建設を退職し、今は高虎組の社員として働いている。

（言っとくが、てめぇを雇うのはトラックの修理代を出させるためだからな！）

と、高虎には言われたが、妊娠中の凛子をあえて雇ってくれたのだから感謝しかない。

そう——一度は陰性が出たものの、実は、凛子は本当に妊娠していたのである。

事件後、胃の不調が続いたので、健太郎に勧められて再検査したら陽性だった。最初の検査では、数値が低すぎたのだ。

(やっぱりね。絶対そうじゃないかと思ってたんだ)

健太郎の勘には驚くしかないが、避妊していたのにどうしてそんなに自信満々? と思わなくもない。

もしかして身に覚えがあったのかもしれないが、それには触れないことにした。

それ以上に、凛子も幸せでいっぱいだったからだ。

お腹が膨らむ前に急遽《きゅうきょ》やることになった結婚式は、凛子の郷里で行われた。

母は親戚中に健太郎を自慢して回り、「ハンサムだったうちの人にそっくりでしょ」と、終始上機嫌だった。

出産前後、凛子は三ヶ月にわたって里帰りをしたが、健太郎が泊まりに来る度に、親戚中が集まって大宴会になった。母も健太郎が来るのを何より楽しみにしているようで、夫の人たらしぶりに、相変わらず凛子は嫉妬している。

「おう、久しぶりだな、健太郎」

そこでカランと入り口の鈴が鳴り、高虎を始めとする高虎組の作業員らが入ってきた。

「しかし初っ端から双子とは、お嬢ちゃんもやるなぁ」

「やったのは健太郎だろ。身体もでかいし、いかにも子種を溜めてそうじゃねぇか」

ははっと照れたように健太郎が頭を掻いている。

こんな風に、たまにセクハラ発言が飛び出す職場だが、昔と違って少しも気にならないのが不思議だった。

多分、昔は、自分に自信がなさすぎたのだ。だから、セクハラを含めた周囲の自分への態度に、いちいち過敏に反応していた。もちろん今でも、会社でこんな発言が出たら、厳しく指導しているのだが。

皆がそれぞれ席に着くと、女将と店主が心づくしの料理を運んでくる。

梅雨が明けたばかりの日曜日。今日は、二人の子供のお披露目と、一家の引っ越し祝いを兼ねた食事会だった。

高虎の隣に席を取った健太郎が、熱燗を盃《さかずき》に注ぎながら少し真面目な目で言った。

「高虎さん、凛子さんが職場復帰しても、ストリップなんかさせないでくださいよ」

「っ、さ、させるかよ！　お前もしつこいな。あれはおじょ――高見さんが言い出したことで、俺はしろなんて一言も言ってねぇからな」

盗んだトラック――と言えば聞こえが悪すぎるが、無断拝借したトラックを走らせていた時、「ストリップでもなんでもします」と言ったのは凛子である。

散々セクハラをされていた頃、「ストリップして〜、凛子ちゃん」とからかわれたことを何故だか咄嗟に思い出したのだ。

凛子は約束を守るつもりだったが、それを聞いた健太郎が仰天した。健太郎に詰め寄られた高虎も、そんな約束はすっかり忘れていたようで、今はただのネタになっている。

その高虎が、含んだ酒をびっくりしたように噴き出した。

「ちょっと待て、こりゃただのお湯じゃねぇか。健太郎、お前ふざけてんのか」

「ふざけてませんよ。高虎さんに酒を飲ませちゃいけないってことは、一年前によく分かりましたから」

「おいおい、そりゃねぇだろ。言ってみれば俺は、お前らの恋のキューピッドだぞ？」

店内が笑いに包まれたが、二人にとって高虎は、恋のキューピッドどころでない。命を救ってくれた恩人だ。

一年前のあの日、トラックを走らせる凛子に、高虎は再び電話をかけてくれた。

(なんだかよく分からねぇが、健太郎が危ねぇなら俺も行く。あいつのことは、死んだ親父さんから頼まれてんだ)

(いいか、絶対にGPSを切るなよ？　抜け道を使ってすぐに車で追いつくからな)

その時にはもう、集まった現場作業員らを引き連れて、高虎は車を走らせていた。事情は運転しながら説明したが、速やかに救急車や警察が来たのも、高虎が手配してくれたからだ。どれだけ感謝してもしきれない。

「あれ？　凛子ちゃん、その足の傷どうしたの？」

ふと気づいた作業員の一人が言った。ちょうど太陽がむずがり始めたので、立ち上がって女将から抱き取った時だった。

あれから人前でもスカートを穿けるようになった凛子だが、会社では作業着を着ているから、今、初めて傷痕を目にする者もいる。

「これなら、小学校の頃、健太郎と遊んでて怪我したんですよ」

凛子が言うと、女将がびっくりしたように目を剥いた。

「ええっ、どういうこと？　そんな昔から二人は知り合いだったの？」

「ええ」

凛子の代わりに笑顔で答えた健太郎が、立ち上がって太陽に手を伸ばした。凛子から太陽を抱き取りながら、ちゅっと凛子の額に口づける。

「俺と凛子さん、子供の頃から赤い糸で結ばれてたみたいです」

女将が呆れたように口を曲げ、バイトの女の子二人が黄色い声を上げる。やってられるかよと高虎がぼやき、店内に一斉に冷やかしの声が上がった。

「それにしても、キッチンの写真くらい送ってくれてもよかったのに」

黄昏《たそがれ》の空に白々とした満月が浮かんでいる。

隣を歩きながら唇を尖らせる妻を、健太郎は愛おしさを込めて見つめた。

凛子がぼやいているのは、今から向かう新居のことだ。というのも彼女はまだ、その部屋の内装はおろか、間取りさえ一度も見たことがないのである。

「そりゃ、健太郎の方が料理上手なのは認めるわよ。でも、私だって一応使うのよ?」

「ごめん。扉を開けた時の、凛子さんの驚く顔が見たかったんだ」

健太郎はいたずらっぽく微笑んだ。

「四人で初めて暮らす家だからね。もちろんキッチンも他の部屋も、凛子さんの使いやすいように、カスタマイズして構わないよ」

「四人と一匹でしょ」

その凛子の腕には、いちまつから引き取ってきたソラが抱かれている。

太陽と海は双子用の抱っこ紐に収まって、健太郎の胸ですやすやと眠っていた。

四人と一匹が向かっているのは、かつて二人が工事を手がけたマンションだ。

三鷹不動産が上場取り消しになった後、資金繰りの悪化からマンション工事も中断された。

それがようやく再開して、この春完成したのである。

今でこそ全室完売したが、工事中断が発表された時は予約取り消しが相次いだ。それで空きの出た最上階の一室を、健太郎が購入したのである。

二人が再会したこの場所を、家族の新しいスタート地点にしたいと思ったからだ。

「ソラ、忘れててごめん。でもお前の部屋もちゃんとあるからな」

「はい？　猫に部屋はいくらなんでも贅沢すぎない？」

健太郎は微笑み、凛子の腕で眠るソラの頭を撫でた。

「凛子さん、いつも言ってるだろ。ソラは俺たちの命の恩人だって」

「そりゃそうだけど、部屋はいきすぎ。てか、一体どれだけ広い部屋を買ったのよ」

「そうだな。凛子さんが、あと三人くらい産むことを想定して……」

ぎょっと凛子が眉を上げる。

「ちょっと……私の年を考えてよ。猫みたいに頻繁に産めるわけじゃないのよ？」

「ははっ、冗談だって。部屋の間取りは着いてからのお楽しみ」

「本当に大丈夫なんでしょうね」

首を傾げながら、ソラを大切そうに抱き直す凛子を、健太郎は優しい目で見つめた。実はそんな凛子に、健太郎はひとつだけ——一年前に起きた一連の出来事の中で、ひとつだけ話していないことがある。

(あの時と同じだよ。ソラがこの辺りから飛び出してきたの)

一年前、健太郎の居場所を突き止めた理由を、そう言って説明してくれた凛子だが、ソラがあの場所にいたわけがないのだ。

同じ日の未明、ソラは別荘にいたところを、捜索に入った警官に保護された。室内をあちこち歩き回っていたらしいが、外に出た形跡はなかったという。

では、凛子が見た猫はなんだったのか。

健太郎もまた、虚ろな意識の中で猫の鳴き声を聞いている。

たまたまその場に別の猫がいて、凛子がトラックで通りかかったタイミングで道路に飛び出したのか、それとも——。

凛子の父、吉田祐介が、健太郎と自分の娘が友達だったと気づいた理由も、結局分からないままになっている。

が、それはもしかしてソラだったのではないかと、健太郎は内心思っている。

今、凛子の胸で眠っているソラではない。幼い二人が公園で育て、事件後に行方知れずになってしまったソラだ。

凛子の父は、健太郎を連れ去る際、しばらくソラに目を留めたまま動かなかった。

結局ソラも一緒に車に乗せ、健太郎を閉じ込めた部屋の前に置いていった。

その鳴き声に健太郎は励まされ、ソラが外に飛び出したことで、凛子に見つけてもらうことができたのだ。

凛子に確かめてはいないが、おそらく彼女は、一緒に暮らしていた父親に、猫を飼えるかどうか相談していたのではないだろうか。

公園で男の子と一緒に、小さな三毛猫を育てていると、そんな話をしていたのではないだろうか。

事件後、健太郎が初めて足を踏み入れた別荘には、父が遺した家族への愛情が溢れていた。生前の母と健太郎の写真が至るところに飾られ、告発状の最後は健太郎の将来を案じる言葉ばかりが綴られていた。

凛子が、いないはずのソラを見た場所は、父が亡くなった場所だった。

それが妄想だと分かっていても、もうこの世にはいない二人の父親が、必死で生きようとあがく子供たちに、見えない力を貸してくれたような気がしてならない。

来月は健太郎の父の命日で、冬には凛子の父の命日が巡ってくる。

その時、彼女の郷里で、彼女のお母さんの前で、この話をしようと健太郎は思っている。

「健太郎、ここ覚えてる？」

少し前を歩く凛子が不意に言った。

もちろんよく覚えている。初めて二人がキスした公園だ。彼女と子供の頃に遊んだ公園とどこか似ていて、大人になった彼女と一緒にここを歩くのが、当時の健太郎の楽しみだった。

凛子はいつも不機嫌そうだったが、その横顔を見るのも楽しかった。何もかもが、健太郎には幸福な思い出だ。

「カップルがキスしてて、凛子さん、めちゃくちゃ怒ってたよね」

「――覚えてるの、そこ？」

凛子は呆れたように眉を上げたが、すぐに優しい笑顔になった。

「今にして思えば、私、ずっと健太郎とキスしたかったのかもしれないな」

それは俺も同じだと、言葉の代わりに、凛子の手をそっと握る。彼女とここでキスした時、初めて健太郎もずっとそうしたかったことに気づいたのだ。

彼女に求めているものが、友情ではなく愛情だと、その時初めて自覚したのだ。

「凛子さん、俺にできることはなんでもするから、あまり無理をしないようにね」

「どういうこと？」

「まだ会社がばたばたしてるから、俺、家に帰れないことも多いと思う。なんだかんだ凛子さんに負担をかけそうで心配なんだ。凛子さん、頑張りすぎるからさ」

「ははっ、何かと思ったらそんなこと？」

凛子は明るく笑って、スキップでもするかのように歩き出した。

「全然大丈夫、今の私、なんでもできそうな気分なの」

振り返った目が、溢れんばかりの生きる力に輝いている。

この輝きがあれば、きっとどんな困難も乗り越えていけるだろう。

それが決して曇ることのないよう、これからも彼女をずっと守っていく。

「さっきは驚いたけど、健太郎が欲しいなら、子供だってまだ産めるから」

「えっ、じゃあ早速今夜いいってこと？」

「——っ、ねえ、家族計画。そういうのちゃんと考えてる？」

空には宝石のような星。燦然と輝く満月。さあっと吹いてくる風。最高の気分。

二人は笑顔を交わし合い、そっと唇を重ね合った。

## その後の高見家　～半年後

さっきまでうばうば言っていた海と太陽の声が、いつの間にか聞こえなくなっている。

凛子は薄く目を開けた。子供たちが寝たら健太郎の夜食を作るつもりだったのに、添い寝したまま、いつの間にか一緒に眠っていたようだ。

起き上がろうとしたものの、まだ睡魔が抜けきらない身体は動かない。

部屋は、オレンジ色の常夜灯に包まれている。鼻先には、海と太陽から漂うミルクの匂い。せつないくらい幸福な家族の匂いだ。

ソラは子供たちの部屋の隣――ゲージで仕切られた六畳の部屋で、猫用のベッドで丸まって眠っている。猫に部屋なんてと驚いたが、これは健太郎が正解だった。

こうして部屋をしっかりと分けているから、安心して子供たちを床に寝かせておくことができるのだ。

ベビーベッドはあるが、凛子が一人で子守をしている時は、二人を床に敷いた布団で寝かせている。互いの泣き声ですぐに起きてしまう子供たちを熟睡させるには、凛子が添い寝してあげるのが一番だからだ。

二人同時に授乳させる時もこの方が便利で、結局ベビーベッドは紙おむつ置き場になってしまっている。

明日は、ソラをお風呂で洗ってあげなくちゃ——そんなことをうつらうつらと考えながら心地よくまどろんでいると、背中にいつもとは違う温《ぬく》もりがあることに気がついた。

「ごめん、起こした？」

首筋の辺りで健太郎の声がした。どこか眠そうな声で、ぴったりくっついた身体からは淡いグレープフルーツの香りがする。

昔、健太郎が使っていたシャンプーの匂い……いや、今は家で使っているボディソープの匂いだ。

背中から凛子を抱いている健太郎の腕が、腰の辺りに回されている。まだ半分寝ぼけている凛子は、彼の手に自分の手を重ねながら夢うつつに呟いた。

「いつ帰ったの？」

「ちょっと前、ごめん、いつも遅い時間で」

「……全然いい、起こしてくれればよかったのに」

それには答えず、健太郎は凛子の首に顔を埋める。最近髪を短く切ったばかりだから、剥き出しになったうなじに彼の肌を感じると違和感がある。そこによく口づけてくれる健太郎は、何故かショートカットを妙に気に入ってくれているようだ。

「ご飯、どうしたの？」

「台所にあるもので適当に食った。ついでに離乳食と朝ご飯も作ったから、凛子さん、明日は少しゆっくりしてていいよ」

本当にいい旦那さんだな、と凛子は幸福に包まれて再びうとうとし始める。

毎日仕事で遅い健太郎は、凛子が寝ている間に風呂掃除や、離乳食の作り置きなどをしてくれる。

彼の忙しさとその責任の重さを知っているだけに、あまり甘えたくないと思うが、凛子が想像していた以上に双子の育児というのは大変だった。

体力もいるし、それ以上に気力もいる。離乳食が始まって少し楽になったが、最初は授乳だけでも一苦労だった。なにしろ二人を同時に抱えて乳首を口に含ませるのだ。色んな体勢を試したが、どれを取っても人に見せられるようなものではない。できれば健太郎にも見せたくないくらいだ。

体重もみるみる減って健太郎を心配させたが、それもようやく落ち着いた。時々いちまつの女将や母が手伝いに来てくれるし、週に一度はベビーシッターと家政婦も来てくれる。

今、凛子は、その時間を使って資格試験の勉強をしている。来春には施工管理員として仕事に復帰するつもりだからだ。

健太郎の温かな唇が首筋に触れる。柔らかくて優しいキス。したいのかな――と、うとうとしながら思ったが、今は眠気に勝てそうもない。

「……健太郎、ごめん」

「いいよ。そんなつもりじゃないし、ちょっとくっついていたいだけだから」

笑うような声がして、もう一度首に唇が落とされる。

「俺も、海と太陽みたいに凛子さんと一緒に寝たいだけ。おやすみ、凛子さん」

「ん……」

頷いた凛子は、無意識に身体の向きを変え、健太郎と向き合った。

心持ち上半身を起こした健太郎が、屈み込んで唇にキスしてくれる。その、乾いた温かな感触に、少しだけ胸が疼いて薄目を開けた。

オレンジ色の灯りの下、彼の目が凛子を見下ろしている。そんなつもりじゃないと言ったくせに、暗く陰った目は情欲に濡れている。

そりゃそうだよね、と、それでも眠たさにのみ込まれそうになりながら凛子は思う。

産後はなかなか身体が元に戻らなかったし、元気になっても今夜みたいなすれ違いばかりだ。凛子の体調を慮《おもんぱか》ってか、健太郎は絶対に無理強いをしないが、相当我慢させているのは分かっている。

「……する？」

思わずそう聞くと、健太郎はびっくりしたように凜子の首に両腕を回し、顔を伏せた。

「大丈夫。——もしかして気ぃ遣わせた？」

「そんなんじゃないけど……」

温かな健太郎の身体に包まれていると、眠気とは別の気持ちが少しずつ高まってくる。

それに、否応なしに腿に当たる昂りが、胸をほのかに疼かせる。

——めちゃくちゃ勃ってる……。

そんな健太郎の背中をそっと抱き締めてやると、彼の唇が探るように喉に触れた。

その官能的な感触に思わずうめくと、キスは濡れたものに変わり、少しずつ胸元に下がっていく。

「……あっちの部屋に行く？」

呼吸を乱し、先にそう言ったのは凜子だった。眠気はもうすっかり覚めていた。

寝室に場所を移すと、健太郎はすぐに凜子に挑みかかってきた。

キスをして、舌で唇や口の中を荒々しく愛撫しながら、パジャマのボタンを外していく。余裕のない彼のキスが愛おしかった。健太郎の眼差しは最初から切迫していて、屹立したものが腿にゴリゴリと当たっている。

それでも上半身から衣服が取り払われた時、凛子は思わず言っていた。

「……おっぱい、やだ」

「ん、分かってる」

苦笑した健太郎は、乳首には触れないように、柔らかな丸みをそっと撫でた。

「ここは今、海と太陽のものだからね」

そういうわけではなく、健太郎のものでもあるのだが、授乳中だけに刺激されると胸が張ってくることがある。

そうなると、どうしても女より母の気持ちになってしまうのだ。

自分も上半身裸になった健太郎が、屈み込んで胸の丸みに舌を当てた。――そこもだめと思ったが、彼は乳首だけを避ければいいと思っているようだ。

熱っぽい舌が、曲線に沿って胸を舐め上げ、乳輪の辺りで焦らすように止まる。吐息が掠めるように乳首にかかり、凛子は思わず顔を背けた。

「ン……」

よほど止めようと思ったが、余裕をなくした健太郎の吐息や眼差しに魅了され、思考が虚ろになってくる。

乳輪の周りを甘く舐められ、ざわめくような快感が指先にまで立ちこめる。

「や……ん、……ぁ」

尖りきった乳首に、健太郎が軽く口づける。凛子は甘く喘いで腰を浮かせた。それを待っていたように、彼の手がパジャマのズボンを腰から下ろし、足首から取り払う。

双眸は熱を帯び、唇にかかる吐息が荒かった。彼の指が何度かショーツの上から花肉の膨らみをなぞり、その前戯さえもどかしいようにショーツを引き下げる。

太くて熱い指が入ってきた場所は、もういやらしい潤いに満ちていた。凛子もまた、健太郎の愛撫に飢えていたのだ。

「ぁっ……、ぁ……ン」

「凛子さん、エロい」

掠れた声で囁いた健太郎が、指をゆっくりと奥まで沈み込ませる。

「めちゃくちゃ濡れて、奥の辺りがひくひくしてるよ。気持ちいい？」

瞼を伏せて頷くと、緩いリズムでそのまま指を出し入れされた。もどかしい甘ったるさが腰いっぱいに広がって、凛子はたまらない気持ちになる。

「あ……ぁ、健太郎、ぃ……」

二本に増やされた指で、ヌチュヌチュと中を穿たれ、時にリズミカルに抽送される。そうしながら健太郎の唇が耳を食み、耳朶の窪みを舌で舐められる。

みるみる官能の高まりが押し寄せてきて、凛子は白い肌を薔薇《ばら》色に染めた。

「んっ、ぁ、は……っ、ぁ……ぃ、やぁ……ぁ」

健太郎の指を喰い締めた膣肉が痙攣し、ひくっひくっと腰が自然に跳ね上がる。

そうやって淫らに到達した妻を喉を鳴らして見下ろすと、健太郎は急《せ》くように自分の下半身を覆うものを取り払った。

避妊具を着ける手つきがおぼつかない。久しぶりなのと、手に余るほど大きくなっているせいかもしれない。

「声、我慢できる？」

挿れる直前に囁かれたのは、以前一度、健太郎が到達する直前で、凛子の声に驚いた子供たちが泣き出したことがあるからだ。

その時の恥ずかしさを思い出し、凛子はほのかに頬を染める。

「……ごめん。あまり、自信ないかも」

今も、我慢するつもりが、あまりの気持ちよさに、それなりの声を出してしまった。

健太郎に挿入されて、突かれている時の快感はその比ではない。いつも我を忘れてしまうし、泣いてしまうこともある。

「じゃ、うつぶせになってもらってもいい？　枕に顔を当てて……そう」

凛子は健太郎の言うとおりにしたが、部屋が暗くなければ、到底耐えられる姿勢ではなかった。

うつぶせになり、膝を立てて、尻を健太郎に突き出す格好だ。

バックから挿入されることはよくあるが、ここまで極端な前傾姿勢を取らされたことはない。枕で顔を隠せるのが唯一の救いだが、恥ずかしいところをあますことなく、健太郎の前にさらしている。

羞恥に震える腰に健太郎の手が添えられる。挿入の予感に女肉がひくついたが、いつもの硬い昂りの代わりに、彼の唇が花びらのあわいに押し当てられるのが分かった。

「……やっ」

「凛子さん、声」

敏感な場所に健太郎の声が直に響く。彼の両手が尻たぶを掴み、それを左右に押し広げた。あっという間もなく、舌が蜜に濡れた薄桃色のひだを舐め上げる。

「ン……、ばかっ、やだ、こんなの、声なんて我慢できるわけないじゃない」

必死に抗議するも、もう健太郎に凛子の声は聞こえていないようだ。

薔薇の花の重なりのような花芯に口全体を押し当て、夢中になって舌を踊らせている。ひだの溝を舐め上げ、唇で吸い、敏感な芽を舌先でくりくりと揺さぶって転がす。

「んふぅっ、ン、くぅ、ンっ」

声の出せない凛子は、枕に顔を押しつけて、ぶるぶると腿を震わせた。

溢れた蜜と健太郎の唾液が、太腿をいやらしく濡らしている。

恥ずかしい場所にかかる彼の吐息は獣じみていて、完全に理性が焼き切れているのが伝わってくる。

感覚がなくなるほど舐めしゃぶられた後は、尖らせた舌を蜜穴に挿れてくる。

弾力のある小さな舌で、ちゅくちゅくと穴を穿たれて、そのもどかしい甘ったるさに、凛子はシーツをきつく握り締めた。

「あ……は」

痒《かゆ》いところを、わざとずらして掻かれているような、たまらなくじれったい掻痒感。頭がおかしくなりそうなほど恥ずかしいのに、行き着きたい場所に彼の舌は届かない。

「んぅ、ぁ、やぁっ、ン、ン、けんたろ……」

目を涙で潤ませながら、凛子はもどかしく腰を振った。

触られてもいない肉芽がひくひくと疼き、彼の吐息に反応して勝手に感度を高めていく。けれど、快感の芽は高まりきる前にあえなく消えて、焦らされるような口淫で再びまた高められていく。

ぬるま湯のように優しいその快感は、やがて一定のところから下がらなくなった。

「あ……、あぅ……ぁ」

思考が白くけぶり、開いた唇から唾液が滴った。身体中が甘ったるい気持ちよさに浸され、ずっと浮遊感に包まれている。

頭はもう、この快楽を追い掛けることしか考えられない。

健太郎の舌が、何度もいやらしく肉の入り口を行き来する。ゆったりとした大きな何かが腰の奥で膨らんで、風船が弾けるように飛び散った。

「あっ、はっ……っ、はぁっ、ああっ」

ぶるっぶるっと腰が震え、枕に押し当てた口からくぐもった声が漏れた。

ぐったりとくずおれる身体を背後から抱えられ、健太郎の雄肉が容赦なく凛子の中に入ってくる。

「あぅっ、あんっ、や、あ、あぁぁ」

もう、声を堪えることもできなかった。投げ出された枕は用を為《な》さず、凛子はシーツを握り締め、健太郎の熱い肉棒に貫かれる快感に酔いしれた。

──あ……き、気持ちいい……。

感じやすい場所を先端でゴリゴリと擦られ、硬い熱塊で柔肉をえぐられる。陰茎を抜かれる勢いで膣の粘膜が引っ張られ、次の瞬間最奥が熱いもので埋め尽くされる。

何も考えられなかった。頭が馬鹿になり、意識が飛んでしまいそうなほど気持ちいい。

「ふぅっ、ふっ」

出産前より細くなった腰に、息を荒らげる健太郎の指が食い込んでいる。背中にかかる息は荒く、二人の肉がぶつかり合う音が、バチンッバチンッと響いている。

「その髪、いいね」

不意に健太郎が、腰を打ちつけながら囁いた。

「まるで昔の凛子さんみたいだ。その時の凛子さんとしてるみたいで……めちゃくちゃ興奮する」

変態——と言いたかったが、それは言葉にはならず、すぐに意識の外に消えていく。

次の瞬間、その意識が飛ぶほどの高波が押し寄せてきた。

必死で歯を食いしばったが、高い声が口から溢れ、身体全体が痙攣する。

「……っこさん、俺も、イク」

健太郎がうめき声を上げ、ストロークを速くする。殆ど同時に二人は果て、幸福のまどろみの中に沈んでいった。


それから一時間後、二人は子供部屋で、海と太陽に添い寝していた。

「よーしよし、怖くなーい、怖くなーい。パパがここにいるからな」

ぐずぐず言っている太陽のお腹をぽんぽんと優しく叩きながら、健太郎がなだめるような声で繰り返している。

ギャン泣きする海が眠りにつくまで抱っこしていた凛子は、今はその健太郎の隣でぐったりと倒れているありさまだ。

夫婦の営みの後、幸福のまどろみに沈んだ……と思ったのは束の間で、すぐに二人を現実が待っていた。

子供部屋から相次いで聞こえてきた泣き声に、凛子も健太郎も、裸同然という情けない格好で駆けつけた。

結局のところ、またしても凛子の声で、子供たちが目を覚ましてしまったのだ。

ずっとぐずっていた太陽が、ようやくすやすやと可愛い寝息を立て始める。

時刻はもう、深夜の一時になろうとしていた。

「……はー、ようやく寝てくれた」

両手を投げ出して、健太郎が布団に倒れ込む。

「いつも思うけど、こんなことを毎晩やってる凛子さんには感謝しかないよ」

「大げさ。それに早く寝てくれる日もあるから」

少し笑って健太郎の傍に身を寄せると、肩を抱かれて引き寄せられた。

「今夜はこのまま、ここで寝ちゃうか」

「いいの？　健太郎は明日も早いんだし、ベッドで寝たら？」

「俺、明日は休みなんだ。凛子さんこそ、ベッドで一人で寝てていいよ」

お互いに離れるつもりがないのは明らかで、二人は声を忍ばせて笑いながら抱き締め合った。

「……凛子さん、来月、凛子さんの実家に帰ろうか」

「え？　いいけどなんで？　仕事は大丈夫なの？」

囁き声で凛子が返すと、健太郎は微笑して頷いた。

「大丈夫。来月は凛子さんのお父さんの命日だろ？　その日は絶対にお母さんと凛子さんと一緒にいようって決めてるんだ」

――なんで……？

不思議そうな顔をした凛子の髪を、健太郎は愛おしそうに撫でた。

「その時に話す。俺、凛子さんのお父さんのことも、自分の親だと思ってるから」

健太郎の口からそんなことを言ってもらえたのが、嬉しいのと申し訳ないのとで、少しだけ目が潤む。

「ありがと……。お母さんもすごく喜ぶと思う。お母さん、最近は私より、健太郎びいきだもん」

「そのお母さんに嫌われたくないから、凛子さんはそれまで、声を出さない練習な」

「……、ん？」

こんっと額を押し当てられたが、先ほどの言葉が引っかかったままの凛子は、訝しく眉を寄せた。

何それ、声を出さない練習ってどういう意味？

まさか実家でも、今夜みたいな真似をするつもり……？

凛子はがばっと跳ね起きた。

「つ、あり得ない。実家でそんな真似したらマジで離婚よ？　健太郎」

「だって、俺はよくても凛子さんが我慢できないだろ。凛子さん、誘惑に弱いし、身体は俺よりエロいもん」

「――、はぁ？」

と、その時、背後で太陽が泣き声を上げた。しまった――と言わんばかりの表情で健太郎が跳ね起きる。

その時には海もぱっちり目を開けて、爆発寸前の顔になっている。

そして、号泣。

「俺のせい……？」

「お互い様。ま、二人でもうひと頑張りしますか」

苦笑して顔を見合わせた凛子と健太郎は、それぞれ子供たちを抱き上げた。

終

# ジューンブライド

「――凛子さん！」

凛子が会場に入ると、後輩の明るい声がした。

人の輪をかき分けて駆け寄ってきたのは、高木萌。凛子にとっては伍嶋建設時代の同僚だ。

可愛らしい白のミニドレスをまとった萌は、結い上げた髪に青薔薇の造花を飾っている。

ジューンブライド――六月の花嫁。久しぶりに会った後輩の晴れ姿に、凛子は思わず相好を崩した。

「おめでとう。――ごめんね、新幹線が岡山駅で」

「知ってますよ。今日のニュースそればっかでしたもん」

今朝、東海道新幹線の線路脇で火災が発生し、岡山駅以降の上りの新幹線が午後三時まで運休となった。帰省先の広島から結婚式会場のある名古屋《なごや》まで移動予定だった凛子は、岡山駅で足止めをくらい、五時前にようやく名古屋についたのである。

おかげで式にも披露宴にも出席できなかったが、せめてもの代わりに、二次会に参加することにした。会場は、結婚式が行われたホテルのレストラン。元々東京に帰るつもりでいたが、萌が部屋を取ってくれたので、今夜は名古屋で一泊する予定である。

「あと、ごめん。健太……主人の予定が合わなくて」

「それもいいですって。凛子さん、相変わらず謝りすぎです」

萌は呆れたように苦笑すると、そこにやってきた新郎を紹介してくれた。再就職した今の会社——名古屋の投資信託会社の同僚で、気の強い萌にぴったりの優しそうな青年である。

「向こうのテーブルに東京の友人が集まってるんで、よかったら。あと、凜子さんの引き出物はホテルの部屋に預けてありますから」

まるで幹事のようにてきぱきと凜子を案内した萌は、「後でテーブルに行きますから」と言い残して、主役の席に戻っていった。主役席の隣にはミニステージが設けてあって、司会を任されたと思しき男がマイクを握っている。

「では、ようやく全員が揃ったようですので、二人の結婚を祝う会を始めたいと思います」

席に着いた凜子は、少しひやっとした気持ちになった。名古屋は萌の生まれ故郷で、二次会の参加者は大学時代の友人が大半である。そこに自分みたいな異邦人が一人紛れ込んでも気詰まりだと思い、あえて遅れて会場入りしたのだが、律儀な萌はきっちり凜子を待ってくれていたらしい。

——後でちゃんと謝っとこう。

そう思いながらスマホを取り出した凜子は、母と健太郎からのメッセージを確認した。

海と太陽を預けている母からは、今のところ連絡なし。海外出張中で、今夜帰国予定の健太郎からも連絡なし。彼には新幹線の中から、急遽、名古屋のホテルに泊まることになった旨のメッセージを送っている。

名古屋の結婚式に行くついでに、子供たちを広島の母に預けることにしたのは、たまたま近い日程で親戚の法事が入っていたからだ。

(健太郎さん、土曜日の夜には東京に帰ってくるんでしょ？　せっかくだから、その晩は二人でゆっくり過ごして、日曜日にでも迎えに来てちょうだい)

との母の言葉もあり、本当は今夜東京で健太郎と合流し、日曜に二人で広島に向かうことになっていた。

(そっか。土曜は、久しぶりに凛子さんと二人きりなんだね)

と、四日前にうきうきと家を出て行った健太郎には気の毒だが、仕方ない。

元々二人で招かれていた結婚式を、彼の仕事の都合でキャンセルした挙げ句、凛子まで当日キャンセルしてしまったのだから、ここは友人を優先しなければ人の道に外れる。

明日は、私一人で子供たちを迎えに行くね。健太郎はゆっくり休んでて——と急いで打ち込んだところに、「萌さんのお友達ですか」と、隣から声をかけられた。

顔を上げると、隣席の若い男が、微笑んでシャンパンボトルを差し出している。

「お注ぎしますよ」

「あ、どうも」

萌か新郎の友人だろう。童顔なところが少しだけ健太郎に似た、笑顔の爽やかな男である。

男が名刺を取り出したので、凛子も慌ててバッグの中から名刺を取りだした。

「——高虎組？　あそこ、女性もいたんですね」

名刺を見た男が意外そうに声を上げたが、その時には凛子も、名刺を持ったままで固まっていた。

三鷹不動産東京本社　営業部営業第一課　相田友一《あいだゆういち》

――け、健太郎の会社じゃん……。

「ああ、高虎組はうちの取引先なんですよ。むろんご承知だと思いますが」

「――あ、ええ、もちろん。三鷹さんにはいつも、大変お世話になっております！」

凛子は大急ぎで頭を下げた。そしてその瞬間、二人の立ち位置が決定する。発注元と下請け。おちぶれたとは言え有名企業と零細土建屋。

ちょっぴり相田の態度が尊大になった気もするが、ここで、実は社長の妻なんです――と言う方が何倍も面倒くさい。

「お注ぎします」

と、凛子は愛想笑いでビール瓶を取り上げた。

相田は気さくな態度で返杯を受け、最初とは打って変わった砕けた口調で、ちょっと自慢げに自分のことを話し始めた。

名古屋出身の三十二歳。新郎とは幼稚園からの幼馴染み。三鷹不動産には昨年の夏に再就職し、それまでは、東京に本社がある別の大手不動産会社に勤めていたこと。

「いわゆるヘッドハンティングっていうのかな。人事部の人から五月頃にオファーされて、それで。もちろん最初は迷ったよ。だってあの三鷹不動産だよ？　何年か前に、家宅捜索に入られたり、今の社長が殺されかけたりして、もう大変な騒ぎだったじゃん」

「……ですよねー」

その社長が私の夫なんですとも言えず、凜子は饒舌に喋る男のグラスにビールを注ぐ。

とはいえ、いかにも学生のノリで盛り上がっている友人らの輪に交じるより、相田の話を聞いている方が何倍も気楽だった。相田も会場に親しい人がいないのか、凜子一人をロックオンして楽しそうに喋り続ける。

「でも、逆にチャンスじゃないかなって思って。今の社長、俺より若くて、まだ二十八とかだからね。取締役も全員三十代から四十代で、すごく若手登用に積極的なんだよ」

知っている。三鷹不動産が倒産の危機にあった時、同社の経営陣を始めとする幹部は、泥船から脱出するように逃げていった。残ったのは中堅・若手と呼ばれる社員らで、健太郎は彼らと共に会社を再建させ、彼らに担ぎ出される形で社長になった。その過程でどれだけ艱難辛苦《かんなんしんく》したのかは、凜子が一番よく知っている。

「あと、腐っても三鷹のブランドってすごいよね。やっぱり業界じゃトップブランドじゃん？　相変わらず分譲マンションじゃ独走状態だし、思い切って転職して正解だったよ」

「そうですか」

よかった……と、凜子も思わず笑顔になった。健太郎の会社が上り調子なのは知っていたが、実際に仕事をしている社員から、忖度ない意見を耳にしたのは初めてだ。

壇上では、新郎新婦の馴れ初めにまつわるクイズをやっている。ひとつも分からなかったが、唯一「新婦の前職は？　ヒント、かつて世間を騒がせた不動産会社です」だけは分かった。

即座に誰かが「三鷹不動産！」と答え、回答をセルフ解説する萌にマイクが回される。

その時、萌の目が咎めるように凛子に向けられたから、もしかすると凛子に向けたサービス問題だったのかもしれない。

「正解です。今の会社は、実は三鷹不動産の高見社長に紹介いただいたんですよ。私が実家のある名古屋で再就職先を探していると言ったら、それは親身に相談に乗っていただいて――」

ん？　なんだろう。さっきからやたら萌がチラチラとこっちを見る。

まさか、ここで私の名前を出すつもりじゃないよね。

「ええっ、俺の会社じゃん！」

と、そこでわざとらしく相田が声を上げた。

「そっかー、萌さんも三鷹不動産だったんだ。知らなかったなぁ、世間って狭いですね」

「そ、そうですね」

萌の訳ありげな目が、何度も凛子に向けられる。凛子はそれを全てスルーし、相田のグラスにどばどばとビールを注ぎ続けた。まずい、このタイミングの身バレは絶対によろしくない。

「高見さん、この後予定入ってます？」

と、不意に相田が声を潜めた。見上げた顔はどこか意味深な含み笑いを浮かべている。

「この近くでいい店知ってるんですよ、よかったらご一緒しませんか」

ん――？　どういうこと？　もしかして指輪に気づいてないのかな――と、思った時だった。

「ひょっとして間宮さんじゃありません？」

突然割り込んできた女の声が、この微妙すぎる空気を払いのけてくれた。

「私、伍嶋建設で一緒だった石川《いしかわ》です。覚えてません？　七階の総務にいたんですけど」

同じテーブルに座る女性の一人が、そう言って手を振っている。

瓜実顔の美貌の女性だ。真っ赤なワンピースが派手でテーブルの中では一番目立っていた。

全く覚えていなかったが、よく萌と二人でランチを取っていたようなおぼろな記憶がある。

「――あ……ええと、もしかして萌ちゃんの同期ですか？」

「そうです。びっくりしました。こんなところでお会いできるなんて。お元気でした？　会社、結局辞められたんですよね。大変な騒ぎでしたもんね、あの時は」

ん……？　あの時っていつのことだろう。

大変な騒ぎなら、色々ありすぎて何のことを言われているのか分からない。

「え、何々、大変なことって」

「彼女、石ちゃんと同じ会社の人なの？」

と、石川の両脇の女性二人が話題に入ってくる。どちらも知らない顔だから伍嶋の社員ではなさそうだ。

「私たち、萌も含めてG×3で仲良くなったんですよ。ご存じないですか」

知っている。G×3――ゼネコン×ガール×グループ。要は建設業界に勤務する女性会だ。会社をまたいで有志が集い、業界での女性活躍をアピールしている――らしい。

（実態はただの飲みサーですよ。月会費五千円で、毎月合コンやってるだけですから）

とは、萌がいつだったか、吐き捨てるように説明してくれたことである。

「何年か前にうちの会社、業務上のミスが原因で数百万の損失を出したんですよ」

そこで壇上の声がやんだので、それを待っていたかのように、石川が饒舌に喋り始めた。

「その時の担当が間宮さんと萌だったんです。萌はその時会社を辞めて、間宮さんも翌年退社。今年になってその件で何人か処分されて……。でも原因を作った二人がとっくに退社してるんだから、その責任を取らされたみたいでお気の毒ですよね」

会場内は、どのテーブルも賑やかに盛り上がっているが、ここだけ水を打ったように静まり返っている。

凛子は引きつった笑顔を浮かべ、どう話題を変えようかと逡巡した。

なんだろう。色々誤解があるけど、それよりなにより。

――今、それ言う？

「あ、そういえば、相田さんって三鷹不動産本社の方でしたよね」

そこで、女の一人が無理やり話題を変更した。

「披露宴で名刺交換したからご承知だと思いますけど、私たち、東京の建設会社で働いているんですよー。よかったら、今度お友達も交えて飲みに行きません？」

「あ、いいですね」と相田が救われたように口を開きかけたところへ、

「間宮さん、会社辞めてどうされてるんですか？」

どうにも空気が読めないのか、石川はなおも身を乗り出すようにして続けた。

「噂じゃ、現場作業員と結婚されたって聞きましたけど、本当ですか」

「え、ええ、まぁ……」

半分は本当で、半分は嘘ですが。

「えー、なんかすごい、尊敬します。現場作業員と結婚なんて、私には絶対無理」

いや、それ、どういう意味？

ここまでくると、さすがの凛子にも察しがついた。これは百パーセント悪意である。

見た感じ、相当の美人で、逆に凛子のことなど歯牙にも掛けない風情なのに、何故だろう。

伍嶋建設時代、何か恨みを買うようなことをしただろうか。

「まさかその相手、高虎組の人じゃないですよね。あ、高虎組って聞いたことない？　元ヤクザがやってる問題ばかりの建設事務所で、この業界の鼻つまみ者――」

「それは、ちょっと言いすぎだね」

いきなりよく知った声が、この、どうしようもないほど気まずい空気を遮った。

凛子の肩に、背後からぽんっと温かな手が被せられる。

「――け」

――健太郎？

振り返った凛子は、驚きのあまり石みたいに固まった。夏らしいライトグレーのスーツに身を包んだ健太郎が、爽やかな笑顔で立っている。

「確かに柄の悪い社員もいますが、高虎組はいい会社ですよ。それに高虎さんは元ヤクザではなく、見た目がヤクザっぽい人です。僕も一時期そこで現場作業員をしていたので、よく知っていますが」

「……っ、えっ、え？　高見社長？」

そこで、相田が慌てて立ち上がった。健太郎は、その相田に向かってにこりと――ただし全く笑っていない目で――微笑みかける。

「そこは相田さんもフォローしてあげてください。高虎組は、他の建設会社が引き受けない難しい現場にも進んで入ってくれる。うちの会社が、大変お世話になっている事務所ですから」

言葉を切った健太郎は、今度こそ上機嫌そうな笑顔を、ようやく凛子に向けてくれた。

「凛子さん、遅くなってごめん」

いや、遅くなっても何も、ここに来るなんて聞いてない。しかも予定じゃ飛行機が着くのは今日の夜……。

「皆さん、ここで遅れて来られたスペシャルゲストを紹介します」

と、そこで司会者の弾んだ声がした。

「三鷹不動産社長で、新婦の元上司、高見健太郎さんです。高見社長、奥様とご一緒に、ぜひこちらにおいでください！」

◇

「実は凛子さんより先に萌さんから連絡があって、今夜は名古屋に泊まることになるって教えてもらったんだ」

二次会が終わってエレベーターに乗ると、健太郎はようやく今日の種明かしをしてくれた。

「だったら東京に戻らず、俺も名古屋に直行しようと思ってさ。で、仕事が予定より早く終わったんで、二次会にも顔を出せることになったんだよ」

それらの情報を凛子に伏せていたのは、萌の企みだったらしい。

全く意味が分からない。今日みたいな日の場合、サプライズを受けるのは主役の萌ではないだろうか。

「てか、だったら一言くらい連絡してよ。こっちが悪いことしたみたいになったじゃない」

エレベーターから降りた凜子は唇を尖らせた。

あの後、相田は青くなったり赤くなったり。そして健太郎にも凜子にも平謝りだった。

むしろ謝りたいのは、結果として嘘をつく形になった凜子の方である。

「いや、悪いのは相田だから」

それに関しては、健太郎はかなり機嫌を害していた。

「俺、途中から一番後ろにいて、司会に呼ばれるのを待ってたからね。萌さんが俺のエピソードトークを始めただろ？　あれが終わったら出ていく予定だったんだけど、相田が凜子さんを口説いてたから、萌さんの話が全く頭に入ってこなかった」

いや、口説いてたって……まぁ、確かに最後の誘いには「ん？」となったけど。

「で、相田に一言注意してやろうと思って、壇上の萌さんに手でバツマークを送ったんだ。そしたら今度は、知らない女の人に謎にマウント取られてたろ。もう放っておけなくてさ」

あの時、萌がやたら凜子を見ていたのは、「背後で旦那さんが苛々してますよ」という焦りの目配せだったのだ。そういうつもりは全くなかったが、よほど周囲には、相田と凜子が親密に見えていたのかもしれない。石川にしても、

(石ちゃん、披露宴の時から相田さんを気に入ってて、ずっと話しかけられるのを待ってたんです。あの子、プライドが高いから自分からいけなくて。——で、相田さんに話しかけられて

る高見さんのことが、面白くなかったんだと思います）

と、後で友人に謝られた。

萌も「あ、それマジで石川らしい。あの子、本当に面倒なんですよ」と呆れていたから、元々性格に難ありの人だったのだろう。

あの後は友人らにも見放されて一人で飲んでいたから、ちょっと可哀想になって話し相手になってあげた。確かに嫌な人だったけど、どこかで昔の自分を見ているような痛々しさもある。

自分も、健太郎に出会わなかったら、独りよがりに他人を妬み、周りを呆れさせていたかもしれないからだ。

「とにかく、こういうことはこれきりにしてよね。相田さんのことも根に持たないで――」

そこで健太郎が部屋の扉を開けたので、凜子は言葉をのみ込んだ。

ホテルの客室は、百合やラベンダー、ダリアなどの六月の花で溢れていた。

キングサイズのベッドの上にはブルーの花びらが散りばめられ、その隣にはシャンパンボトルとフルーツが並んだテーブルが置かれている。

「忘れてた？　六月は、俺と凜子さんが結婚した月でもあるんだよ」

扉を閉めた健太郎が、驚きで声も出ない凜子を、両手で軽々と抱き上げた。

「俺からの――って言いたいとこだけど、全部萌さんからのプレゼント。凜子さん、いつも友